फूलों की रानी

रानू

www.diamondbook.in

© प्रकाशकाधीन

प्रकाशक : डायमंड पॉकेट बुक्स (प्रा.) लि.
X-30 ओखला इंडस्ट्रियल एरिया, फेज-II
नई दिल्ली-110020
फोन : 011-40712200
ई-मेल : sales@dpb.in
वेबसाइट : www.diamondbook.in
मुद्रक : रेप्रो (इंडिया)

Phoolon ki rani

By : Ranu

फूलों की रानी

रात के लगभग दस बज रहे थे। बनारस की गन्दी-सी दाल मण्डी, गन्दा-सा बाजार, गन्दी-सी गली। हल्की-फुल्की फुहार पड़ रही थी। इससे यहां का वातावरण और भी खराब हो चला था। यद्यपि दुकानें खुली हुई थीं, फीकी चमक दमक भी थी, फूलों की खुशबू तथा इत्र की सुगंध भी थी, परन्तु फिर भी यहां के वातावरण से होकर जाने वालों का दम घुट रहा था।

और इसी बाजार, इसी गली के एक बड़े से कोठे के पीछे से जाने वाली एक गन्दी-सी गली के अंदर एक छाया मानो अपनी जान बचाकर भागी जा रही थी।

गली बहुत ही संकरी थी, सूनसान और प्रकाश से पूर्णयता वंचित, फिर भी उस छाया के पग बार-बासर लड़खड़ाने के पश्चात् रुकने का नाम नहीं ले रहे थे। गली के अंदर नीचे घटाटोप अंधकार था, परन्तु ऊपर कोठों की पिछली तरफ इस गली में खुलने वाली खिड़कियां कहीं-कहीं खुली होने के कारण अपने हल्के प्रकाश द्वारा उसे यहां के वातावरण से बाहर निकल जाने में बहुत सहायता दे रही थीं। गली में कीचड़ था, ऊपर से खिड़कियों द्वारा फेंके हुए अत्यधिक कूड़े का अम्बार था, बदबू से नाक फटी जा रही थी, परन्तु उस छाया ने यहां एक बार भी सांस लेकर कोई पल गंवाना ठीक न समझा था।

वह भागती चली जा रही थी, गिरती-पड़ती, कीचड़ और गन्दगी से सनती हुई, इस प्रकार मानो कोई उसे देख न ले—पहचान न ले। उसकी एक पल की गलती भी उसे उस नर्क में वापस खींच ले जा सकती थी जहां से इतनी कठिनाई के बाद वह अपनी जान बचाकर भाग निकलने में सफल हुई थी।

गली के नुक्कड़ पर वह पहुंची तो खुली सड़क पर आने से पहले उसने रुककर सांस ली। उसका दम बुरी तरह फूल रहा था, अपने मुखड़े का पसीना पोंछते हुए उसने अपने शरीर पर बुर्का डाला और धीमे-धीमे बाहर निकल आई। एक नल के समीप पहुंचकर, उसने चारों ओर देखा—फिर अपने छोटे-छोटे, गोरे-गोरे पैरों को भी। कीचड़ में यह बुरी तरह लत-पथ थे। उसने इन्हें नल के पानी द्वारा भली-भांति धोया तो यह दूध के समान चमक उठे। उसने किनारे आकर बगल में दबी हुई जूतियां नीचे गिरायीं और इनमें अपने पंजे डालकर वह बाहर की ओर बढ़ गई।

खुली सड़क, यद्यपि दुकानें बंद थीं, वर्षा रिम-झिम हो रही थी। यद्यपि वह इस सड़क पर पहले भी कई बार बुर्का पहनकर दूसरों के साथ घूमने आ चुकी थी, परन्तु फिर भी हर वस्तु नई-नई प्रतीत हो रही थी, हर नजर आती चीजों से एक अनजान-सा खौफ टपक रहा था।

उसका दिल बुरी तरह धड़क रहा था। कुछ पग चलने के बाद सहसा जब उसने बहुत ही वृद्धावस्था वाले रिक्शा वाले को पाया तो उसने रिक्शे पर बैठकर वह सीधी स्टेशन पहुंच गई।

प्लेटफार्म से होकर वह सीधी जनाना प्रतीक्षालय पहुंची। कमरा नारियों से भरा पड़ा था। परन्तु जब उसने देखा कि कुछ औरतें दरवाजे के बाहर बुर्का पहने ढेर सारे बिखरे सामान के साथ बहुत निश्चिंत होकर सो रही हैं तो वह भी चुपचाप इनमें सम्मिलित होकर वहीं लेट गई। इस प्रकार मानो वह भी इनमें से एक सदस्य हो। ठण्ड का बहाना लेकर उसने एक मोटी चादर द्वारा अपने को पूर्णतया छिपाते हुए सुरक्षित कर लिया था। इंजन के शंटिंग करने की भक-भक, माल गाड़ियों के डिब्बे लड़ने का शोर-गुल, उसे एक पल भी नींद नहीं आ सकी। वैसे भी वह इस कदर घबराई हुई थी कि उसकी आंखें बंद करना कोई बुद्धिमानी की बात प्रतीत नहीं हो रही थी। आंखें खोले वह हर संदेह भरी आहट पर इधर-उधर अवश्य देख लेती। फिर कुछ पल के लिए वह अपने उस गंदे संसार में खो जाती जहां-से जान बचाकर अभी-अभी कितनी कठिनाई से भागकर आई थी।

अभी एक ही सप्ताह की तो बात है जब बम्बई से उसके कोठे पर एक सेठ आया था। क्या नाम था उसका? ऊंह होगा कुछ। परन्तु कैसा गैंडा-सा वह था। रंग था सांवला, होंठ मोटे आंखें नशीली तथा वासना की भूखी। परन्तु वस्त्र? सफेद धोती कुर्ता, ऊपर से गर्म जैकेट, देखने में कोई नेता लगता था, परन्तु दिल का कितना अधिक गंदा था। उसकी मां चमेली जान—चमेली बाई का वह पुराना आशिक था। उसी का नाच तो देखने के लिए उस दिन भी वह कोठे पर आया था। शाम से पहले का समा था इसलिए उछलते-कूदते हुए ना-समझों के समान उसने जाकर दरवाजा खोल दिया था और तब उस सेठ के बच्चे ने उसे देखा तो देखता ही रह गया था, ऊपर से नीचे तक मानो उसके शरीर पर सफेद मक्खन लगा हुआ था, जो सेठ की दृष्टि उसके किसी अंग पर टिकने के बजाए फिसलती ही जा रही थी। सेठ के होंठों से मानो राल ही टपक पड़ी थी।

''चमेली जान हैं।''—सेठ ने मानो न चाहते हुए पूछा था।

''जी हां।''—एक ओर हट कर झुकते हुए उसने अदब से सलाम किया और बोली—''आप तशरीफ रखें, मैं उन्हें भेजती हूं।''

सेठ अंदर बैठ गया तो वह अपनी मां के समीप पहुंची।

''अभी?'' उसने आश्चर्य से दीवार पर टंगी घड़ी देखी।

''हां।''

''तुझे तो उसने नहीं देखा?''

''मुझे क्या पता था कि वह इस समय आ धमकेगा?'' वह बोली।

चमेली जान की आंखें छलक आई थीं। उसके सिर पर हाथ रखकर बहुत प्यार से उसने अपनी बेटी का गाल चूमा और हल्के से मुस्करा दी। उसके आंसुओं की कीमत नहीं थी, परन्तु मुस्कराहट की कीमत अवश्य थी, इसलिए उसके लिए आवश्यक था कि इसे संवारकर रखें। अपनी खोखली मुस्कराहट पर वास्तविकता का रंग भरती हुई वह सेठ के समीप आकर बैठ गई थी।

''यह कौन लड़की थी जिसने अभी-अभी दरवाजा खोला था?'' सेठ से अधिक देर सब्र न हो सका तो वह पूछ बैठा।

''मेरी बेटी है।'' चमेली जान ने दिल पर पत्थर रखकर उत्तर दिया।

''तुम्हारी बेटी।'' सेठ को विश्वास नहीं हुआ। चमेली जान इतनी जवान, इतनी सुंदर और उस पर इतनी बड़ी लड़की की मां!

''हां।'' चमेली जान ने खून का दूसरा घूंट पिया।

''आश्चर्य है...'' सेठ ने दांत फैलाए, ''तो फिर अब तक इस हीरे को कहां छिपाकर रखा था?''

चमेली जान ने कोई उत्तर नहीं दिया। मन-ही-मन वह सेठ को गाली देने लगी।

''इसकी नथनी कब उतरेगी?'' सेठ ने बेचैनी से फिर पूछा।

''इसकी नथनी कभी नहीं उतरेगी।'' चमेली जान के दिल को गहरी चोट लगी।

सेठ जोर से हंस पड़ा मानो चमेली जान ने उससे एक बहुत बड़ा मजाक कर दिया हो।

''इस बच्ची का सौदा कभी नहीं होगा।'' चमेली जान ने इस बार ज़ोर देकर निश्चित रूप से कहा था।

''मुंह मांगी कीमत दूंगा।'' सेठ ने जेब से नोटों की गड्डी निकाली।

''इन्हें अपनी पास रखिए।'' चमेली जान ने लेने से इंकार किया।

परन्तु तभी बूढ़ी अम्मा ने कमरे में प्रवेश किया। ''अरे-अरे चमेली, यह तू क्या गजब ढा रही है?'' वह अपनी अंगुलियां फैला कर बलाइयां लेती हुई बोली थी, ''भला घर आई लक्ष्मी को भी ठुकराया जाता है?''

''अम्मा...'' चमेली जान ने विरोध करना चाहा था।

''तू तो निरी बुद्धू है।'' अम्मा ने सेठ के हाथों से नोटों की गड्डी ले ली, ''जो काम कल करना है वह यदि शुभ घड़ी आ जाने से आज ही हो जाए तो क्या बुरा है?''

सेठ के दांत निकल आए...ही...ही...ही।

परन्तु चमेली जान की तो मानो जान ही निकल गई। कुछ कह नहीं सकी वह और उठकर अंदर जाने लगी। अम्मा ने भी कुछ नहीं कहा। जाते-जाते चमेली जान ने सुना, ''तो फिर कब आऊं?'' सेठ पूछ रहा था।

''कम-से-कम एक सप्ताह का समय तो दो...'' अम्मा ने अपनी कनपटियों पर अंगुलियों तोड़ीं, ''बच्ची को नित दिन उबटन मलना होगा, मालिश करनी पड़ेगी, सुबह-शाम इत्र से नहलाना पड़ेगा, यह तो हम केवल तुम्हारा विचार करके समय से पहले ही उस बच्ची की नथनी उतरवा दे रहे हैं वर्ना अभी उसकी आयु ही क्या है, केवल चौदह वर्ष की ही है वह बेचारी। मेरा विचार तो अभी दो साल तक उसके लिए सोचने का भी नहीं था। बाबरपुर के एक बड़े जमींदार साहब आए थे। पूरे दस हजार दे रहे थे उसकी नथनी उतारने के लिए, परन्तु मैं साफ इंकार कर गई थी।

सेठ कुछ न बोला। केवल कृतज्ञ होकर अपनी मोटाई में ही सिमटने का प्रयत्न करने लगा। ही...ही...ही।

चमेली जान जब कमरे से बाहर निकली तो देखा कि उसकी फूल-सी कोमल बेटी दीवार से लगी छिपकर सेठ की बातें सुन रही है। उसे बुलाकर वह अपने कमरे में ले गई। छाती से लगाकर वह बहुत देर तक इस प्रकार फूट-फूटकर रोने लगी मानो उसकी बेटी की अर्थी उठने वाली है। उसने बहुत चाहा था कि अपनी बच्ची को बचा ले, यहां से भगा दे, किसी अच्छे ग्राहक को मिलाकर अपनी बेटी को इस पाप से मुक्ति दिला दे, परन्तु कोठे पर आने वाला कोठ्र भी व्यक्ति उसके विश्वास योग्य नहीं था। विश्वास योग्य होता तो कोठे पर आता ही क्यों? यहां आने वाला हर व्यक्ति कीमत अदा करता है और इस कीमत के बदले वह अपना पूरा-पूरा आनन्द वसूल करना चाहता है, आखिर किसके हाथ वह अपनी बेटी को सौंपकर निश्चिंत होती?''

और आज सुबह ही से उसकी इस प्रकार तैयारी हो रही थी मानो कोठे पर कोई बारात आने वाली हो, उसके हर कदम पर अम्मा बिछ-बिछ जाती थी। उसकी भोली-भाली मुस्कराहट पर बलाइयां लेने लगती थी, कोठे पर सुबह ही से अच्छा-खासा हंगामा था कि आस-पास के कोठे भी ईर्ष्या करने लगे थे। आज उसे अपनी मां से भी कम ही बात करने का अवसर प्राप्त हुआ था।

और शाम ढली, फिर अंधकार ने पग बढ़ाया तो कोठे का कोना-कोना रंगीन प्रकाश से जगमगा उठा। बड़े हाल में एक ओर सारंगी, तबला, हारमोनियम और सितार बजाने वाले अपने-अपने साज़ों के सुर मिलाने लगे। पान की गिलोरियां पहले ही से सजा कर तश्तरियों में रख दी गयीं। बेला के फूलों से पूरा कमरा सुगंधित हो रहा था, आज रात, शायद उसकी आंखों के सामने यह पहली रात थी जब उसकी मां का कोई प्रोग्राम नहीं था। फिर भी उस नए मेहमान के स्वागत के लिए उसे बनना-संवरना पड़ा। जिसकी बांहों में वह स्वयं सैकड़ों बार अपनी अर्थी अर्पण कर चुकी थी, आज उसी मेहमान की बांहों में वह अपनी बेटी का एक शव दुल्हन बनाकर डालने वाली थी। आज उसके बाद उसकी बेटी का एक घर होगा। घर? यह कोठा?

यह नाच और गाना, यही फीकी और बेजान-रंगीनियों से भरपूर घर, जिसमें हर नया व्यक्ति जब चाहे आ और जा सकता है, उसका पति बन सकता है, उसके प्यार को खरीद सकता है।

जब वह अपनी मां के कमरे में सजी-सजाई दाखिल हुई तो वह उसे देखती ही रह गई। छोटी-सी कली, अभी तक पूरी तरह खिली भी तो नहीं थी, परन्तु फिर भी यह पुरुष जाति इसे तोड़ लेने पर उतारू है। सुर्ख रंगीन वस्त्र, घुटनों तक कुर्ता और चौड़ा गहरा, सलमा सितारों से कमरे के प्रकाश से चमाचम चमक रहा था। छोटे-छोटे सफेद पैरों में लखनऊ की बनी हुई सुंदर नागरा, फिर भी मेंहदी झलक रही थी। चमेली जान ने लपककर अपनी बच्ची को छाती से लगा लिया था, इस जोश से भरे झटके से कि कलाइयों में पड़ी सुर्ख चूड़ियों में से कोई एक खनककर टूट गई। कलाई भी हल्की-सी कट गई। रक्त निकलकर मेंहदी में लुप्त हो गया था। चमेलीजान की आंखों में आंसू छलक आए थे। और फिर वह फूट-फूटकर रो पड़ी थी।

''मैं तुमसे आशीर्वाद लेने आई हूं मां।'' बड़ी कठिनाई से वह बोल सकी थी। गला भर गया था और आंखों में नमी छा गई थी।

चमेलीजान उसका मुखड़ा अपनी दोनों हथेलियों के बीच रख कर अपनी आंखों के समीप ले आई। अत्यधिक समीप, यहां तक कि उसकी भीगी पलकों का स्पर्श वह प्रतीत करने लगी थी। चमेलीजान देख रही थी, कोमल-सा मुखड़ा छोटा-सा, प्यारा-सा, माथे पर छोटी-सी बिंदिया, कानों में सुंदर झुमके, नथनी। उसकी बड़ी-बड़ी पलकों वाली सुंदर आंखों तथा छोटे-छोटे होंठों पर मानो इन गहनों की बेड़ियां पड़ी हुई थीं जिनसे स्वतंत्र करके इस सुंदर फूल से शरीर को अपना बनाने का अधिकार केवल उसी को मिल रहा था जिसने अम्मा को सबसे अधिक बोली पर मूल्य चुकाना स्वीकार किया था। चमेलीजान का दिल ही टूट गया। उसने पूरी ताकत से अपनी बेटी को अपनी बांहों में समेट लिया।

सहसा कुछ पल बाद उसका माथा ठनका। उसने अपना कमरा अंदर से बंद कर लिया सोच लिया कि यदि अम्मा पूछेगी, तो वह कह देगी कि बेटी की इस रात की शुभ कामना के लिए प्रार्थना कर रही है। प्रार्थना? और वह भी इस शुभकामना के लिए? परन्तु, वह जानती थी वेश्याओं का भी धर्म होता है। भगवान से उस समय प्रार्थना की जाती है जब उन्हें पैसों की आवश्यकता पड़ती है। पैसा, यही तो उनका भगवान है। अम्मा खुश होकर वापस लौट जाएगी। अंदर से दरवाजा बंद करके झट उसने दो साड़ियां निकाली। भली-भांति इन्हें एक-दूसरे से बांधते हुए उसने एक मजबूत गांठ लगाई। एक पल को उसने सोचा उसकी बच्ची तो फूल-सी हल्की है। वह तो एक रेशम के धागे के सहारे ही उतर सकती है। एक कोना उसने अपनी बेटी की कमर में बांधा। फिर दूसरा बड़े पलंग के एक पाए से। फिर अपनी बेटी को उसने गले लगाकर बुरी तरह चूमना आरम्भ कर दिया, बिल्कुल दीवानों के समान। आंखों के आंसू मोती के समान फूट रहे थे, होंठ कांप रहे थे परन्तु दिल का एक विचार पहाड़ बनकर अटल हो चुका था।

‘‘बेटी...’’ कुछ पल बाद धीमे-से बोली वह, ‘‘तुझे मैं इस गन्दे वातावरण से बाहर निकालने के लिए ही ऐसा कर रही हूं। तू यहां से तुरंत भाग जा वरना यह अम्मा तुझे पुरुष जैसे जानवर के हाथ में सौंप करके तेरे शरीर की एक बोटी भी नहीं बचने देगी। यह चुड़ैल है बेटी और मैं तुझे इसके हाथ कभी नहीं लगने दूंगी।’’

वह एक दुल्हन समान बैठी चुपचाप अपनी मां को फटी-फटी आंखों से देखने लगी। चमेलीजान ने उसकी जरा-सी परवाह नहीं की। उसे छोड़कर उसने झट एक बाक्स खोला। कपड़ों की तह के नीचे से एक बहुत पुराना अखबार निकालकर उसके पास आई और दिखाती हुई बोली, ‘‘यह देख बेटी—यह तेरी बचपन की तस्वीर है।

‘‘मेरी...?’’ उसने विस्मित होकर तस्वीर को देखा, फिर अपनी मां को भी, ‘‘लेकिन इसके नीचे तो सीता लिखा है। मेरा नाम तो तुम लोगों ने रानी रखा है।’’

‘‘तू रानी नहीं है बेटी।’’ चमेलीजान ने उसके गाल थपथपाए ‘‘तू सीता है, कमल-सी पवित्र। कीचड़ में रहने के पश्चात् भी तुझ पर अभी तक कोई गन्दा छींटा नहीं पड़ा है। इसके इसके नीचे जो पता लिखा है वह तेरे माता-पिता का ही है।’’

‘‘मां...।’’ सीता खड़ी हो गई। उसका दिल अकारण ही जोर से धड़कने लगा।

‘‘हां बेटी...।’’ चमेलीजान बोली, ‘‘तू सेठ धर्मदास की बेटी है। मेरे गंदे रक्त की तो एक बूंद भी तेरे शरीर में नहीं है। तेरे पिता बम्बई के एक बड़े धनाढ्य आदमी हैं बस तू किसी प्रकार उन्हीं के पास पहुंच जा, फिर तेरा कोई भी कुछ नहीं बिगाड़ सकता बेटी, जब तू चार साल की थी तो तेरे माता-पिता तुझे हरिद्वार लेकर गए थे। वहीं ऐ मेले में तुझे कुछ लुटेरों ने अपहरण कर लिया। फिर तुझे काशी में लाकर इस अम्मा को बच दिया, तेरी जैसी मासूम और निर्दोष लड़कियां जाने कितनी ही यहां आए दिन अपहरण करके बेची जाती हैं। मैं भी उन्हीं अभागिनों में से एक हूं बेटी, मैं नहीं बच सकी। मेरा विवाह होने के पश्चात् भी इन पुरुषों ने मेरा विचार नहीं किया। अपने हाथों मेरी मांग का सिन्दूर मिटाकर इन्होंने जी भरकर मुझे लूटा। फिर अम्मा को बेचकर रफू-चक्कर हो गए।

‘‘तब मैं तेरी जितनी छोटी नहीं थी। बहुत कुछ समझती थी, गौना के बाद मेरे पिता मुझे लेकर बद्रीनाथ गए थे। परन्तु वहां के गुंडों ने’’ चमेली जान की आंखों में आंसू आ गए। उसने बात छोड़ दी। ‘‘खैर, यह तो एक लम्बी कहानी है बेटी। मैं तो उसी दिन अपनी जान दे देती जिस दिन पहली बार यहां कोठे पर मुझे एक वेश्या बनाकर इन लोगों ने बैठा दिया था, परन्तु ऐसा नहीं कर सकी। ऐसा इसलिए नहीं कर सकी क्योंकि उसी रात तुझे भी यहां बेचा गया था। तेरी प्यारी और मासूम-सी सूरत देखकर मैंने प्रण कर लिया था कि मैं तुझे इस दलदल में कदापि नहीं फंसने दूंगी। यदि मैंने आत्महत्या कर ली तो कुछ वर्षों बाद यह कुत्ते तुझे भी नोंच-नोंचकर खा डालेंगे। फिर तू भी मेरे समान मृत्यु की शरण में भाग जाना पसन्द करेगी और फिर इसी प्रकार यह ढर्रा हर नारी, हर स्त्री के साथ चलता ही रहेगा। अनगिनत लड़कियां अगवा की

जाएंगी और अनगिनत लड़कियां आत्महत्या करती रहेंगी। जो मृत्यु से घबराएंगी उन्हें हर अवस्था में यह गन्दा जीवन ग्रहण करना पड़ेगा। जबकि ऐसा कभी नहीं होना चाहिए। यह हम पर अन्याय है और इसका सामना करने के लिए हममें से किसी-न-किसी को कोई पग उठाना ही चाहिए।

''हम वेश्या नहीं हैं बेटी। वेश्या कोई नारी नहीं होती। यह तो पुरुष होते हैं जो नारी की कोख से जन्म लेने के पश्चात् भी उसे वेश्या बनाने से नहीं चूकते। और इसीलिए मैं जीवित रहने पर मजबूर हो गई थी ताकि तेरी रक्षा कर सकूं। आज मेरी परीक्षा की घड़ी आ पहुंची है बेटी तू अब देर न कर, तुरन्त यहां से निकल जा।'' चमेलीजान की आंखों में आंसू लगातार बह रहे थे, परन्तु वह सीता के आंसू पोंछने लगी। फिर उसने दूसरे बॉक्स से एक और साड़ी और नोटों की एक गड्डी निकाली। उसे देती हुई बोली—''यह ले अच्छी तरह रख ले। रुपए पूरे एक हजार हैं, काम आयेंगे। और हां, संभलकर जाना, पुलिस के झुंड से दूर रहना, क्योंकि यह भी पुरुष होते हैं। यहां एक-से-एक इंस्पेक्टर आते हैं, सभी स्वार्थी और वासना के भूखे होते हैं। पता नहीं तुझे पकड़ने के बहाने क्या व्यवहार करें? पुरुष की जाति ही बड़ी भयानक होती है।''

सीता ने झट अपने सारे गहने उतार फेंके, चूड़ियां, झुमके, गले का हार, केवल नथनी पहने रही। उसे यह सब कांटे के समान चुभने लगे थे। उसने चमेलीजान का दामन थामा। इच्छा प्रकट की कि वह भी उसके साथ भाग चले।

''नहीं बेटी।'' चमेली जान बोली, ''मेरा यहां रहना बहुत आवश्यक है। जब तक मैं अकेले इस कमरे में गुनगुनाती रहूंगी, अम्मा समझेगी तू मेरे साथ है। अभी तो उस मुए को आने में पूरे डेढ़ घंटे बाकी हैं। इतनी देर में तू कहीं भी जा सकती है। यह ले बुर्का, इसे गली के नुक्कड़ पर पहुंचते ही पहन लेना। फिर सीधी स्टेशन पहुंचकर तू किसी भी बुर्का वाली टोली में सम्मिलित हो जाना। तुझे कोई नहीं देखेगा।''

सीता का दिल फटा जा रहा था। चमेलीजान को वह किसी भी अवस्था में छोड़ना नहीं चाहती थी। वह तो उसकी मां है। कितने प्यार से उसने पाला है और अब उसकी खुशी की रक्षा के लिए वह अपनी जान की बाजी भी लगाने से नहीं चूक रही है। वह उसने लिपट गई। फूट-फूटकर रो पड़ी। फिर उसने झुककर उसे पग छुए, श्रद्धा से प्रणाम किया और खिड़की के बाहर लटक गई। साड़ी कमर से बंधी थी इसलिए उसे कोई कठिनाई नहीं पड़ी। चमेलीजान, उसकी मां, उसे अपनी कमजोर बांहों में सहारा देकर धीरे-धीरे नीचे उतारती रही।

सहसा किसी शनटिंग करते इंजन की चीख सुनकर वह जोर से चौंक पड़ी। उठकर बैठते हुए उसने देखा, प्लेटफार्म पर दलालों का एक समूह-सा इधर-उधर परेशानी की अवस्था में दौड़ रहाहै। उसने एक-एक को पहचाना, भोलू, बनवारी, मुख्तार, कल्लू सभी अम्मा के विशेष आदमी थे। वह समझ गई उसकी खोज में सारा शहर छाना जा रहा है। चमेली जान के बारे में सोचकर उसका दिल कांप गया, अम्मा जाने क्या दुर्व्यवहार उसके साथ कर रही होगी। अपने

को संभालकर वह बुर्के में लेटी औरतों के और समीप सरक आई और परदे में से दलालों को निहारने लगी, भय से उसका सारा शरीर कांप रहा था। सुबह का प्रकाश पूर्णतया फैला भी नहीं था कि वे लोग चले गए तो सीता ने संतोष की सांस ली।

* *

काशी एक्सप्रेस अपने निश्चित समय पर चली तो अचानक ही उसकी दृष्टि कुंदन पर पड़ी। कुंदन, बनारस का छंटा हुआ गुण्डा, सबसे बड़ा दलाल। कोठों पर इसके हाथों बेची हुई अनगिनत जवानियां फूल के समान मसली जा रही थीं। सारी ही वेश्याएं उससे घृणा करती थीं, काशी से अपहरण की हुई लड़कियां वह कलकत्ते और बम्बई बेच दिया करता था और दूसरे शहरों की लड़कियां काशी में। उसका एक बहुत बड़ा गैंग था। अम्मा का तो यह विशेष आदमी था, परन्तु चमेलीजान उससे यूं घबराती थी कि देखते ही पसीना छूट जाए। सीता ने बचपन से ही उसे अम्मा के पास आते देखा था। शायद कुंदन ही उसे भी उड़ाकर अम्मा को बेच गया था।

कुंदन को देखकर वह खिड़की के समीप सरक गई। वह जानती थी कि वह बुर्के में उसे यूं नहीं पहचान सकता। कुंदन के साथ उसका हाथ पकड़े एक छोटी-सी, प्यारी-सी बच्ची भी थी, बिल्कुल नन्हीं गुड़िया समान। उसे देखते ही अपने बचपन की तस्वीर का विचार करने लगी। अखबार में कुछ ऐसा ही रूप उस बच्ची समान था। उस बच्ची पर उसे बहुत तरस आया। यह छोटी-सी कली शायद खिलने से पहले ही चमेली जान के समान किसी कोठे पर बैठा दी जायेगी। यह कुंदन कितना जालिम आदमी है, जाने कितनी ही मासूम लड़कियों के अरमानों की हत्या का पाप इसके सर है। जाने कितने ही बच्चों से बिछड़े मां-बाप की आहें इसके साथ हैं। कमबख्त मरेगा तो इसे कोई पानी भी नहीं देगा।

गाड़ी अपने पहियों पर रेंग रही थी। सहसा उसने देखा....कुंदन उसके डिब्बे की ओर लपक रहा है। उसका दिल जोर से धड़कने लगा, यह क्या? वह इस ओर क्यों आ रहा है? यह तो जनाना डिब्बा है। परन्तु तभी कुंदन ने उस छोटी बच्ची को गोद में उठाया, लपककर उसने कंपार्टमेंट का दरवाजा खोला और उस बच्ची को अंदर खड़ा कर दिया। फिर दरवाजा बंद करके खिड़की के समीप आया और बहुत सभ्यता से सीता के आगे हाथ जोड़ दिए।

''बहन जी'' वह बोला—''पीछे जगह नहीं है इसलिए मैंने इस बच्ची को यहां बैठा दिया है, मैं दूसरे डिब्बे में बैठा हूं कभी-कभी किसी स्टेशन पर आकर मिल लिया करूंगा। जरा ख्याल रखिएगा।''

सीता कुछ न बोली। गाड़ी गति पकड़कर आगे बढ़ चुकी थी, उसने पीछे झांककर देखा, कुंदन दूसरे डिब्बे में चढ़ने का प्रयत्न कर रहा था। गाड़ी प्लेटफार्म के बाहर आ गई तो उसने एक संतोष की सांस ली। मुखड़े से पर्दा ऊपर को झटका और कंपार्टमेंट के अंदर का वातावरण परखा। कुछ बुके वालियां, कुछ ऐसी-वैसी, जवान अधेड़ और बूढ़ी भी, सभी उसको बहुत

चकित दृष्टि से देखने लगी थीं। एक अत्यंत सुंदर लड़की, कम आयु और इस अकेली यात्रा पर! एक पल को उसने कुछ सोचा और फिर उस बच्ची को अपने समीप यूं खींचकर बिठा लिया मानो वह उसी की तो मां है, उसके सिर पर बहुत प्यार से वह हाथ फेरने लगी थी।

कुछ पल बाद जब शेष यात्रियों का ध्यान उसकी ओर से हट गया तो उसने बहुत धीमे स्वर में उस बच्ची से पूछा, ''क्या नाम है बेटी?''

''गीता।'' उसकी पक्षी-सी आवाज गाड़ी की छुक-छुक में डूब गई।

''गीता।'' सीमा ने नाम दुहराया। कितना पवित्र नाम है यह, परन्तु यह कुंदन का बच्चा इस पर भी कीचड़ उछालना चाहता है।

''वह तुम्हारे कौन हैं, जो अभी-अभी तुम्हें यहां छोड़कर गए थे?'' सीता ने अपना संदेह दूर करना चाहा।

''वह मेरे अंकल हैं।'' अपनी तोतली जबान में वह बोली।

''अंकल हैं?'' सीता को बहुत आश्चर्य हुआ, ''तुम कब से उन्हें जानती हो?''

''वह तो मुझे आज ही मिले हैं।'' गीता ने उत्तर दिया।

''आज ही?''

''हां।'' गीता बोली, ''अभी कुछ देर पहले मेरी नौकरानी मुझे बाजार ले गई थी कि वहां अंकल मिल गए। दुकान में नौकरानी कुछ चीजें खरीदने लगी और मैं एक किनारे खिलौने देखने लगी। वहीं अंकल ने मुझे लालीपाप दिया और कहने लगे कि आओ तुम्हें छिपा दें, फिर जब तुम्हारी नौकरानी तुम्हें ढूंढेगी तो मजा आ जाएगा।''

''और तुम छिप गयीं?''

''हां, अंकल ने मुझे लालीपाप जो दी थी।''

''फिर क्या हुआ?'' सीमा ने उत्सुक होकर पूछा।

''अब अंकल कहते हैं कि मेरे नाना कलकत्ते चले गए हैं। उन्हीं के पास मुझे ले जा रहे हैं।''

''लेकिन यह गाड़ी तो बम्बई जाती है।'' सीता ने इधर-उधर देखकर संतोष करते हुए धीमे से कहा।

''बम्बई जाती है।'' गीता ने आश्चर्य से अपनी आंखें मटकायीं, ''तो फिर शायद अंकल मुझे मेरे घर छोड़ने जा रहे होंगे।''

''तुम बम्बई की रहने वाली हो?''

''हां।''

''तुमने अपने अंकल को बताया है?''

''उन्होंने पूछा ही नहीं।''

"ओह!" सीता का माथा ठनका, उसका अनुमान ठीक ही निकला। कुंदन सीता को अपहरण करके ले जा रहा है, बम्बई में बेचने। उसे मालूम नहीं कि गीता बम्बई की ही रहने वाली है, गीता को उसने और समीप ले लिया। अपनी छाती से इस प्रकार लगा लिया मानो वह वास्तव में उसकी अपनी ही बेटी है, वह गीता की मां है। यह पुरुष, यह पुरुष की जाति कितनी कठोर होती है। अपनी इच्छा, अपना स्वार्थ पूरा करने के लिए एक बच्ची के जीवन के बारे में भी नहीं सोचता।"

"अपने घर का पूरा पता तुम्हें मालूम है?" कुछ देर बाद सीता ने पूछा।

"बान्द्रा में है।"

"बान्द्रा में किस स्थान पर?" सीता ने पूछा। बान्द्रा शब्द उसका जान-पहचान का था, अपने बचपन की तस्वीर के नीचे उसके पिता के पते में बान्द्रा ही लिखा था।

"यह तो मुझे नहीं मालूम।"

सीता चुप हो गई। सोचने लगी, बान्द्रा जाने कितनी बड़ी जगह है, जाने कैसे वहां के लोग होंगे। बम्बई का नाम तो उसने बहुत सुना था, परन्तु देखने का यह पहला ही अवसर आ रहा है। उसका अपना जीवन तो कोठों की चारदीवारी में ही बीता है। बहुत हुआ तो कभी-कभी शहर घूम लिया, फिल्म देख ली और कुछ भी नहीं। उसकी आंखों के दृष्टिकोण सीमित होकर रह गए थे, परन्तु फिर भी उससे मन को एक प्रकार का संतोष था। वह अपने घर जा रही है, अपने माता-पिता के पास जा रही है। उनको पाते ही वह सबसे पहले इस नन्हीं-सी जान के घर का पता चलाएगी। यह भी तो आखिर बान्द्रा में ही रहती है, अपने माता-पिता से मिलने की आशा में उसका दिल खुशी से बुरी तरह धड़क रहा था....उनको पाने के विश्वास में उसका छोटा-सा दिल भी बड़ा हुआ जा रहा था। इस छोटी-सी आयु में भी वह इस समय बहुत फूंक-फूंककर कदम बढ़ा रही थी। बहुत सावधानी से अपनी सुरक्षा कर रही थी, बस एक बार घर पहुंच जाए, अपने माता-पिता से मिल ले, फिर सब-कुछ ठीक हो जाएगा। उसके माता-पिता तो उसे देखते ही पहचान लेंगे। मां-बाप को अपना रक्त पहचानने के लिए प्रमाण की आवश्यकता कभी नहीं पड़ती। वह तो अपनी बच्ची की आंखों की गहराई में ही उसका बचपन ढूंढ लेंगे।

गाड़ी अगले स्टेशन पर रुकी तो सीता ने गीता की पकड़ हल्की कर दी। मुखड़े पर नकाब उलट दिया। उसने देखा, कुंदन प्लेटफार्म पर उसके सामने ही टहल रहा है। बार-बार उसकी दृष्टि गीता पर ही उठकर रह जाती थी। उसने यह भी देखा कि कुंदन के मुखड़े पर उस समय अत्यधिक भय या परेशानी की छाया दौड़ जाती जब कभी कोई पुलिस वाला उसे चलती-फिरती दृष्टि से भी देख लेता था। कुंदन ठिठक कर इधर-उधर कतराने लगता था उसे समझते देर न लगी कि कुंदन ने जान-बूझकर ही गीता को अपने से अलग रखा है ताकि यदि कोई बात हो तो वह बहुत आसानी से लुप्त हो जाए।

''तुम्हारे माता-पिता का नाम क्या है?'' गाड़ी चलते ही सीता ने फिर उससे प्रश्न किया।

''राजीव।''

''अच्छा।''

''हां, मेरे डैडी लंदन गए हैं।''

''और तुम्हारी मां?''

''मेरी मां भगवान के पास गई हैं।''

''ओह!'' सीता के दिल को धक्का लगा। गीता को उसने फिर अपनी छाती से लगा लिया। छोटी-सी बच्ची ने मां का प्यार तो पाया नहीं, उस पर कुंदन पिता का भी रहा-सहा प्यार छीन रहा है।

''मेरे डैडी ने लिखा है कि लंदन से वह चांद में जायेंगे।'' गीता अपने आप ही बच्चों के समान बोली–''फिर वहां से वह मम्मी को लेकर सीधे हमारे पास आ जायेंगे।''

''अच्छा!'' सीता ने आश्चर्य प्रकट किया।

''हां।'' गीता बोली–''मम्मी को तो मैं भूल ही गई। परन्तु रात में वह मुझे बहुत याद आती हैं, मेरी नौकरानी जो है न, वह मुझे रोज बताती है कि जब तक मैं सो नहीं जाऊंगी, वह भी नहीं आयेंगी। बस इसीलिए मैं सो जाती हूं।''

सीता का दिल तड़पकर रह गया। प्यार तो उसने अपने माता-पिता किसी का भी नहीं पाया था, परन्तु चमेलीजान ने उसके लिए क्या नहीं किया। यह क्या कम है कि इस समय वह बेचारी सीता को भगाने के अपराध में कोड़े खा रही होगी।

बैठे-बैठे यह थक गई तो एक कोने में सरककर उसने पैर पसार लिए। उसकी पूरी ही बर्थ खाली पड़ी थी, समीप ही उसने गीता को भी सुला लिया। परन्तु अपनी आंखें खोले वह बहुत गौर से आने वाली बातों का ताना-बाना बुनती रही। उसे क्या करना चाहिए, क्या नहीं करना चाहिए। गीता को साथ लेकर भाग जाए या फिर एक कुत्ते की कृपा पर छोड़ दे?

चमेलीजान ने अपने प्राणों की बाजी लगाकर उसे बचाया है। अब क्या उसका यह धर्म नहीं है कि वह भी अपने प्राणों की बाजी लगाकर गीता की रक्षा करे। परन्तु वह कर भी क्या सकती है? उसे तो इस संसार के वातावरण का जरा भी ज्ञान नहीं है। इतनी छोटी-सी आयु में वह पहली बार यात्रा पर निकली है, इतनी लम्बी यात्रा। वह किसी के बारे में कुछ जानती भी तो नहीं। परन्तु फिर उसने एक निर्णय कर ही लिया। ऊंह! जो होगा देखा जाएगा उसे केवल अपने घर ही तक तो पहुंचना है। फिर भला उसका कोई क्या बिगाड़ सकेगा? तब तक वह गीता को किसी-न-किसी प्रकार अपनी सुरक्षा में अवश्य रखे रहेगी। गीता के बचपन में उसका अपना ही तो रूप है। यदि यह स्वयं गीता के स्थान पर होती तो?

गाड़ी इलाहाबाद के स्टेशन पर लगभग चार बजे पहुंची। एक बड़ा-सा स्टेशन देखकर उसे अनुमान हुआ कि गाड़ी यहां कुछ समय रुकेगी। यात्री भी अधिकांश गाड़ी से उतरकर

प्लेटफार्म पर टहलने लगे थे। सीता ने देखा, कुंदन भी उसके कम्पार्टमेंट के आस-पास ही मंडरा रहा है। कुछ सोचकर वह नीचे उतरी। गीता वहीं बैठी रही। सामने बाहर जाने वाले गेट के समीप चार सिपाही डंडा लिए खड़े हुए थे। उसके समीप पहुंचकर वह खड़ी हो गई। उसने पलटकर पीछे देखा। कुंदन कुछ घबराया-सा उसे बहुत गौर से देखने में लीन था। उसने कुंदन की ओर इशारा करके पुलिस वालों से कहा—''देखिए, कुछ गुण्डे मुझे काशी से ही छेड़ते हुए पीछा कर रहे हैं।''

सिपाहियों के हाथ की पकड़ मजबूत हो गई। उन्होंने तनकर इधर-उधर दृष्टि दौड़ाई। कुंदन कांप गया। चोर का दिल आधा चारों ओर देखा और फिर भीड़ के पीछे होकर दूसरे गेट की ओर लपका। तभी सीता ने उसकी ओर इशारा किया। कुंदन को अपनी चोरी पकड़ी जाने में जरा भी संदेह नहीं रहा। वह इतनी तेजी के साथ अपना टिकट देते हुए बाहर निकल गया कि सिपाही उस ओर बढ़ भी न सके। केवल देखते ही रह गए।

''जाइए बीबीजी, आराम कीजिए।'' एक सिपाही ने कहा—वह बदमाश तो पहले ही भाग गया।''

सीता ने संतोष की सांस ली। अपने कंपार्टमेंट में आकर वह गीता के समीप बैठ गई। जब कुछ देर बाद गाड़ी ने सीटी दी, प्लेटफार्म पार किया, फिर शहर की चहल से दूर हरे भरे खेतों के बीच पूरी गति में भागने लगी तो उसने नकाब उलट दी और निश्चिंत होकर खिड़की पर अपना गाल टिका दिया। उस सारी शाम, उस सारी रात, कुंदन से छुटकारा पाने के पश्चात् भी वह हर स्टेशन पर सावधानी बरतती रही। अपने बचाव के लिए एक पशु भी रास्ता ढूंढ लेता है।

दूसरे दिन रात लगभग नौ बजे गाड़ी बम्बई बी॰ टी॰ पहुंची तो गीता गहरी नींद में सो चुकी थी। उसने बुर्का ठीक किया फिर गीता को जगाकर साथ लिए प्लेटफार्म पर उतर आई।

''मेरे अंकल कहां हैं?'' गीता ने इधर-उधर दृष्टि दौड़ाई।

''वह तुम्हारे अंकल नहीं थे। वह अब नहीं आयेंगे।'' सीता बोली—''वह एक डाकू था। उसे पुलिस पकड़ ले गई।''

गीता कुछ नहीं समझी।

''मैं अपने नाना के पास कैसे जाऊंगी?'' गीता ने पूछा।

''मैं तुम्हें पहुंचा दूंगी गीता। आओ, पहले मेरे साथ तो चलो।''

प्लेटफार्म पार करते हुए सीता ने देखा, इतना बड़ा स्टेशन इतने सारे लोग। इतनी भीड़ तो उसने बनारस की गलियों में भी नहीं देखी थी। वह प्लेटफार्म के बाहर निकली। जिस ओर यात्री जा रहे थे, वह भी चलती चली गई। बढ़ती ही चली गई। उसे बाहर निकलना था। किसी से बाहर निकलने का रास्ता पूछकर वह कोई खतरा मोल नहीं लेना चाहती थी। पलभर में ही

वह एक खुले स्थान पर निकली तो टैक्सी का समूह देखकर वह घबरा गई। दूर-दूर तक 'न्यूनलाईट्स' के प्रचार से ऊंची-ऊंची इमारतें जगमगा रही थीं। उसका साहस ही टूट गया। परन्तु फिर उसने अपने नन्हें से दिल की कोमलता को सख्त किया। जब बम्बई पहुंच ही गई है तो घबराना कैसा? गीता को अपने से और सटा कर उसने इधर-उधर देखा।

तभी एक टैक्सी वाला उसकी ओर बढ़ा।

"टैक्सी चाहिए बीबीजी?" उसने पूछा।

"ऊंह?" सीता ने घबराकर एक पल सोचा—"हां, बान्द्रा जाना है।"

"आइए बैठिए।" टैक्सी ड्राइवर कार की ओर बढ़ा।

टैक्सी ड्राइवर को देखती हुई वह उसके पीछे हो ली। अधेड़ दुबला-पतला, कुछ-कुछ कमर झुकी हुई, परन्तु मूछें ऊपर को तनी हुई थीं।

उसके अंदर बैठते ही ड्राइवर टैक्सी को ले उड़ा। गीता उसकी गोद में सिर रखकर फिर ऊंघने लगी थी। सीता बहुत आश्चर्य से ऊंची-ऊंची इमारतों को झांक-झांककर देख रही थी। एक-एक पल उसके लिए मानो सौ-सौ वर्ष का होता जा रहा था। वह अब जल्द-से-जल्द अपने मां-बाप की बांहों में पहुंच जाना चाहती थी। मन में हजारों तूफान थे। एक असीमित खुशी को पाने के विश्वास में उसका दिल हवा में उछल-उछल जाता था। अब उसे किसी का डर नहीं था, किसी की भी चिन्ता नहीं रही। बस एक ही बात वह सोचे जा रही थी। उसके माता-पिता का रूप जाने क्या हो? मां तो उसे देखते ही पहचान जायेगी। पिताजी उसे झट गले से लगाकर रो पड़ेंगे। पता नहीं उसके और भी कितने भाई-बहन हों? सब उसे देखते ही चकित रह जायेंगे। घर में खुशियों की बाढ़-सी आ जायेगी।

"बान्द्रा में कहां जाना है बीबीजी?" सहसा ड्राइवर ने पूछा।

"विवेकानन्द रोड।" सीता चौंककर विचारों से जागी और बोली।

"विवेकानन्द रोड पर किस जगह?"

"रामनिवास।"

"ओह!" ड्राइवर ने गाड़ी की गति बढ़ाई।

टैक्सी राम निवास पहुंची तो दरबान ने स्वयं ही गेट खोल दिया। सीता झांककर देखती ही रह गई। इतनी बड़ी हवेली, इतना बड़ा घर। आश्चर्य से वह अपने खानदान की हैसियत का अनुमान लगाने लगी तो उसका दिल कांपने लगा। वह यह मालूम नहीं कर सकी कि ऐसा प्रसन्नता के कारण हो रहा है या एक अज्ञात भय के कारण। टैक्सी पोर्टिको में रुकी तो उसने देखा, गीता सो चुकी है। उसे पूरी तरह सीट पर लिटाकर वह गेट से बाहर निकली और लपककर बरामदे में पहुंच गई। खुशी से उसके पग फर्श पर नहीं पड़ रहे थे।

सहसा एक नौकर ने उसे देखा तो आश्चर्य से उसके समीप चला आया। सीता ने झट अपना बुर्का पूर्णतया उतार दिया और बहुत विश्वास से पूछा—"सेठ धर्मदास हैं?"

''सेठ धर्मदास!'' नौकर ने आश्चर्य प्रकट किया।

''हां।''

''लेकिन यह हवेली तो सेठ कर्मचन्द जी की है।''

''सेठ कर्मचन्द जी की?''

''हां, और क्या? नौकर को सीता की परेशानी से सहानुभूति हुई–''आप किस हवेली में जाना चाहती हैं?''

''राम निवास।'' सीता निराश-सी बोली।

''रामनिवास तो यही है परन्तु...''

''मैं तुम्हारे मालिक से भेंट कर सकती हूं?'' सीता ने कुछ सोचकर पूछा। निराशा की छाया उसके मुखड़े पर रेंग गई।

''वह तो शहर से बाहर गये हैं।''

''कब तक आयेंगे?''

''कोई ठीक नहीं।''

''मालकिन हैं अंदर?''

''उनका तो स्वर्गवास हो चुका है, अभी एक वर्ष पहले ही।''

''ओह! सीता की चिन्ता बढ़ी–''कोई और है घर में, मेरा मतलब उनकी लड़कियां, या कोई लड़का हो।''

''लड़कियां भी नहीं हैं और लड़के भी नहीं।'' नौकर बोला, ''एक दामाद हैं वह भी लंदन गए हुए हैं।''

सीता का दिल ही डूब गया। निराश होकर उसने टैक्सीवाले को देखा। वह उसी को देख रहा था। बिना पर्दे में उसे देखकर किसी गहराई को नापने में लीन था। सीता एक मुसीबत में फंस गई, बम्बई शहर, इतनी रात कुछ समझ में नहीं आया कि अब वह क्या करे। सिर झुकाए वह टैक्सी में आ बैठी। गीता अब तक निश्चिन्त-सी सो रही थी। एक नन्ही-सी जान को देखकर उसे कुछ ढाढस-सी मिली। डूबते को मानो तिनके का सहारा प्राप्त हुआ।

अंदर बैठकर उसने बुर्का फिर पहन लिया तो टैक्सी वाले ने झट अपनी मूछों पर ताव दिया और टैक्सी स्टार्ट कर दी। सामने दर्पण में वह देख रहा था, यह पर्दे में छिपा मुखड़ा आते समय कितना बेचैन, कितना खुश था, अब उतना ही खामोश और उतना ही उदास है। गम की आंधी मानो अचानक ही आ धमकी थी। उसने एक्सीलेटर पर पैर दबा दिया।

''कहां चलें?'' हवेली का गेट पार करते हुए उसने पूछा।

''कहां? वह सोचने पर विवश हो गई। अब वह कहां जाए? क्या करे? किससे शरण मांगे? होटल? नहीं-नहीं, यह ठीक नहीं होगा। फिर? स्टेशन? हां, उसे स्टेशन चलना चाहिए।

वहीं यात्रियों के झुंड में बिना किसी भय के रह सकती है। फिर कल सुबह जो करना होगा वह स्टेशन पर ही सोचेगी।

''स्टेशन चलो...।'' उसने साहस बटोरकर कहा।

''वापस?''

''हां।''

टैक्सी ड्राइवर ने एक पल सोचा। सामने दर्पण में बुर्के से मुखड़े को ढका होने के पश्चात् भी उसकी परेशानी को समझा तो अचानक ही उसके होठों पर एक मुस्कान चली आई। गाड़ी की गति उसने तेज कर दी।

बची-खुची दुकानें भी बंद हो चुकी थीं। इसलिए शहर की चहल-पहल भी फीकी-सी पड़ चुकी थी। सीता ने बाहर झांकना बंद कर दिया था। अब वह सोच रही थी कि उसे आगे क्या करना चाहिए। उसकी तो सारी आशाओं पर पानी पड़ गया। यह रात, बस यह रात कट जाए, किसी भी प्रकार। बम्बई की रातों के बारे में उसने बहुत कुछ सुना था। बहुत कुछ पढ़ा भी था। भय से उसका सारा शरीर सहमा-सहमा सा सिमट गया।

काफी देर बीत गई। टैक्सी अब भी एक रास्ते पर भागी चली जा रही थी। सहसा सीता का दिल और तेजी से धड़कने लगा। जाते समय तो टैक्सी वाले ने इतनी देर नहीं की थी टैक्सी इतनी तेज गति से गई नहीं थी तब वह जल्दी हवेली पहुंच गई थी। उसने तुरन्त ही गीता को उठाकर अपनी छाती से लगा लिया गीता तब भी ऊंघती रही।

''यह तुम मुझे इस ओर कहां ले जा रहे हो?'' आखिर उससे नहीं रहा गया तो पूछ ही बैठी।

''जहां तेरी मंजिल है रानी...''अपनी मूछों पर ताव देते हुए टैक्सी ड्राइवर ने उत्तर दिया।

रानी! सीता चौंक पड़ी।—क्या टैक्सी ड्राइवर उसे जानता है? परन्तु वह तो कभी बनारस से बाहर गई नहीं थी। किसी से मिली भी नहीं है। फिर? क्या यह टैक्सी ड्राइवर कभी उसके कोठे पर अम्मा से मिलने तो नहीं आया करता था? उसका दिल बुरी तरह कांपने लगा। परन्तु वह किसी निर्णय पर नहीं पहुंच सकी।

''कहां की रहने वाली हो मेरी जान, मेरी रानी...? टैक्सी वाले ने उसकी खामोशी का लाभ उठाकर बात आगे बढ़ाई।

''ओह!'' उसने सोचा। मेरी जान और मेरी रानी कहना तो इन पुरुषों की सदा से ही गंदी आदत रही है। कोठे पर उसने लगभग सभी आने वालों को चमेलीजान के लिए ऐसे शब्द प्रयोग करते सुना था। उसकी आंखों में आंसू छलक आए। यह वह कहां आ फंसी? आकाश से गिरी और खजूर पर आ अटकी। आखिर भाग्य उसके साथ क्यों मजाक कर रहा है?''

''कहां से आ रही हो?'' टैक्सी ड्राइवर ने फिर पूछा, ''बम्बई की रहने वाली हो या कहीं बाहर से आ रही हो?''

वह कुछ न बोली—''सहमकर उसने गीता को और भी ताकत से अपने सीने में चिपटा लिया।

''सेठ कर्मचन्द ने तुम्हें हवेली ही बुलाया था, या कहीं और? टैक्सी ड्राइवर ने उसका उत्तर नहीं पाया तो स्वयं ही बोला, ''वैसे अधिकांश सेठ इस हवेली के बजाय लड़कियों को अपनी कोठी ही में बुलाता है। यहां से लगभग चालीस मील दूर उसकी एक और कोठी है। यहां पर तो मैं अगणित लड़कियां ले जाकर छोड़ता रहा हूं। लड़की जितनी सुंदर हो, पैसा उतना ही अच्छा मिलता है। तुम तो एक बच्चे की मां होकर भी इतनी सुंदर हो कि...''

सहसा सामने से एक कार इतनी समीप से निकली कि टैक्सी ड्राइवर स्टेयरिंग संभालने में लग गया। बात उसने अधूरी छोड़ दी।

''तुम्हें शर्म नहीं आती मुझसे ऐसी बातें करते हुए।'' सहसा सीता ने दिल को मजबूत करते हुए कहा—''मैं तुम्हारी रिपोर्ट पुलिस में करूंगी।''

''पुलिस!'' टैक्सी ड्राइवर ने यूं कहा मानो सीता ने कोई मजाक कर दिया हो। फिर एक जोरदार ठहाका लगाकर उसने अंदर की बत्ती जला दी। सामने के दपर्ण में सीता को देखा। ''कहो तो पुलिस स्टेशन ले चलूं?'' कुछ पल बाद बत्ती बुझाते हुए पूछा उसने।

पुलिस स्टेशन! एक पल के लिए सीता का दिल धड़का। मां की दी गई चेतावनी याद आई। यह पुरुष चाहे पुलिस के अफसर हों या देश के नेता, हैं पुरुष ही और पुरुष भेड़िया होता है, भेड़िया। जब तक नारी असहाय है, अकेली है, यह उससे खूब लाभ उठाते हैं। जब उसे कहीं शरण मिल जाती है, जब वह अपने पैरों पर खड़ी होकर कठिनाइयों का सामना करने योग्य हो जाती है तो यह उसके पग चूमने लगते हैं। परन्तु फिर उसने सोचा, नारी को सहारा भी तो एक पुरुष ही देता है। पुरुष बिना नारी का अस्तित्व ही क्या है! सरकार ने पुलिस बेसहारों की रक्षा के लिए ही तो बनाई है। अच्छा होगा यदि वह पुलिस स्टेशन ही चले यह आवारा ड्राइवर तो उसे जाने कहां ले जाएगा।

''हां, पुलिस स्टेशन चलो।'' उसने आवाज में सख्ती उत्पन्न की और भगवान से आस लगाकर गीता को चूमने लगी। क्या हुआ यदि पुलिस के हाथों में पड़कर वह फिर अपनी कोठे वाली अम्मा के पास भेज दी जायेगी। परन्तु कम-से-कम गीता को तो उसका घर मिल जायेगा। पुलिस गीता के घरवालों का पता तो लगा ही लेगी। उसने अपने माता-पिता का तो कुछ भी पता नहीं चला। मालूम नहीं वे जीवित भी हैं या मर गए। इतने वर्षों बाद कौन उसकी बात का विश्वास करके उसके माता-पिता की खोजबीन करेगा।

ड्राइवर ने सीता की बात सुनी तो स्टीयरिंग पर उसके हाथ डगमगा गए। परन्तु स्वयं को संभालकर उसने अपने होंठ काटे। टैक्सी की गति में उसने जरा भी कमी नहीं आने दी। टैक्सी सांता क्रूज पर बस अड्डे की चारदीवारी से सटकर, बाहर की मेन रोड छोड़कर एक कच्ची सड़क पर हो ली।

''यह तुम इस ओर अंधकार में मुझे कहां ले जा रहे हो?'' सीता ने एक अज्ञात भय से कांपकर पूछा।

''पुलिस स्टेशन।''

''परन्तु...''

''बम्बई का पुलिस स्टेशन यहीं हैं, सबसे बड़ा पुलिस स्टेशन'' सीता कुछ न बोली—''परन्तु दिल था कि धड़कता ही गया। उसने घबराकर गीता को झिंझोड़ते हुए जगा दिया।

''क्या बात हो गई?'' अपनी आंखें मलती हुई वह उठकर बैठ गई।

''जागो बेटी, जागती....'' उसके मुंह से 'बेटी' शब्द अनायास ही निकल गया, परन्तु उसने इस पर जरा भी ध्यान नहीं दिया—''मुझे डर लग रहा है, मुझसे कुछ बात करो बेटी।''

गीता चकित दृष्टि से उसे देखती ही रह गई, परन्तु टैक्सी ड्राइवर बराबर मुस्कराता रहा। अंधकार में उसकी आंखें बिल्ले समान चमक रही थीं, इस प्रकार मानो एक भोला-भाला कबूतर शिकार बनकर उसके चंगुल में आ फंसा हो।

कुछ और अंदर ले जाकर ड्राइवर ने टैक्सी रोकी तो सीता ने देखा, अंधकार में खोलियां लुप्त हो रही थीं। कहीं-कहीं ही लाल-पीले प्रकाश जगमगा रहे थे। ड्राइवर ने उतरकर पीछे का दरवाजा खोला और अपनी मूछों पर ताव देने लगा।

''यह तुम मुझे कहां ले आए?'' सीता ने गीता का हाथ थामकर उतरते हुए पूछा।

''पुलिस स्टेशन...'' ड्राइवर मुस्कराया—''आओ मेरे साथ।''

''लेकिन यहां तो बहुत अंधेरा है। कितना कीचड़ है चारों ओर।'' सीता ने संकोच किया।

''यह रास्ता आज ही कल में बनने वाला है—इस समय इसी पर चलना पड़ेगा—आज बिजली भी फेल है, इसलिए अंधेरा है आओ चलो, उस ओर...'' टैक्सी ड्राइवर ने एक ओर इशारा किया—''पुलिस स्टेशन उसी तरफ है।''

सीता कुछ न बोली...सिर झुकाए अंधकार में टैक्सी ड्राइवर के पीछे-पीछे हो ली। मन चाहता था वापस लौट जाए, यहां से भाग जाए, परंतु शिकारी का जाल मजबूत था और वह इसमें जकड़ती ही चली गई। स्वयं को झूठी तसल्ली दी कि शायद टैक्सी ड्राइवर सच ही कह रहा हो। इतने कम समय में गीता के प्रति उसके मन में इतनी ममता जाग उठी थी कि उसे बचाने के लिए वह कुछ भी कर सकती थी।

पैरों में कीचड़, दिल में घबराहट, माथे पर ठंड होने के पश्चात् भी पसीना, फिर भी वह गीता को लिए बढ़ी जा रही है। जहां कहीं अधिक कीचड़ या पानी मिला, उसने गीता को गोद में उठा लिया। गीता इस प्रकार खामोश थी मानो वर्षों से बिछड़ी उसकी मां लौट आई हो। जीवन में शायद पहली बार उसने अपने दिल में मां का असीमित प्यार प्राप्त किया था।

सहसा टैक्सी ड्राइवर एक खोली का दरवाजा खोलने लगा तो सीता रुक गई। उसके लिए कोई चारा भी नहीं था। अंधकार इतना घना था कि उसे इधर-उधर खोलियों के अतिरिक्त कुछ सुझाई ही नहीं दिया। वह भागती भी तो कहां। ड्राइवर अंदर पहुंचा। उसने माचिस जलाई तो सीता ने देखा, एक छोटा-सा कमरा—छत नीची और दीवारें सीली हुई थीं। कमरे में विचित्र-सी गंध थी। ड्राइवर ने लालटेन जलाई और फिर सीता की ओर मुड़ा। सीता, गीता को लिए स्वयं ही अंदर चली आई।

''यह मेरी खोली है, पुलिस स्टेशन नहीं।'' ड्राइवर ने एक ओर दरी बिछाते हुए कहा—''मैंने सोचा पुलिस स्टेशन तुझे ले जाना उचित नहीं। पुलिस वालों का कोई भरोसा नहीं। जाने क्या व्यवहार तुझसे करते?''

सीता कुछ बोली। गीता को अपने से चिपटाए सहमी-सहमी उसको देखती रही।

''तू यहां आराम से पड़ी रह।'' टैक्सी ड्राइवर फिर बोला, ''मैं धंधे पर जा रहा हूं। तू अंदर से कुंडी चढ़ा लेना। अरे...!'' सहसा टैक्सी ड्राइवर उसके मुखड़े पर नजर जमाते हुए बोला—''यह नथनी तेरी नाक में कैसी है? तू तो एक बच्चे की मां है न? अच्छा!'' वह अपने होंठों को फैलाकर मुस्कराया तो उसकी मूछें भी फैल गयीं। ''समझा, यह नथनी तूने इसलिए पहन रखी है ताकि सेठ कर्मचन्द तुझे कुंवारी समझे—क्यों?''

सीता तब भी कुछ नहीं बोली। उसी प्रकार खड़ी कांपती रही।

''मैं चल रहा हूं। सुबह आऊंगा।'' ड्राइवर ने उसकी अवस्था को देखे बिना ही कहा और बाहर निकल गया। दरवाजा बंद करना मत भूलना।''

सीता की जान-में-जान आई। घबराहट के कारण उसका शरीर पसीने से तर हो चुका था। उसने अपना बुर्का उतारा, मुंह पोंछा, और फिर दरवाजे को अंदर से बंद कर लिया। दरवाजा उसके कद से भी छोटा था, परन्तु सुरक्षा के लिए बहुत था। उसने कमरे के अंदर अपनी दृष्टि दौड़ाई। दीवारें फटी-फटी थीं, जहां लकड़ी की दीवारें थीं वहां दरारें भी थीं, दीवार पर बड़े-बड़े कैलेण्डर पान की दुकान के समान टंगे थे। कील की खुंटियों पर गंदी कमीजें तथा लाल धारीदार बनियानें थीं। दो टीन के बक्सों के पीछे कुछ बोतलें लुढ़की पड़ी थीं। वह समीप आई। उसने देखा अंग्रेजी शराब की बोतलें, एक बड़ा चाकू, देखते ही वह कांप गई। शायद यह ड्राइवर बम्बई का कोई बदमाश है। मगर खैर, इस समय तो वह सुरक्षित ही है। सुबह देखा जाएगा। दरी को उठाकर उसने भली-भांति झाड़ा। धूल से कमरा भर गया तो उसको कई एक छीकें भी आ गयीं। फिर उसे बिछाकर उसने अपने बुर्के का सिरहाना बनाया, गीता को इस पर आराम से लिटा कर वह स्वयं भी वहीं लेट गई, अपने एक हाथ को मोड़ते हुए कोहनी का सिरहाना बनाकर।

काफी देर बीत गई, परन्तु सीता को एक पल भी नींद नहीं आई। थोड़ी-थोड़ी देर बाद करवट बदल-बदलकर वह बहुत बेचैनी से सुबह की प्रतीक्षा कर रही थी। गीता निश्चिंत सी इस प्रकार सो रही थी मानो यह उसका अपना ही घर था। सीता छत को घूरती हुई सोच रही थी कि दो दिन पहले तक वह बनारस के कोठे पर कितने आराम से रेशमी बिस्तरों पर सपना देखा करती थी। उसे क्या मालूम था कि वह कफन था जिसे पहनकर उसकी अर्थी परसों उठ जाती यदि चमेलीजान उसे बचाकर नहीं भेजती।

यद्यपि आज लेटने के लिए उसके पास बिस्तरा तक नहीं था, परन्तु फिर भी वह संतुष्ट थी। संतुष्ट इसलिए कि उसके छोटे से मस्तिष्क मैं भी यह बात घृणा बनकर उत्पन्न होती रही थी कि एक नारी की लाचारी से जो भी चाहता है लाभ उठा लेता है। नारी मानो नारी नहीं हुई, एक मशीन हो गई जो दूसरों की वासना का शिकार होकर कौड़ियों के दाम बिकती चली जाए। काश! उसके माता-पिता मिल जाएं। फिर वह कितनी आसानी से सारी कठिनाइयां हल कर लेगी। चमेली जान को अपने पास बुलवा लेगी। अपनी दौलत का सहारा लेकर बनारस की इस गन्दगी को दूर करने का पूरा प्रयत्न करेगी। समाज में इन गिरी हुई नारियों का एक संगठन बनाकर वह सरकार से मांग करेगी कि इन्हें भी इज्जत से जीने का अधिकार दिया जाए। जो पुरुष इनकी मजबूरी से लाभ उठाकर इनका मान गिराना चाहे उसे सख्त-से-सख्त दण्ड दिया जाए। वास्तव में यदि उसके पिताजी मिल जाए तो वह इन गिरी हुई नारियों को ऊपर उठाने के लिए कोई भी कसर नहीं छोड़ेगी। दौलत क्या नहीं कर सकती, शायद भगवान ने उसे यही लक्ष्य लेकर उस गन्दगी से बाहर निकालने में सहायता पहुंचाई है।

सहसा उसने प्रतीत किया, खोली के समीप ही कोई चल रहा है। पगों की चाप धीमी थी फिर भी वह उठकर बैठ गई। शायद यहां कोई आ रहा है। उसने गीता को देखा, वह अपनी निद्रा में मदहोश थी, दरवाजे की ओर मुंह घुमाकर उसने ध्यान से सुना, चाप वहीं आकर ठहर गई थी। उसके पसीना छूट गया—इससे पहले की वह कुछ सोचे, उसने देखा दरवाजे की दरार के अंदर एक पंजा दाखिल हुआ। उसकी आत्मा कांप गई। चीख निकलते-निकलते आवाज ही घुट गई। वह पंजा एक ओर को मुड़ा और फिर बहुत आसानी से उसने चढ़ी हुई कुण्डी खोल डाली। वह झट खड़ी हो गई। पलड़े खुले—फिर एक छाया उसकी ओर बढ़ी। लालटेन की रोशनी में उसने देखा, यह एक कांस्टेबल था, मोटा, भद्दा, बड़ी-बड़ी मूंछों वाला। भारी-भरकम बूट पहने, वह झूमता हुआ अंदर आया। पलटकर उसने दरवाजा अंदर से बंद किया और फिर सीता की ओर बढ़ा। सीता कांप कर पीछे हट गई।

''अरे!'' लड़खड़ाती आवाज में शराबियों के समान वह बोला, ''तुम अभी तक जाग रही हो?''

वह कुछ न बोली। सहमकर एक बार गीता को देखा, फिर सामने घूरने लगी।

''चलो अच्छा ही हुआ जो तुम्हें नींद नहीं आ सकी, वर्ना मुझे जगाने में कष्ट होता।'' वह वहीं दरी पर बैठ गया, गीता के समीप ही। ''आओ तुम भी यहां बैठो। इस बच्ची को उठाकर उधर कोने में डाल दो।''

''मैं आपके हाथ जोड़ती हूं।'' सहसा सीता हाथ जोड़ती हुई सिसक पड़ी, ''मुझे हाथ न लगाइए, मुझे अकेला छोड़ दीजिए। कृपया यहां से चले जाइए।''

''चला जाऊं?'' कांस्टेबल गरजा, ''क्या तुमको मालूम नहीं मैं यहां का बड़ा दरोगा हूं? क्या इसीलिए मंगल को संसार भर के बखेड़ों से बचाता रहा हूं कि तुम्हें छोड़ दूं? वह ठीक ही कहता था। आज तक उसने अगणित लड़कियां मुझे दी हैं, परन्तु तुम्हारा कोई जोड़ नहीं। कौन कह सकता है कि तुम इस बच्ची की मां हो। वास्तव में तुम बहुत खूबसूरत हो, बहुत अधिक, आओ मेरे पास, फिर कुछ दिन बाद मैं तुम्हें हीरोइन बनवा दूंगा। तुम नहीं जानती मैंने कितनी ही लड़कियों को फिल्म में भेज दिया है। तुम तो बहुत ही अधिक सुंदर।'' कांस्टेबल कहते-कहते उठ खड़ा हुआ सीता की ओर बढ़ा तो सीता एक किनारे दुबक गई। कांस्टेबल जोर से हंसा। उसके जबड़े भूखे कुत्ते के समान खुल गए और जबान बाहर निकल आई मानो कच्चे मांस पर उसकी दृष्टि पड़ गई हो।

''तुम यहां से कहीं नहीं भाग सकतीं।'' सीता की ओर बढ़ते-बढ़ते वह एक टीन के बक्से के समीप पहुंचा। वहीं घुटनों को मोड़ वह पंजों के बल बैठ गया। बॉक्स खोला, सीता यह देखते ही और भी कांप गई। बॉक्स के अंदर शराब की बोतलें भरी पड़ी थीं।

एक ढक्कन खोलते हुए वह बोला, ''इन आस-पास की खोलियों में ही नहीं बल्कि बम्बई की तमाम खोलियों में भी शराब बनती है। न बने तो इन गरीबों का गुजारा कैसे हो? बम्बई को हमारी सरकार ने इसीलिए तो ड्राई एरिया घोषित किया है यदि यह ड्राई एरिया न हो तो शराब की कीमत गिर जाएगी। फिर इनकी शराब कौन खरीदेगा? फिर ये लोग भूखे मरने लगेंगे। जब काम नहीं रहेगा तो यह चोरी करेंगे, डाका डालेंगे और इससे फिर हम पुलिस वालों को परेशानी होगी। अरे मैं क्या कह रहा था, क्या कहने लगा।'' उसने एक लम्बा घूंट बोतल द्वारा ही लिया। उसके पीने के अंदाज से शराब की लम्बी धार होंठों द्वारा गरदन से होंठों तक पोंछते हुए उठ खड़ा हुआ। पैर की ठोकर द्वारा उसने बॉक्स बंद किया और बोतल हाथ में लिए झूमते हुए सीता की ओर बढ़ा।

''हां तो मैं कह रहा था तुम यहां से भागकर जिस किसी खोली में भी पनाह लोगी, वहीं तुम पर अत्याचार होगा। जाने कितने लोग इकट्ठा ही तुम्हारी दुर्गति बना डालेंगे। यहां तो मैं अकेला हूं, बिल्कुल अकेला।'' कांस्टेबल ने बोतल मुंह से फिर लगाई। गटागट वह जाने कितने घूंट एक साथ ही पी गया। होंठों को पोंछता हुआ वह लड़खड़ाया। बोतल में शराब बची थी, फिर भी उसने बोतल फेंक दी। चंद छींट दरी पर भी आ गिरे। कमरा पूर्णतया शराबखाना-सा महक गया। फिर उसने बहुत ही ललचायी दृष्टि से सीता को देखा, बहुत ही

वासनामयी दृष्टि से....और फिर उसकी ओर बढ़ा। सीता की आंखों में आंसू थे, परन्तु वासना का भूखा रावण इसे नहीं देख सका। सीता कांपती हुई दीवार से सट गई। अपने बचाव के लिए अब उसके पास कोई भी साधन नहीं रह गया था। एक लाचार पंछी के समान वह जाने क्या सोचने लगी, शायद ऐसे ही विचार उसके मन में उठ रहे थे जैसे बलि चढ़ने से पहले किसी पशु के मन में उठते होंगे।

वह एक पशु ही तो थी, एक पशु, एक नारी पशु ही तो है। जिसको असहाय पाकर पुरुष एक मशीन के समान उपयोग में लाकर अपनी हवस मिटाता चला आया है। एक बार उसने चमेली को याद किया। मन में धड़कनें उठीं। मां आओ देखो, जिस संसार से बचाकर तुमने मुझे भेजा है, वह इन पुरुषों के होते हुए सभी स्थान पर उपस्थित है। वह संसार, जिसका सपना तुमने मेरे लिए देखा है वह इस धरती पर कहीं भी नहीं मां। यह भेड़िए जब तक जीवित रहेंगे नारी की मान-मर्यादा कभी सुरक्षित नहीं रह सकती। आज उसकी नथनी उतर रही है। वह सिसक पड़ी। रो पड़ी। आंसू गालों पर आकर बहने लगे। हिचकी से उसके होंठ कांपने लगे।

कांस्टेबल आगे बढ़ा। सीता के सामने आया, समीप, और समीप और फिर उसने सीता की बांह थाम ली। सीता के शरीर में मानो किसी ने ढेर सारी सुइयां चुभा दीं, ऊपर से नीचे तक वह बुरी तरह थरथराने लगी। एक पल को वह कसमसाई, कुछ तड़पी, चाहा की टूटे पंखों के सहारे ही उड़ जाए, परन्तु शिकारी की पकड़ मजबूत थी, वह फड़फड़ा भी नहीं सकी। लाचार होकर उसने अपने आपको भाग्य के हवाले कर दिया। आंखों से निकले बड़े-बड़े आंसू फर्श पर गिरकर चमकने लगे।

कांस्टेबल ने अपना बदबूदार मुंह उसकी ओर बढ़ाया। तन समेत वह उस वह गिर पड़ा रहा था। अपने आपको संभालना तक उसके लिए कठिन हो गया था। सीता के अधरों पर वह झुकता चला गया, झुकता चला गया। सीता ने अपनी आंखें बंद कर लीं और सिर को दीवार पर लुढ़का दिया।

परंतु तभी पुलिस का सायरन बजने लगा, सायरन की आवाज तेज होती चली गई और जब यह बहुत तेज हो गई तो कमरे की दरारों से प्रकाश का झोंका इस प्रकार अंदर दाखिल हुआ कि जलती हुई लालटेन भी मद्धिम पड़ गई। पुलिस! कांस्टेबल चौंका। उसका सारा नशा उखड़ गया। सीता को छोड़ कर वह दरवाजे पर आया। झांककर देखा तो बाहर चारों ओर पुलिस की वैन और जीप सर्चलाइट में जगमगा रही थीं। पूरी बस्ती पर पुलिस वालों ने शराब-बन्दी के कारण छापा मारा था, बम्बई की पुलिस यूं भी गैरकानूनी तौर पर शराब बनाने वालों से बहुत तंग आ चुकी है। कांस्टेबल ने अंदर ही अंदर बल खाया। अब कहीं भी बचने का रास्ता नहीं था। पुलिस वाले शराब की भट्टियों की तलाशी लेने यहां भी आयेंगे। घबराकर भीगी बिल्ली समान वह सीता को देखने लगा मानो इस समय वही उसकी घरवाली बनकर उसे बचा सकती है क्योंकि इस खोली में तो कोई भट्टी थी नहीं।

परन्तु सीता को यूं महसूस हुआ मानो अचानक ही हनुमान जी ने उड़ान लगाकर उसकी रक्षा कर दी है। उसने लपककर गीता को गोद में उठाया और दरवाजा खोलकर बाहर निकल आई। कांस्टेबल उसे देखता ही रह गया, मानो शिकार शिकारी को बांधकर चल दिया हो।

दूसरी खोलियों में भी औरतें निकल-निकलकर बस्ती में फैलती जा रही थीं। सर्चलाइट के सहारे पुलिस ने सभी कोनों को अपने अधिकार में ले रखा था। यहां पुरुष कम दिखाई पड़ रहे थे। शायद अधिकांश अपराधी थे। इसीलिए अपनी जान बचाए घरों में दुबके बैठे थे।

पुलिस ने सब नारियों को एक ओर करते हुए एक-एक घर की पूरी-पूरी तलाशी ली। बस्ती में खलबली मच गई।

सीता गीता को गोद में उठाए नारियों के झुंड में सम्मिलित हो गई। सर्चलाइट में वह यहां के घिनौने वातावरण को भली-भांति देख सकती थी। पुलिस वास्तव में सख्ती से काम ले रही थी। जो भागने का प्रयत्न कर रहे थे उन पर डंडे भी बरसा रही थी, केवल कुछेक घर ही इस अपराध से मुक्त निकले थे। उसने देखा, जिस कमरे में वह कैद थी वहां भी पुलिस ने छापा मारा है, कांस्टेबल को पुलिस खींचती हुई बाहर लाई थी। कुछ अधिक ही सख्ती के साथ उससे व्यवहार किया जा रहा था क्योंकि वह ड्यूटी पर होते हुए भी ड्यूटी से अनुपस्थित था। सीता को देखकर उसने नजर झुकायी तो सीता ने घृणा से थूक दिया। उसकी जान में जान आई कि भगवान ने ऐसे समय में उसकी रक्षा की है कि यदि एक मिनट भी इसमें देरी होती तो उसके साथ जाने क्या हो जाता?

एक ट्रक पर अगणित पीपे, टेंक तथा बुझी हुई भट्ठियां लाद दी गयीं। बोतलों से जीप के ट्रेलर भर गए। दूसरे ट्रक पर अपराधियों को कैदी बना कर खड़ाकर लिया। इस पकड़-धकड़ में देर हो गयी और पुलिस वालों ने बस्ती छोड़ी तो सुबह की हल्की-हल्की पौ फट रही थी। सीता ने देखा, सूर्य की पहली किरण उसके नैनों द्वारा दिल में उतरकर ठंडक प्रदान कर रही है।

पुलिस के जाते ही बस्ती में रोना-चिल्लाना आरम्भ हो गया। सीता गीता को गोद में लिए-लिए थक चुकी थी। हाथ सुन्न पड़ रहे थे, परन्तु उसको इस प्रकार जगाना उसने उचित नहीं समझा। वह उसी प्रकार उसे गोद में संभाले सड़क पर निकल आई। कारों के झुंड, एक के बाद एक गाड़ियां, बसें, वह तो घबरा ही गयी। दूर से ही बिजली की ट्रेन की आवाजें स्पष्ट सुनाई पड़ रही थीं। इतना अधिक शोरगुल, इतनी अधिक भीड़, वह भी इस समय जबकि दिन आरम्भ भी नहीं हुआ। बनारस में तो इस समय लोग गंगास्नान करते रहते हैं, फिर देर से लौटकर देर से ही सारा काम आरम्भ करते हैं, परन्तु यहां का तो संसार ही बदला हुआ है, शायद इसीलिए बम्बई को लोग अधिक प्रगतिशील शहर कहते हैं।

सहसा सिर के ऊपर से एक हवाई जहाज गुजरा, बहुत नीचे हो करके, जैसे आगे जाकर उतरना ही चाहता हो। इसकी गरजती आवाज से गीता की आंखें खुल गयीं। सीता ने उसे नीचे खड़ा किया। अपने थके हुए हाथों को उसने सीधा किया तो नसें तड़क गईं। उससे चैन-सा

मिला, रातभर सो न सकने से उसकी आंखें बोझिल थीं, मुंह थकावट से उतरा हुआ था, परन्तु फिर भी गीता को देखते ही मुस्करा दी। उसके और गीता के बीच प्यार का पौधा इतना बड़ा हो चुका था मानो दोनों का साथ जन्म-जन्म का ही हो। गीता भी आंखें मलती हुई मुस्करा दी।

उसने गीता का हाथ थामा और एक अनजान रास्ते पर हो ली उस ओर, जिधर को अभी-अभी ऊपर से हवाई जहाज गुजरा था।

चलते-चलते वह थक गई। जी चाहता था कहीं बैठ जाए। कहीं रुककर थोड़ा आराम कर ले। सूर्य भी निकलकर अब काफी चढ़ आया था। फिर भी सुबह की हवा में ठंडक थी। परन्तु उसे किसी भी वस्तु की परवाह नहीं थी। अब उसे इतना डर भी नहीं था जितना रात के समय था। और अचानक ही पहाड़-सी मुसीबतें उठाते-उठाते तो वह बिल्कुल ही थक चुकी थी। एक पल को उसने सोचा, गीता भूखी होगी। उसने स्वयं भी तो कुछ नहीं खाया है। उसने अपनी कमर में बंधी गांठ को टटोला। रुपये सुरक्षित थे।

वह अभी एक होटल की ओर बढ़ना ही चाहती थी कि उसने देखा, कुछ लफंगे उसके पीछे लगे हुए हैं। समय सुबह का था, भगवान की पूजा करने का, परन्तु वह पुरुष, नारी दिख जाए और वह भी एक सुंदर नारी तो फिर इनका मन कभी शांत नहीं रहता। उसके पीछे यह बहुत शीघ्रता से चल रहे थे, इन भेड़ियों से वह तंग आ चुकी थी। उसका मन करता था वह अपनी जान दे दे, या फिर यहां से कहीं ऐसे स्थान पर चली जाए जहां इन पुरुषों का अस्तित्व नहीं हो। परन्तु ऐसा कहां हो सकता है? भगवान ने जाने क्यों नारी के साथ इतना बड़ा अन्याय किया है कि पुरुष तो नारी के बिना रह सकता है, परन्तु नारी पुरुष के बिना कदापि नहीं रह सकती। उसे अपनी सुरक्षा के लिए पुरुष ही की आवश्यकता पड़ती है, परन्तु यह पुरुष, यह आज के युग में जन्म लेने वाले पुरुष क्यों इतने भिन्न हैं? क्यों एक भेड़िए के समान मुंह फाड़े, आंखें निकाले उसके पीछे पड़कर उसकी मान-मर्यादा हड़प कर लेना चाहते हैं।

उसके मन में बसी घृणा और दृढ़ हो गई। उसने गीता का हाथ मजबूती से थामा और तेज पगों से चलने लगी। गीता अपने छोटे-छोटे पगों से लगभग दौड़ने-सी लगी थी। वास्तव में सुंदरता एक मुसीबत होती है जो जवानी तक कभी नहीं टलती। उसने देखा उसके पीछे चलने वालों के पग भी तेज हो रहे हैं। वह गीता को लिये भागने लगी—दौड़ने लगी। राह चलते लोग उसे देखने लगे, परन्तु वह रुकी नहीं। चाहती थी कि जल्द-से-जल्द वह किसी पुलिस स्टेशन पर पहुंच जाए ताकि कम-से-कम इन गुंडों से तो छुटकारा मिले तथा साथ ही यदि उसकी नहीं तो गीता की मंजिल का ही पता चल जाए। गुंडे उसके पीछे लपके चले आ रहे थे। वह दौड़ी गई, भागती गई, गीता उसका साथ देती रही।

सहसा उसने सड़क के पास एक होटल देखा। चाहा कि लपक कर वहीं पहुंच जाए। कम-से-कम कोई तो उसकी सहायता करेगा ही, कि तभी मध्य सड़क पर गीता का हाथ छूट गया। नन्हें-नन्हें पग धीमे पड़ गये थे। वह वहीं थककर रुक गई, सीता ने पलटकर गीता को देखा।

चाहा कि उसे अपनी गोद में उठा ले, कि तभी सामने से आती हुई एक कार को देखकर वह चौंक पड़ी। लपककर उसने गीता को दूसरी ओर धक्का दिया। गीता छिटककर दूर जा गिरी, परन्तु वह स्वयं अपना स्थान नहीं छोड़ सकी, इसके पहले कि वह संभल पाए, कार के पहिए के ब्रेक के कारण जाम होने के पश्चात् भी उसके शरीर से टकरा गए। एक चीख के साथ वह वहीं गिर पड़ी, गिरते ही बेहोश हो गई।

''आंटी।'' सहसा गीता का मानो कलेजा ही फट गया। सीता से लिपटकर वह फूट-फूटकर रो पड़ी—'आंटी, उठो न, उठो-उठो, मेरे घर चलो, मेरे घर चलो न।''

परन्तु सीता बेसुध रही, आंखें तक नहीं खोल सकी।

और लोगों की भीड़ एकत्र हो चुकी थी, कुछ पुरुषों ने कार के ड्राइवर को कालर से थाम रखा था। कार के पीछे बैठा एक नवयुवक बाहर निकला तो जनता ने उसका स्वागत गालियों से ही आरम्भ कर दिया।

सहसा होटल से एक नाटा-सा, गैंठा-सा, हृष्ट-पुष्ट व्यक्ति निकला। ऊंची उठी हुई पैंट की मोहरी, तन पर एक चैकदार लाल बंडी। चाल की अकड़ में रुआब था मानो यहां का कोई दादा हो। भीड़ में घुसकर उसने एक व्यक्ति का कालर पकड़कर अपनी ओर खींचा। गरजकर बोला—''यह सब तुम्हारे लोगों के कारण हुआ है। क्यों, इस छोकरी का पीछा कर रहा था? हैं?''

''हम इस छोकरी का नहीं, उस छोटी वाली छोकरी का पीछा कर रहा था।'' वह व्यक्ति घबराकर बोला, ''आज के अखबार में निकला है कि सेठ कर्मचन्द की लड़की लापता है। पाने वाले को इनाम मिलेगा। यह देखो उसकी तस्वीर। उसने अखबार का पहला पृष्ठ उसको दिखाया।

कार से निकला नवयुवक समीप ही खड़ा था। उसके कान ठिठक गए। लपककर वह इनके बीच आया। ''सेठ करमचंद की लड़की!'' उसने झट पूछा, ''कहां है वह लड़की?''

''वह रही।'' उनमें से एक ने कहा, ''लाश के ऊपर पड़ी रो रही है। क्या यह तस्वीर उस लड़की से नहीं मिलती? हम तो पूछताछ करके अपना संदेह दूर करने के लिए उसका पीछा कर रहे थे। यदि वह लड़की चोर नहीं थी तो उस बच्ची को लेकर भाग क्यों रही थी?''

वह नवयुवक भीड़ को चीरता हुआ बीच में पहुंचा, कार के पहियों के समीप। बांहों से पकड़कर उस बच्ची को खड़ा किया, उसका मुखड़ा ऊपर उठाया तो चौंक पड़ा। प्रसन्नता से मन खिल उठा। उसे उसने छाती से लगा लिया। ''मेरी बच्ची, मेरी जान, मेरी प्यारी बेटी, तू कहां खो गई थी?'' उसे चूमता हुआ वह प्यार से बोला, ''तेरी सूचना लंदन में पाकर मुझे तुरंत ही प्लेन चार्टर करके आना पड़ा। ओह मेरी गुड़िया, आखिर तू मिल ही गई। मेरी तो जान ही निकल गई थी।''

गीता अपने डैडी को पाकर खिल-खिला पड़ी थी। अपने डैडी के दोनों गालों को अपनी छपनी छोटी-छोटी हथेलियों के बीच बहुत प्यार से पकड़कर बोली, ‘‘डैडी, यह मेरी आंटी है। इन्हें ले चलो। इन्हें हम नहीं छोड़ेंगे।’’

‘‘आंटी?’’

‘‘हां डैडी...’’ वह बोली–‘‘ इन्होंने ही तो मुझे एक डाकू से बचाया है। कितनी दूर से मुझे यहां लाई हैं। हम घर भूल गए थे तो यह ढूंढ रही थीं। अब इन्हें मत छोड़ो डैडी।’’ गीता की आंखें भीग गयीं। बच्चों के समान वह हिचकी लेकर अपने आंसू पोंछने लगी।

उस नवयुवक ने गीता को प्यार किया। फिर उसके आंसू पोंछता हुआ वह कुछ नीचे झुका, सीता के बेसुध शरीर की ओर। उसने देखा, एक सुंदर, कोमल-सी कली उसके सामने पड़ी है, ऐसी कली जिसकी पंखुड़ियां अब और तब किसी भी समय सूर्य के प्रकाश का सहारा पाकर खुल पड़ना चाहती हैं। उसका मन चाहा इस कली को उठाकर चूमे, इसकी पंखुड़ियों पर जमी समाज की गर्द झाड़कर वह इसे अपने कोट के कालर की शान बना ले। नारी अचेत अवस्था में भी बहुत आकर्षक लगती है, चाहे वह सो रही हो, चाहे बेहोश हो। सुंदरता अपना प्रभाव कभी नहीं छोड़ती।

* *

खामोश वातावरण जैसे किसी की प्रतीक्षा कर रहा हो। सीता ने अपने कोमल पपोटों को बहुत हल्के से उठाकर बड़ी-बड़ी पलकें खोलीं तो ऊपर की सफेद पक्की छत पर उसकी दृष्टि चिपकी ही रह गई। नजरों के सामने शीशे का एक बढ़ा सुंदर झालर लटक रहा था। उसकी चमक से उसकी आंखें ही पलभर को चुंधिया गयीं। अपने आपको उसने एक बड़े पलंग के नर्म बिस्तर पर पाया, तो चकित दृष्टि से इधर-उधर देखने लगी, टुकर-टुकर, मानो कोई नई वस्तु देख ली हो।

दीवारों पर कुछेक बड़ी-बड़ी तस्वीरें फर्श पर बड़े-बड़े फूलदान जिनकी ऊंचाई गमलों समान थी, इनमें लगे कैकटस से कमरा आज के युग के फैशन की मांग पूरी कर रहा था। फर्श पर कालीन बिछी थी। उसने दूसरी ओर गर्दन घुमाई। डाक्टर, नर्सें, नौकर-चाकर, एक नवयुवक–सब उसी को देख रहे थे, होंठों पर एक दबी-दबी मुस्कान लिये। नवयुवक की आंखों में कुछ विचित्र-सी चमक थी। एक ऐसी चमक जिसका तेज सीता की आंखों से होता हुआ सीधा दिल की गहराई में प्रवेश कर गया। वह उसे देखती ही रह गई। खूबसूरत, गोरा, चिट्टा, लम्बे कद का व्यक्ति, जिसके मुखड़े पर एक गहरा खिंचाव था और जब वह उसे अपनी ओर खोया देखकर मुस्कराया तो सीता ने अपनी पलकें कुछ नीचे झुका लीं, बहुत खामोशी से। वहां गीता खड़ी हुई थी, अपने डैडी के बिल्कुल समीप। उसका ध्यान अपनी ओर पाते ही वह अपने डैडी का हाथ छोड़कर उसकी ओर लपक आई।

‘‘आंटी-आंटी।’’ पलंग पर चढ़कर वहीं सीता से लिपट गई।

परंतु तभी डाक्टर ने उसे गोद में उठाकर नीचे खड़ा कर दिया।

‘‘इन्हें आराम करने दो बेटी...’’ वह बोला, ‘‘इनकी तबीयत ठीक नहीं है।’’

‘‘ओह!’’ सहसा सीता को अपनी दुर्घटना याद आई। माथे पर हाथ रखकर मस्तिष्क पर जोर देते हुए पूछा, ‘‘मैं यहां कैसे आई? कौन लाया है मुझे?’’

‘‘मैं आपको अपने साथ लाया हूं।’’ उस नवयुवक ने समीप आकर उत्तर दिया, शब्द ‘मैं’ पर उसने अधिक जोर दिया।

‘‘आप...’’ सीता ने उसे आश्चर्य से देखा।

‘‘जी हां...’’ वह बोला–‘‘मैं इस बिन मां की अभागिन बच्ची का अभागा पिता हूं–राजीव।’’

सीता चुप हो गई। संतोष की सांस ली मानो वह रेगिस्तान में प्यासी भटक रही थी कि पानी का सोता स्वयं ही चलकर उसके कदमों में आ पहुंचा हो।

‘‘आंटी...’’ गीता बीच में आकर बोली, ‘‘अब हम तुमको अपने ही साथ रखेंगे। तुम यहां से कभी मत जाना, अच्छा?’’

राजीव ने गीता को गोद में उठा लिया कुछ इस जोश और झटके के साथ मानो गीता ने उसके मन की बात कह दी हो।

‘‘अरे भई बसन्त।’’ राजीव ने एक नौकर से कहा, ‘‘डैडी को तो बुलाओ, कहां चले गए?’’ और फिर वह सीता की ओर मुड़ा, ‘‘आज ही काशी से मेरे पिताजी आए हैं। इनका प्लेन मेरे प्लेन के एक घंटे बाद ही आया था। परसों काशी में मेरी गीता खो गई थी तो उन्होंने वहां रिपोर्ट लिखाने के बाद बम्बई में अपने सेक्रेटरी को भी फोन कर दिया कि गीता की तस्वीर के साथ उसके खो जाने की खबर सारे समाचार पत्रों में दे दी जाए। आज यह खबर सारे पत्रों द्वारा फैली भी नहीं थी कि मेरी बच्ची मुझे मिल गई। है न आश्चर्य कि बात? डैडी से तुम मिलना, बहुत अच्छे व्यक्ति हैं वह, बहुत ही सज्जन, सीधे-सादे, गऊ समान। मुझे अपनी बेटी समान प्यार करते हैं।’’

सीता ने उसे आश्चर्य से देखा।

‘‘दरअसल मैं उनका दामाद हूं, परन्तु फिर भी मुझे वह अपने सगे बेटे से कम नहीं मानते।’’ राजीव फिर बोला–‘‘मेरी गीता तो उनके जिगर का टुकड़ा है। कहीं जाते हैं तो साथ ही लिए रहते हैं। आपसे गीता का सम्बन्ध देखेंगे तो खुशी से फूले नहीं समाएंगे।’’

सीता कुछ नहीं बोली। राजीव के मुखड़े पर उस तेज को वह देखती रह गई जो असीमित प्रसन्नता के कारण दमक रहा था। राजीव किस कदर खुश है। खुशी में उसके मुखड़े की सुंदरता दुगुनी हो उठी। परन्तु फिर भी वह इसे शायद छिपाने का प्रयत्न कर रहा था।

''सरकार!'' तभी बसन्त ने आकर सूचना दी, ''बड़े सरकार सो रहे हैं। उठाने को मना किया है।''

राजीव कुछ न बोला। सोचा, पिताजी गीता के पीछे बहुत परेशान रहे होंगे, इसीलिए अब सो गए हैं। शायद अचानक ही आराम की आवश्यकता पड़ गई होगी। उसने डाक्टर को देखा, फिर सीता की ओर देखकर मुस्करा दिया।

सीता के दिल की छोटी-सी कली पर मानो एक भंवरा आया और गुनगुना दिया। जाने क्यों उसे यह गुनगुनाहट बहुत मीठी लगी, बहुत प्यारी, सुरीली कि घावों से भरा उसका दिल मीठे-मीठे दर्द से भर गया। यह पुरुष कभी-कभी नफरत योग्य होने के पश्चात् भी कितने अच्छे लगते हैं। सीता के दिल के द्वार पर मानो बहुत आहिस्ता से दस्तक देते हुए किसी ने पहली बार अंदर आने की आज्ञा मांगी थी। वह कुछ न बोली। आंखें बंद कर ली और विचार में लीन हो गई। आज, अभी ही, जाने क्यों उसका दिल गुदगुदाकर धड़क उठा था।

* *

सेठ करमचंद अपने कमरे में बहुत बेचैनी से टहल रहे थे। कुछ समझ में नहीं आ रहा था कि क्या करें। बनारस में एक वही तो थे जिनके लिए चमेलीजान के दरवाजे अम्मा ने सदा खोल रखे थे। वही तो थे जिन्होंने पानी के समान पैसा बहाकर चमेलीजान की लड़की रानी की नथनी उतारने का सौभाग्य प्राप्त किया था, परन्तु यह लड़की, यह नागिन कितना खूबसूरत चकमा देकर वहां से भाग गई। इसके भाग जाने से सारी दालमंडी में कोहराम मच गया था। ऐसा लगता था मानो बारात के आते ही कोई दुल्हन लापता हो गई हो। चमेलीजान को तो दलालों ने इतना मारा था कि वह अधमरी हो गई थी।

यह रानी उन्हें पहचानती है, उनकी सारी बातें जानती है। उन्हें देखते ही वह चीख पड़ेगी। घबराकर एक-एक बात उगल देगी। उनके मुंह पर कालिख लगाकर उनकी मान-मर्यादा गिरा देगी। आखिर उन्हीं के कारण ही तो यह भाग निकली है। नहीं-नहीं, ऐसा नहीं होना चाहिए। ऐसा कभी नहीं होगा।

रानी एक वेश्या है और एक वेश्या की बेटी कभी उनकी बहू नहीं बन सकती। एक वेश्या, जिसका रूप लूटने के लिए वह स्वयं बेचैन हो उठे थे, वह वेश्या जिसके प्यार की एक कीमत है, जिसके शरीर का एक भाव है, जिसकी मुस्कराहट के पीछे सिवाय पैसों की झंकार के कोई स्वर नहीं, वह वेश्या उनकी गीता की मां बने। यह कभी नहीं होगा, उनके मरते दम तक नहीं। रानी की उपस्थिति उनकी मृत्यु होगी, उनकी मान-मर्यादा का गिराव होगा उनके घर में फूट पड़ जायेगी। फिर वह किसी को भी अपना मुंह दिखाने योग्य नहीं रह सकेंगे। राजीव से आंख नहीं मिला सकेंगे, और गीता? वह तो कभी भी उन्हें क्षमा नहीं करेगी। उन्हें नाना कहने से भी घृणा करने लगेगी।

सहसा राजीव ने कमरे में प्रवेश किया तो वह सतर्क हो गए, बिल्कुल उस अपराधी के समान जो वकील को देखते ही उसके किए जाने वाले प्रश्नों का उत्तर तैयार करने लगता है।

''आप उस लड़की को देखने नहीं गए जिसने हमारी गीता के लिए अपनी जान मुसीबत में डाल दी?'' राजीव ने आते ही कहा।

''मैंने उसे देख लिया है बहुत समीप से...'' सेठ कर्मचन्द अपने मुखड़े पर रूमाल फेरते हुए बोले—''उसने हमारी गीता की रक्षा की, हम उसके एहसानमंद हैं। तुम्हारी कार से उसकी दुर्घटना हुई है, हम उसका पूरा-पूरा इलाज करा देंगे। गीता को ढूंढ़ने वाले पर जो इनाम था, वह भी उसे दे देंगे। परन्तु हमारे घर में वह एक पल भी नहीं रहेगी। उसे इसी समय अस्पताल भेजना होगा।''

''डैडी...।'' राजीव के दिल को धक्का लगा।

''मैं ठीक कह रहा हूं, बेटा।'' सेठ कर्मचन्द ने सिगार सुलगाया और एक कश लेकर दूसरी ओर खिड़की द्वारा बाहर देखते हुए बोले—''तुम उस लड़की को नहीं जानते, परन्तु मैं जानता हूं, मैं क्या शहर बनारस का एक-एक बच्चा जानता है। हर होटल में उसकी चर्चा है, हर लफंगों की जबान पर उसका नाम है। वह एक वेश्या है।'' कर्मचन्द ने बात बढ़ा-चढ़ाकर कही ताकि राजीव प्रभावित हो सके।

''डैडी...।'' राजीव की चीख ही निकल गई।

''विश्वास न हो तो उससे पूछ लो।'' सेठ कर्मचन्द ने पलट कर कहा, ''उसका नाम रानी है। वह बनारस की सबसे सुंदर वेश्या चमेलीजान की बेटी है।''

राजीव सेठ कर्मचन्द को देखता ही रह गया...स्तब्ध...उनकी बात पर उसे विश्वास ही करना कठिन हो रहा था।

''कल बनारस के अखबार में इस लड़की की तस्वीर निकली थी।'' सेठ कर्मचन्द ने इस भेद को जानने का रास्ता झूठ द्वारा बताया ताकि उनका अपना राज-राज ही रहे, यह लड़की बनारस में किसी ग्राहक के साथ लापता हो गई थी, शायद वह आदमी इसे लूटकर राह में छोड़ गया और जब अचानक ही उसे गीता मिल गई तो वह गीता के सहारे बम्बई चली आई ताकि हम पर अपना प्रभाव डाल सके। हमें ब्लेकमेल कर सके। हमारी शराफत से रुपया ऐंठ सके। वह वेश्या है और एक वेश्या को इस संसार में सिवाय रुपये के कुछ भी नहीं चाहिए।''

राजीव कुछ न बोला। अपने डैडी की बात का उल्लंघन करने का उसे साहस तक नहीं हुआ। वह जानता था सेठ कर्मचन्द बहुत दयालु पुरुष हैं। आज तक कभी किसी का नुकसान नहीं देखा। दान-पुण्य के कारण सारी बम्बई में उसका यश है। वह कभी झूठ नहीं कहते। उस लड़की में अवश्य ही यह सारी बुराइयां हैं वर्ना उसके डैडी कभी ऐसा नहीं कहते। इतनी बड़ी बात? आखिर किसी के जीवन का यह प्रश्न है।

''मुझे अफसोस है कि मुझे यह सारा भेद खोलना पड़ा।'' सेठ कर्मचन्द उसके समीप आकर उसके कंधे पर हाथ रखते हुए बोले—''परन्तु बेटा तुम मेरी बच्ची की एकमात्र निशानी के पिता हो। मैंने तुम्हें अपनी बेटी के समान ही चाहा है। मैं कभी नहीं चाहूंगा कि तुम किसी गड्ढे में में गिरो। तुम्हारी बदनामी हो, लोग तुम्हारे मुंह पर थूकें। हमारी गीता को दिन-रात ताना देते रहें। रानी सुंदर अवश्य है, बहुत अधिक सुंदर, परन्तु बेटा कुछ जहर अत्यधिक मीठे होते हैं, जिनको ज़ुबान पर रखते ही बहुत हंसते-हंसते जान निकल जाती है।''

सहसा कमरे में गीता ने प्रवेश किया।

''डैडी-डैडी!'' राजीव का हाथ थामकर लगभग खींचती हुई वह बोली—''आंटी के पास चलो, चलो ना...।''

राजीव ने गीता को देखा। उसके मन के अंदर के प्यार को समझने का प्रयत्न किया। वास्तव में गीता के मन में सीता के प्रति कितना अधिक प्यार था, शायद उसे उसकी मां मिल गई थी।

''डैडी!'' कुछ सोचकर उसने कहा—''सीता की अभी आयु ही क्या है जो ऐसी बुराइयों से उसका सम्बन्ध हो। कहीं आपको गलतफहमी तो—''

''राजीव...'' सेठ कर्मचन्द के मन में मानो आग ही लग गई, ''तुम चाहो तो स्वयं उस लड़की से उसके खानदान के बारे में पूछ सकते हो। याद रखो कुछ सर्प देखने में बहुत छोटे और अत्यधिक सुंदर होते हैं, परन्तु उनके काटने से आदमी को पानी भी मांगने का समय नहीं मिलता।''

राजीव चुप हो गया। सेठ कर्मचन्द ठीक ही कहते हैं। वह वेश्या ही होगी वर्ना उसके डैडी क्यों कहते कि वह स्वयं ही उससे उसके खानदान के बारे में पूछ ले? गीता को उसने गोद में उठा लिया। सोच लिया कि अब वह अपनी बेटी पर उस वेश्या की छाया तक नहीं पड़ने देगा। वह उसे तुरंत ही यहां से निकाल बाहर करेगा। वर्ना उसके प्यार में पड़कर गीता का सारा जीवन नष्ट हो जाएगा। वह पलटा और तेजी के साथ कमरे से बाहर निकल गया।

वह सीधा सीता के कमरे में पहुंचा। सीता ने उसे देखकर मुस्कराना चाहा, परन्तु उसकी घूरती तथा चिंगारी बरसाती आंखों को देखकर तुरंत ही उसका दिल धड़क उठा। मुखड़े की लाली में फीकापन छा गया। गीता ने चाहा कि राजीव की गोद से उतर कर सीता के पास पहुंच जाए, परन्तु राजीव ने अपनी बांहों की पकड़ मजबूत कर ली।

''तुम्हारा नाम रानी है ना?'' उसने उसी प्रकार उसे घूरकर देखते हुए सख्ती से पूछा।

सीता का दिल कांप गया। घबराई हिरणी समान उसने नहीं कहना चाहा, परन्तु होंठ कांपे ही थे कि राजीव उसके और समीप बढ़ आया।

''तुम एक वेश्या हो।'' राजीव ने गरजते हुए बात जारी रखी—''तुम्हारी मां का नाम चमेलीजान है। तुम बनारस से भागकर आई हो ताकि गीता द्वारा हमारा प्यार जीत सको, हमें लूट सको, हमें बरबाद कर सको। क्यों ठीक है या नहीं? कह दो कि यह सब झूठ है। यह सब इल्जाम है।''

सीता की आंखों में आंसू डबडबा आए। उसका हल्क सूख गया। वह इंसान, जो अभी कुछेक घंटों पहले एक देवता के समान अच्छा लग रहा था, इस समय क्रोध का शोला लिए एक शैतान से भी बदतर था। आंखों में ऐसी सुर्खी थी मानो उसका रक्त ही पी लेना चाहता है।

''यह लो अपना इनाम।'' नोटों की एक गड्डी उसकी ओर फेंकते हुए राजीव ने फिर कहा—''पांच हजार रुपये हैं यह गीता को हम तक पहुंचाने के लिए। मेरी कार द्वारा तुम्हें चोट पहुंची है इसलिए हम तुम्हारा पूरा-पूरा इलाज कराएंगे। इसलिए तुम इसी समय अस्पताल भेज दी जाओगी। हम नहीं चाहते तुम यहां रहकर अपनी उपस्थिति द्वारा इस घर की पवित्रता को नष्ट करो। वेश्याओं से हमें सख्त घृणा है। तुम जैसी नारियों को तो समाज के माथे पर कलंक लगाने की बजाय डूब मरना चाहिए।'' सहसा वह दूसरी ओर पलटा—''ड्राइवर!'' वह जोर से चीखा। ड्राइवर लपककर आया तो वह सख्ती के साथ बोला—''इस औरत को अस्पताल पहुंचा दो। इसी समय। और फिर वह गीता को साथ लिए कमरे से बाहर निकलने को आगे बढ़ा कि जाने कौन-सी कशिश थी जिससे उसकी आंखें सीता पर उठे बिना नहीं रह सकीं। वह चौंक पड़ा। पग धीमे पड़ गए। मन को एक चोट-सी लगी, जैसे एक कांटा कहीं, किसी कोने में धीमे-से चुभ गया हो।

सीता बेहोश पड़ी थी। लम्बी-लम्बी पलकें बंद थीं, परन्तु आंसू अब तक गालों पर जारी थे। एक कली...एक नन्हीं-सी कली पर मानो शबनम की बूंदें एकत्र होकर ठहर गई थीं।

उसने अपने मन में उत्पन्न हुई करुणा को दबाकर सख्ती धारण की। मन को संभाला। एक वेश्या वेश्या ही होती है। उसका कोई घर नहीं होता, कोई दोस्त कोई हमदर्द नहीं होता, क्योंकि वेश्या को इन वस्तुओं की कभी आवश्यकता नहीं होती। ड्राइवर को उसने आज्ञा दी कि उसको इसी अवस्था में ही अस्पताल पहुंचा दिया जाए, तुरंत ही।

* *

आज सीता को अस्पताल में पड़े हुए दस दिन हो रहे थे—पूरे दस दिन। इतने समय में यह पूर्णतया स्वस्थ हो चुकी थी। स्वस्थ तो वह दो दिन पहले ही हो चुकी थी, परन्तु यहां से जाकर कहीं ठिकाना न पा सकने की आशा के कारण वह अपना समय टाल गई थी। डाक्टर से कहकर उसने दो दिन आराम करने की आज्ञा ले ली थी। परन्तु आज सुबह-सुबह डाक्टर ने

उसे स्पष्ट शब्दों में कह दिया था कि वह पलंग को और अधिक दिन तक नहीं दे सकते। दूसरे रोगियों का भी विचार रखना है।

इन दस दिनों में उसे कोई भी देखने नहीं आया। राजीव भी नहीं और गीता भी नहीं। राजीव के बारे में विचार करके उसकी आंखें छलक आयीं। गीता को याद करके उसके मन के अंदर ऐसा ही दर्द उत्पन्न हुआ जो अपने बच्चे से बिछड़ी हुई किसी मां को हो सकता है। अपनी आंखें पोंछती हुई वह पलंग से उठी। उसे जाना ही पड़ेगा। परन्तु वह जाए कहां? इतनी बड़ी बम्बई शहर के एक-एक रास्ते पर अब तक उसने पुरुष को कुत्तों के भेष में पाया था। इन कुत्तों से उसे सख्त घृणा हो गई थी, परन्तु वह कुछ कर भी तो नहीं सकती थी। फिर भी उसके मन में उठती धड़कनों ने आस नहीं छोड़ी। उसे विश्वास था कि जो कुछ चमेलीजान ने कहा है वह कभी झूठा नहीं हो सकता। वह निश्चय ही एक बड़े घर की बेटी है वर्ना क्या कारण है कि उसमें कोठे वाली वेश्याओं-सी एक बात भी नहीं। बचपन ही से खामोश रहने वाली वह प्यारी-सी जान कभी भी कोठे की कोई वस्तु पसन्द नहीं कर सकी थी।

वह बरामदे में आई। चलती हुई अंतिम कमरे में पहुंची तो डाक्टर ने उसे आश्चर्य से देखा, मानो अब तक वह अस्पताल में क्यों ठहरी हुई है। परन्तु फिर उसे अचानक ही याद आया। सीता के रुपये उसके पास सुरक्षित थे जिसे राजीव ने इनाम के तौर पर उसके लिए दिये थे। उठकर उसने अलमारी खोली और नोटों की एक गड्डी सीता की ओर बढ़ाकर बोला–"यह लो अपने रुपये गिन लो। पूरे पांच हजार हैं।

सीता ने भीगी पलकों से डाक्टर को देखा, फिर रुपये की गड्डी को। वेश्या को लोग स्वयं ही रुपये से तोलते हैं फिर स्वयं ही उसे दोष भी देने लगते हैं। पूरे पांच हजार हैं।

"यह आप गीता के डैडी को वापस कर दीजिएगा।" भर्राई आवाज में वह बोली, "मेरे पास अपने रुपये हैं। वैसे डाक्टर साहब मैं वेश्या नहीं हूं। मैं वेश्या की बेटी भी नहीं हूं, कोई भी लड़की वेश्या बनकर कभी नहीं पैदा होती। यह तो समाज है, पुरुषों का समाज, जो अपनी हविश के लिए, अपनी खुशी के लिए किसी दूसरे की बेटी को वेश्या बना देने से नहीं चूकता। मेरे पिता का नाम तो..."

सहसा फोन की घंटी बजी तो डॉक्टर फोन की ओर लपका, सीता चुप हो गई। उसने देखा डाक्टर बात सुनते-सुनते अचानक ही परेशान हो गया है। 'क्या?' वह फोन पर कह रहा था "कोलैप्स कर गए। सलाइन लगी है? अच्छा मैं अभी आया।"

डाक्टर ने फोन रखा और फिर सीता की ओर मुड़ा, "ठीक है, तुम जा सकती हो। मैं यह रुपये उनको वापस कर दूंगा।" वह अपना फर्स्ट-एड-किट उठाता हुआ बोला–"मुझे अभी जल्दी है। एक रोगी की हालत बहुत गंभीर है।" और फिर वह बहुत तेजी के साथ बाहर निकल गया।

सीता उसे देखती ही रह गई। फिर एक पल को सोचकर वह कमरे से बाहर निकली। लान में होकर बड़ा गेट पार किया और खुली सड़क पर हो ली। उसने देखा, शहर में हर चलता-फिरता आदमी अपनी ही धुन में है। किसी को भी उसकी परवाह नहीं। कोई उसकी ओर देख भी नहीं रहा है। वास्तव में बम्बई में दिन और रात के जीवन में बहुत ही अंतर है। दिन के समय मानों उसकी किसी को चिन्ता तक नहीं थी। उसकी ही क्या आस-पास से आने-जाने वाली दूसरी सुंदर लड़कियों को भी कोई नहीं देख रहा था। लड़कियों की सुंदरता मानो यहां कोई महत्त्व ही नहीं रखती हो। उसने संतोष की सांस ली। वह चलती चली गई, एक ओर, बेमकसद ही। कुछ समझ में नहीं आ रहा था कि कहां रुके कहां जाए, किससे सहायता मांगे। परन्तु मन में एक आस थी, वह अपने माता-पिता का पता अवश्य लगाएगी। वह फिर राम निवास जाएगी। वहां जाकर उस हवेली के मालिक से मिलेगी। पूछेगी कि सेठ धर्मदास कौन हैं कहां गए, कहां मिल सकते हैं। वह अवश्य ही जानते होंगे। वर्ना क्या कारण है कि उसके माता-पिता बचपन में ही उसके गुम हो जाने पर राम निवास का पता ही देते? उस रात, उस पहली रात, तो वह उनसे नहीं मिल सकी थी, परन्तु आज तो वह अवश्य ही मिलेगी। हां, क्या जगह थी वह? बान्द्रा।

सहसा बस पर चढ़ने से पहले उसने अपनी कमर टटोली। परन्तु यह क्या? अरे! उसका दिल धक् करके रह गया। किसी जेब कतरे ने उसके पैसे चोरी कर लिए थे। अब? उसका पसीना छूट गया। अब वह क्या करे? किससे भीख मांगे? किसी को जानती तक नहीं। जिन्हें जानती है वे उससे घृणा करते हैं उसकी कमजोरी से लाभ उठाने में वे कदापि नहीं चूकेंगे। उसने चारों ओर दृष्टि दौड़ाई, सभी अपने-अपने काम में व्यस्त चलने-फिरने में लगे हुए थे। जेब कतरा जाने कहां, जाने कब भीड़ का सहारा लेकर उसके बचे हुए पैसे लूट ले गया था। अब वह क्या करे?

समीप ही एक नल पर जाकर उसने पानी पिया। कुछ भूख कम हुई, कुछ परेशानी पर ताजगी के छींटे पड़े। मुंह को धोकर बिखरी लटों पर अंगुली द्वारा पानी फेरते हुए उसने एक ठंडी सांस ली और फिर समीप के पार्क की ओर बढ़ गई। एक वृक्ष के नीचे, बिल्कुल एकांत में रखी पत्थर की बेंच पर वह जाकर बैठ गई। अपने पैरों को फैला लिया और हाथ को बेंच पर सीधा करके टेकते हुए उसने स्वयं को आगे की ओर झुका लिया। सिर नीचा किए अपने पगों पर लगी खाक को देखते हुए वह जाने क्या सोचने लगी। मुसीबत आती है तो घिरकर आती है। परन्तु हर वस्तु की एक सीमा भी निश्चित है। रात जितनी घनी होती है उतना ही चमकदार सवेरा होगा। अब उसे क्या करना चाहिए? क्या जीवन से हार मान ले? थककर आत्महत्या कर ले? नहीं-नहीं, यह तो निर्बलों का काम है। उसे तो अभी जीना है। अपनी तरसती आंखों से माता-पिता के दर्शन करने हैं। मन के अंदर उठती मां की तस्वीर, एक रूप से उसे ममता प्राप्त करनी करनी है। वह उन्हें ढूंढेगी, उनका पता चलाएगी। वह सेठ कर्मचन्द के यहां जाएगी,

पैदल ही...वह अवश्य ही उसके माता-पिता को जानते होंगे। वह अवश्य ही उसकी सहायता करेंगे।

सोचते-सोचते उसे शाम हो गई। पार्क में लोगों की भीड़ एकत्र होती चली गई। फिर बढ़ते अंधकार के साथ यहां की रौनक कम भी होने लगी। आए हुए लोग हंस-खेलकर अपने-अपने घर को लौट चले, परन्तु वह वहीं बैठी रही। वहीं बैठी अपने जीवन की दुर्दशा पर विचार करती रही और जब रात के लगभग ग्यारह बजने लगे, जब कहीं दूर घड़ियाल के घंटों ने रात के पहर गिनाये तो उसने देखा, पार्क बिल्कुल खाली और सुनसान पड़ा है। वह अकेली है, बिल्कुल अकेली। उसने यहां से उठकर सड़क पर जाना उचित नहीं समझा। वह स्थान बहुत सुरक्षित था, किसी को भी उसकी उपस्थिति का ज्ञान नहीं था वर्ना कोई आस-पास तो मंडराता। सड़क पर निकलकर बम्बई की रात का उसे एक बहुत ही भयानक अनुभव था इसलिए वह यहीं दुबकी रही। उसने अपने पैरों को फैला लिया और फूलों की क्यारी के समीप पत्थर की सेज पर लेट गई। एक हाथ को मोड़ते हुए उसने सिरहाना बनाया और साड़ी के पल्लू ऊपर तक खींचकर आंख बंद कर लीं। ठंड पड़ रही थी परन्तु उसका नन्हा-सा कोमल शरीर इसे हर अवस्था में सहन करने को तत्पर था। आस-पास खिले फूलों की सुगन्ध उसके नथुनों में प्रवेश करके उसके थके हुए शरीर को शांति पहुंचाने लगी थी। जाने कब उसकी बोझिल पलकों ने बंद होकर अंधकार को उसके चारों ओर फैला दिया, उसे नींद आ गई।

उसने सपने में भी वही देखा जिसका डर उसे दिन-रात लगा रहता था। उसने देखा, अंधकार के पीछे से दैत्य का एक पंजा उसकी ओर बढ़ा है। उसने पीछे हट जाना चाहा, परन्तु अब अवसर शेष नहीं था। वह पंजा आगे बढ़ा और आगे अपनी लम्बी-लम्बी नाखूनदार अंगुलियों द्वारा उसने उसकी नथनी उतारनी चाही है। वह उसकी पकड़ में आ चुकी है...छटपटा रही है। उस के पास अब बचने का कोई रास्ता नहीं है। उसका मान, उसकी इज्जत, उसका सब कुछ छिन रहा है। वह चीखना चाहती है, चिल्लाना चाहती है, कि तभी अचानक भय से उसकी आंखें खुल गयीं। वह चौंककर उठ बैठी, परन्तु तभी उसकी चीख निकलते-निकलते वास्तव में बची। उसने देखा उसके सामने, बिल्कुल सामने नवयुवक शराबियों समान झूमते हुए बहुत वासनामयी दृष्टि से उसे देख रहे थे। उनके खुले हुए होंठों से मानो कुत्तों के समान राल टपक रही थी।

उसका पूरा शरीर कांप गया। घबराई अवस्था में उसने अपनी छाती से ढलका हुआ आंचल ठीक किया और खड़ी होकर एक ओर से निकल जाने का प्रयत्न करने लगी।

''यहां को अकेला तुम क्या करता है?'' एक नवयुवक ने उसको रुआब में लेकर पूछा, ''ये पार्क में तुमको सोने का जगह बनाना मांगता है क्या? हैं?''

''नहीं-नहीं दरोगा साहेब।'' दूसरा व्यक्ति सीता पर कुछ दया दिखाकर बोला, ''इस बेचारी को कहीं सोने का जगह नहीं मिला होगा। इसलिए तो इधर में सो गया।''

दरोगा साहेब? सीता के पसीना छूट गया। तो क्या यह भी दरोगा साहेब हैं। उसने सुना था कि बम्बई की पुलिस सादे वस्त्रों में घूम-घूमकर बदमाशों के अड्डों का पता आसानी से चला लेती हैं। शायद यह दोनों भी उन ही में से हैं। अब वह क्या करे? यह पुलिस वाले तो उसे इस प्रकार देख रहे हैं मानो वह कोई मिश्री की डली हो।

''चलो मेरे साथ।'' दरोगा ने उसे बाजू से पकड़ लिया।

उसकी आंखों में आंसू भर आए, अब तो निश्चय ही उसे कोई नहीं बचा सकता। जब कानून के रक्षक ही उसकी इज्जत की रक्षा नहीं कर सकते तो फिर भला दूसरे लोग ऐसा क्यों करने लगे? अपने दुर्भाग्य पर वह सिसक पड़ी। उसके जीवन के पथ पर इतने सारे कांटे क्यों बिछे हैं?

''चल ना।'' सहसा दूसरे व्यक्ति ने उसे सकुचाते देखकर उसका दूसरा बाजू थाम लिया। बोला–''घबराती क्यों है? यह दरोगा साहेब बहुत अच्छे हैं, बहुत दयालु हैं। तुझे थाने थोड़े ही ले जायेंगे। यह तो तुझे अपने घर ले जा रहे हैं। फिर कल सुबह छोड़ देंगे। यहां अकेले सोना जुर्म भी है और खतरे से खाली भी नहीं। आ चल...''

''नहीं-नहीं, मुझे छोड़ दो मुझे छोड़ दो, मैं तुम्हारे हाथ जोड़ती हूं, तुम्हारे पैर पड़ती हूं।'' सीता गिड़गिड़ा कर रो पड़ी...उसकी हिचकियां बंध गयीं।

''अरे!'' दरोगा क्रोध और प्यार की मिलावट लेकर बोला–''अपने से हाथ जोड़ने से भला कभी काम बना है। आ चल, बम्बई में अभी कोई पैदा नहीं हुआ जो मेरी इच्छा को ठुकरा सके। चल मेरे साथ।''

''नहीं-नहीं, मुझे छोड़ दो, मुझे छोड़ दो, मुझे बचाओ...मुझे बचा...'' सीता ने चीखना चाहा, परन्तु उनमें से एक ने उसका मुंह दबा दिया, कुछ इस प्रकार कि उसकी सांस घुटने लगी, परन्तु फिर भी आंखों के सामने अंधकार छा रहा था। दोनों मिलकर उसे समीप की झाड़-झंकाड़ की ओर खींचने लगे तो उसने अपने कदमों को रोकने का अथाह प्रयत्न किया, परन्तु उसकी नन्हीं-सी जान निर्बल थी। शैतानी पंजों की जकड़ इतनी सख्त थी कि उसके बाजू टूटने लगे। उसकी एक भी नहीं चली, एक भी नहीं। कुछ दूर तक वह घिसटती चली गई।

परन्तु तभी उसने प्रतीत किया, उसके बाजुओं की पकड़ धीमी हो गई, अचानक ही, मानो पकड़े हुए पंजे बेजान हुए जा रहे हैं। उसने आश्चर्य से देखा, एक देव समान लम्बी-चौड़ी छाया ने अपने हाथ बढ़ाकर इन दोनों की गर्दन पीछे से पकड़ रखी थी। बहुत मजबूती से अपनी ओर इन्हें शरीर समेत खींचकर उसने इस बुरी तरह इनका सिर आपस में टकराया कि दोनों को गश आ गया, दोनों वहीं ढेर होकर गिर पड़े। फिर वह उसकी ओर बढ़ा। ऊपर से नीचे तक उसने सीता को बहुत गौर से देखा, कुछ विचित्र ही दृष्टि से कि सीता कांप गई। उस देव समान छाया की सूरत पेड़ों की घनी छांव के कारण अदृश्य थी, फिर भी सीता उसकी चमकती आंखों को

सहमी-सहमी देखती रही, मानो अब वह स्वयं ही कहीं उसकी निर्बलता से लाभ न उठाने का प्रयत्न करे।

''तू यहां क्या कर रही है?'' सहसा उसने पूछा कुछ ऐसे स्वर में जिसमें सख्ती भी थी और नर्मी भी।

वह कुछ न बोली...अपनी नजरें झुका लीं।

''अकेली है?'' उसने फिर पूछा।

और उसने हां के संकेत पर सिर हिला दिया। उसकी पलकों से दो सहमे-सहमे आंसू गालों पर ढुलक आये।

''चल मेरे साथ।'' उसने मानो आदेश दिया।

और सीता एक पल सकुचा कर भी उसके साथ हो ली। जाने कौन है यह जिसके स्वर में एक विचित्र ही अंदाज है, एक आदेश का भाव है, जैसे वह केवल आदेश देना ही जानता है, किसी की सुनता नहीं। और शायद इसीलिए वह भी उसके आदेश का पालन करने से इंकार नहीं कर सकी।

पार्क की पतली सड़क से होकर वे चल रहे थे जहां केवल अंधकार ही अंधकार था और हर पग पर सीता उसके साथ चलते हुए कांप रही थी। घबरा रही थी, अकेली रात, घना अंधकार, जाने कौन है यह जो उसे अपने साथ लिए जा रहा है? जाने कहां ले जाएगा? उसने उसकी ओर दृष्टि उठाई, परन्तु पेड़ों की घनी छांव के कारण वह कभी भी उसे ठीक प्रकार से नहीं देख सकीं। वह उसकी चिन्ता, उसकी घबराहट से निश्चिन्त होकर बहुत अकड़ता हुआ सीधा चल रहा था जैसे किसी अपनी ही धुन में डूबा हो।

जब उसके साथ पार्क से निकलकर वह खुली सड़क पर पहुंची तो बिजली के खम्भों की रोशनी का सहारा लेकर उसने उसे देखा, देखा तो उसके पग ही डगमगा गए। हलक से एक चीख निकलते-निकलते बची। आंखें मानो फटी-की-फटी रह गईं, उफ्! कितना कुरूप, कितना भयानक उसका चेहरा है। गाल के एक ओर, कान के समीप से लेकर गर्दन तक बिल्कुल जली और सिकुड़ी हुई चमड़ी वहां मानो तेजाब से मांस कट-कट गया था। दूसरे गाल पर भी गड्ढे थे मानो मोटे-मोटे दाने चमड़ी पर फफोले समान स्थान बनाकर रह गए हों। आंखों के ऊपर मोटी-मोटी भवें थीं, मस्तक पर गहरी सिलवटें। सिर के बाल घने थे, कुछ घुंघराले भी थे। शायद ही एकमात्र उसकी सुंदरता थी। कमर पतली, छाती चौड़ी, चाल में कभी न झुकने वाली मर्दानगी थी।

''मुझे क्या घूर रही है?'' वह उसकी ओर देखे बिना ही बोला–''चुपचाप साथ चली चल।''

सीता के धीमे होते पग कांप गए—पसीना छूट गया। उसका मन चाहा वह तुरंत भाग जाए। आती हुई किसी मोटर के नीचे कूदकर अपनी जान दे दे। चलते-चलते वह इधर-उधर देखने लगी।

''भागने का विचार छोड़ दे।'' वह उसी प्रकार सामने देखता हुआ बोला—''तू जहां भी जाएगी, कहीं भी सुरक्षित नहीं रह सकती, यह बम्बई है और तू ू शायद किसी और स्थान से आई है। क्यों?''

''जी...'' उसने बड़ी कठिनाई से केवल इतना ही कहा, बहुत कांपकर मानो हलक में कुछ अटक रहा था। वह फिर तेज-तेज चलने लगी।

''क्या नाम है तेरा?'' उसने फिर पूछा, उसी प्रकार।

''सीता।''

''सीता?''

''हां।''

उस छाया ने पहली बार उसकी ओर देखा, बहुत गौर से। उसकी आंखों की चमक में इस बार जाने क्यों सीता ने एक इंसानियत का तेज प्रतीत किया।

''तेरा नाम वास्तव में सीता ही होना चाहिए।'' उसके पग धीमे पड़ गए। उसको देखता हुआ बोला वह, ''यह भोली-भाली मासूम-सी सूरत, आंखों में गंगा समान पवित्र आंसू, होठों पर ईश्वर का नाम जपती-सी कंपन। तू यहां आकर कहां फंस गई। तुझे नहीं मालूम इस शहर में जो दिन के उजाले में राम हैं, वह रात का अंधकार बढ़ते ही रावण बन जाता है। मेरे विचार में अंधकार का नाम ही रावण रख देना चाहिए क्योंकि अंधकार में ही तो सीता सावित्री जैसी नारियों की मजबूरी से लाभ उठाकर लोग अत्याचार करने लगते हैं। क्यों?''

''हूं?'' सीता मानो चौंक पड़ी। उसकी बात का भला वह क्या उत्तर देती? केवल उसे देखती रह गई।

''उन गुण्डों ने तुझसे क्या बातें पूछी थीं?'' कुछ पग और चलने के बाद उसने पूछा।

सीता कुछ न बोली। अपने भाग्य को कोसने लगी।

''बोलती क्यों नहीं?'' उसने सख्ती के साथ डांटा।

''वह...वह जो।'' सीता कांपकर बोली, ''वह जो दरोगा साहेब थे ना, वह...''

''दरोगा साहेब!'' उसने बिना आश्चर्य प्रकट किए ही दांत पीसकर कहा—''उस दरोगा के बच्चे को तो मैं कल समझूंगा। कमबख्त जहां जाता है, कभी अपने को दरोगा बताता है तो कभी हवलदार, कभी इनकम टैक्स इंस्पेक्टर तो कभी सेल्स टैक्स सरवेयर, उन दोनों का धंधा ही यह है कि झूठ बोलकर सीधे-सादे लोगों को लूटते फिरें।''

सीता ने उसके मुखड़े पर क्रोध की लहर देखी तो सहम गई, परन्तु बोली कुछ भी नहीं। चुपचाप उसके साथ चलती चली गई। वह भी कुछ न बोला। जाने किन विचारों में लीन हो गया था।

उसे लिए हुए वह एक गली के नुक्कड़ पर पहुंचा। इस रात में भी पान की एक दुकान पर कुछ लोगों का जमघट उपस्थित था। पहनावे से सभी लफंगे और आवारा प्रकट हो रहे थे। सीता ने देखा सभी उठ-उठकर उसके साथ तनकर चलने वाली छाया को बहुत भयभीत से होकर देखने लगे थे। उनकी बातें चहल-पहल तथा शोरगुल अचानक ही खामोशी में परिवर्तित हो गया था। वरन कुछ छोकरों ने उसे झुक-झुककर सलाम भी किया, परन्तु यह एक बड़े सरगना के समान केवल सिर हिलाकर ही उनके सलाम का उत्तर देता हुआ गली में प्रवेश कर गया। सीता ने उसके साथ इस समय अपने को बहुत अधिक सुरक्षित महसूस किया।

गली के मध्य उसने एक ओर बने मकान का दरवाजा खोला फिर अंधेरे में सीता का हाथ थामकर वह उसे सीढ़ियां चढ़ाता हुआ ऊपर ले गया, फिर उसने दूसरा दरवाजा खोला। सीता को अंदर खींचा, हाथ बढ़ाकर स्विच दबाया तो बिजली की रोशनी से कमरा झाग के समान भर गया। सीता की आंखें चुंधिया गयीं। उसने देखा प्रकाश में उसको लाने वाले का चेहरा और भी भयानक लग रहा है। परन्तु वह उसके मन में उठने वाले भय से अज्ञात खिड़की खोलने में व्यस्त था। खिड़कियों के पट खुलते ही सामने दूर-दूर तक मकानों की खिड़कियों में जलता प्रकाश दिखाई देने लगा। सीता ने सोचा, इतनी रात हो गई है, परन्तु फिर भी यहां के लोग जाग रहे हैं। आखिर इस शहर में ऐसा क्या काम है जो लोग दिन-रात व्यस्त रहते हैं।

''इस फ्लैट में तू बिल्कुल निश्चिन्त होकर रह सकती है।'' वह दूसरे कमरे में प्रवेश करता हुआ बोला–''इधर आ।'' और फिर उसने वहां भी स्विच दबाकर प्रकाश उजागर किया। ''यह भी एक कमरा है–है न बड़ा, परन्तु सदा गंदा रहता है।''

सीता ने देखा, कमरे में एक ही पलंग है। गद्दा अवश्य साफ है परन्तु उस पर पड़ी हुई सफेद चादर उधड़ी और सिकुड़ी हुई एक ओर पड़ी है। एक किनारे पर दो बाक्स एक के ऊपर एक रखे हैं, दीवारों पर सादी तस्वीरें हैं, वातावरण से पता चलता था कि रहने वाला अच्छे घर का है, परन्तु आवश्यकता से अधिक लापरवाह। फर्श पर मोटी गर्द, मानो कई दिन से झाड़ू भी नहीं लगाई गई हो।

''तुम चाहो तो इसी पलंग पर सो सकती हो। मुझे तो रात में सोने की आदत है नहीं। मैं तो केवल दिन में ही सोता हूं।''

सीता ने उसे गौर से देखा, एक बार के लिए दिल में विचित्र प्रकार का संदेह उठा। मन कुछ धड़का भी, रात में जागने और दिन में सोने वाले लोग कौन हो सकते हैं?

परन्तु उसने उसकी चिन्ता की जरा भी परवाह न की। आगे बढ़कर दूसरा दरवाजा खोलते हुए बोला–''यह बाथरूम है। इस फ्लैट में कोई रसोई नहीं है, कभी आवश्यकता पड़ी तो अवश्य इसी कमरे में एक ओर गैस का चूल्हा लगा लेंगे। घर में खाने के लिए इस समय कुछ भी नहीं है, मगर तुझे तो भूख लगी होगी? खैर, मैं अभी प्रबन्ध करता हूं। वह एक ओर दीवार में बनी अलमारी के पेट खोलता हुआ बोला–''तू शराब पीती है?''

''नहीं।'' सीता ने कांपकर अलमारी के अंदर झांका–अगणित शराब की बोतलें एक कतार में खड़ी थीं। वह सहमकर पीछे हट गई।

उसने एक शराब की बोतल उठाई फिर गिलास थामा। फिर सीता की ओर बढ़ाता हुआ बोला–''बहुत अच्छी बात है जो तू शराब नहीं पीती। तब तू अवश्य किसी अच्छे घराने की लड़की है–है न?'' उसने गिलास में शराब उड़ेली। फिर बिना पानी मिलाए ही गटागट पी गया। पीते समय वह और भी क्रूर लगने लगा था। सहसा उसकी दृष्टि सीता के मुखड़े पर पड़ी तो वह चौंक पड़ा। ''अरे! यह तेरी नाक में क्या है? नथनी?''

सीता की मानो जान की निकल गई। वह घबराकर फर्श पर देखने लगी मानो अब एक जाल में फंस जाने के कारण अपने-आप को उसके आगे अर्पण करने को हार मान ली हो।

''ला, मैं इस नथनी को उतार दूं।'' वह आगे बढ़ा, शराब ने उस पर अपना प्रभाव आरम्भ कर दिया था इसलिए वह हल्के-से लड़खड़ाया भी।

''नहीं-नहीं।'' सीता तड़पकर रो पड़ी, ''मैं तुम्हारे आगे हाथ जोड़ती हूं, मुझ पर हाथ मत लगाओ। भगवान के लिए ऐसा मत करो, मुझ पर दया करो।''

उसके बढ़ते हुए पग रुक गए। गिलास को उसने बहुत क्रोध से फर्श पर दे पटका मानो सीता ने उसका बहुत बड़ा अपमान कर दिया हो, सीता का दिल ही मानो बैठ गया। वह उसके समीप आया। बाजू से उसे पकड़कर जोर से हिला दिया तो मानो सीता की हड्डियां ही टूट गई। अपने निचले होंठ का चबाते हुए उसने सीता के मुखड़े को देखा, भोली-भाली सूरत, उड़ी-उड़ी-सी रंगत, परेशान लट, निराशा की वह मूर्ति दिखाई पड़ रही थी।

उसे उस पर बहुत दया आई। अपने मुखड़े के घाव को उसने कोमल किया और बोला, ''तूने मुझे गलत क्यों समझा? मैंने तो यह बात इस लिए कही थी क्योंकि नथनी कुंवारेपन का एक ठोस प्रमाण है और पुरुष एक ऐसी जाति है जिसकी आंखें इस पर पड़ते ही चौंक जाती हैं, इनके होंठों पर लार टपकने लगती है, मन में गंदे विचार उठने लगते हैं। इसके उतर जाने से कम-से-कम कुछ लोगों से तो तुझे छुटकारा मिल ही जायेगा। जूठे पानी को कम ही दिलचस्पी से पीते हैं। तुझे नहीं मालूम आज का संसार केवल लेबल देखकर ही सौदा करता है। भारत में ही बनी कितनी वस्तुओं की मांग इसलिए बढ़ी हुई है क्योंकि इस पर 'मेड इन जर्मनी' या 'मेड

इन इंग्लैंड' लिखा हुआ है। कभी-कभी मुझे भी ऐसा ही सौदा करना पड़ता है, इधर आ।'' उसे छोड़कर उसने एक ट्रंक खोला।

सीता ने देखा, अगणित घड़ियां बिखरी पड़ी थीं। इन्हें देखकर वह कांप गई।

''इन घड़ियों में केवल बारह घड़ियां ही विदेशी हैं। बाकी सब भारत की ही बनी हुई हैं।'' सीता की ओर देखे बिना ही उसने कहा, ''यह सब बहुत ही घटिया घड़िया हैं, परन्तु मैंने इन पर विदेशी डायल चढ़ा दिए हैं, इन पर विदेशी लेबल लगा दिए हैं ताकि बिकने में आसानी हो। मगर खैर–वह ट्रंक को बंद करता हुआ करता हुआ खड़ा हुआ, ''तू नथनी नहीं उतारना चाहती तो न सही। तेरी इच्छा। मैं तुमसे कुछ नहीं कहूंगा। यह भी नहीं पूछूंगा कि तू कहां से बम्बई आई, क्यों आई, पूछने का प्रश्न ही नहीं उठता। तेरी जैसी सुंदर तथा कम आयु की लड़की बम्बई में फिल्म अभिनेत्री बनने की इच्छा लेकर नहीं आएगी तो किस लिए आएगी।''

''फिल्म अभिनेत्री बनने?'' सीता ने उसे आश्चर्य से देखा।

''और क्या?'' वह बोला, ''तेरी जैसी जाने कितनी ही लड़कियां यहां नित दिन ही अभिनेत्री बनने के लिए घर से भाग-भाग कर आती हैं, परन्तु बम्बई पहुंचकर उन्हें मालूम होता है कि यह इतना आसान नहीं। इसके लिए क्या नहीं करना पड़ता। अपना शौक पूरा करने के लिए अपनी इज्जत गंवानी पड़ती है और वह भी मुफ्त, तब कहीं जाकर यहां के प्रोड्यूसर्स उन्हें कोई काम देने पर राजी होते हैं। कितनी ही लड़कियों ने तो निराश होकर अपनी इज्जत की सुरक्षा के लिए आत्महत्या भी कर ली है। कितनी लड़कियों को तो स्वयं मैंने ही इस सुनहरे जाल से बचा-बचाकर उनके घर वापस भेजा है। घबरा मत तुझे भी सही सलामत तेरे घर भेज दूंगा। अभी तू नहा ले, बहुत गंदी अवस्था हो रही है तेरी। टावल इत्यादि सब कुछ बाथरूम में है। मैं अभी आता हूं। दरवाजा खुला है, परन्तु घबराना मत, मेरी आज्ञा के बिना इस गली में एक पक्षी भी नहीं फड़फड़ाता।'' वह पहले कमरे में आया तो सीता भी उसके पीछे चली आई। एक पल रुककर सीता पर दृष्टि जमाते हुए उसने फिर कहा, ''मेरा नाम सत्यप्रकाश है, वैसे तू चाहे तो मुझे प्रकाश भी कह सकती है।''

वह बाहर निकल गया तो सीता ने एक गहरी सांस ली। उसके दिल को शांति प्राप्त हुई, अथाह शांति, मानो धूप में चलते-चलते अचानक ही उसे ठंडी छांव प्राप्त हो गई हो। उसने सोच लिया, प्रकाश को आज तो नहीं, परन्तु कल वह अवश्य ही अपनी सारी विपदा सुना डालेगी, फिर वह निश्चय ही उसकी सहायता करेगा। उसकी मजबूरी को समझेगा और उसका साथ देगा। प्रकाश वास्तव में ही अपनी कुरूपता के पीछे एक देवता का दिल रखता है।

उसने कमरे को परखा। चारों ओर यद्यपि धूल एकत्र थी। फिर भी वस्तुएं उचित स्थान पर रखी थीं। रखने का ढंग कलाकारी था। एक छोटा सोफा, दो छोटे मोढ़े, एक छोटी टेबल बीच

में थी तथा दूसरी एक किनारे। खिड़की के समीप टेबल पर एक खाली फूलदान था, फूलों से वंचित, समीप ही एक गन्दा गिलास, मानो प्रकाश ने शराब पीकर उसे यहां रख दिया था। टेबल पर अनगिनत जलकर बुझी सिगरेट के टुकड़े बिखरे पड़े थे, कुछ नीचे फर्श पर थे। दीवार पर एक तस्वीर थी, पशुपतिनाथ जी की, दूसरी एक फ्रेम में मढ़ी फोटोग्राफ थी। फोटोग्राफ किसी अधेड़ व्यक्ति तथा महिला की थी। जिनके मुखड़े तथा आंखों में ऐसा आकर्षण था कि वह इनके समीप खिंच आई। बहुत ध्यान से उसने इस फोटोग्राफ को परखा। ऐसा लगता था मानो महिला की यह सूरत कहीं देखी हुई है। फिर अचानक ही उसका दिन बहुत जोर से धड़का। यह रूप, यह खिंचाव, यह देखने का अंदाज, बिल्कुल उसी के समान तो है। ऐसा लगता था मानो फोटोग्राफ के अंदर उसका आने वाला एक बुढ़ापा आ उपस्थित हुआ है। उसने शीशे के अंदर अपनी उभरती झलक को स्पष्ट रूप से देखकर इस फोटोग्राफ से मिलान कर लिया था।

सहसा अपने पीछे किसी का स्वर सुनकर वह चौंक पड़ी।

''यह तस्वीर मालिक की है...''

उसने पलटकर देखा, परन्तु फिर संतोष की सांस ली। प्रकाश खड़ा हुआ फोटोग्राफ को निहार रहा था। उसके हाथों में खाने पीने की बहुत सारी वस्तुएं थीं। इन्हें एक ओर मेज पर रखता हुआ वह फिर बोला–''मैं इनका एक वफादार साधारण नौकर था, सेक्रेटरी। यह मुझ पर अत्यधिक विश्वास करते थे, परन्तु एक दिन इनके विश्वास को मुझसे सख्त ठेस पहुंची। उसके बाद इन्होंने मेरी सूरत तक देखना पसंद नहीं किया। परन्तु इसमें मेरा कोई दोष नहीं। मुझे नहीं मालूम था कि मैं स्वयं भी एक बहुत बड़े धोखे का शिकार हो रहा हूं। प्रकाश ने अपनी पॉकेट से रूमाल निकाला और फ्रेम का शीशा पोंछने लगा। ''हमारे सेठ जी का एक बहुत पुराना मुनीम था। उसके पास एक सुंदर लड़की थी। वह मुझे बहुत चाहती थी। मैं भी उसे बहुत प्यार करता था, परन्तु जब मैं इतना कुरूप नहीं था। मेरे मुखड़े पर आज जो दाग तुम देख रही हो, वह पहले बिल्कुल ही नहीं थे।

मुझे देखकर लोग सुंदरता की उपमा दिया करते थे। यह दाम तो उस लड़की के कम्बख्त बाप ने मुझ पर तेजाब फिकवाकर पड़वा दिए।'' रूमाल को पॉकेट में डालकर खड़े होते हुए वह एक पल को खो गया। शायद उसने सुनहरे दिनों की याद करके उसका दिल दर्द से भर आया था।

सीता ने उसे फिर देखा, कुछ अधिक गौर से। वास्तव में प्रकाश कभी बहुत सुंदर रहा होगा। तीस-बत्तीस वर्ष का यह नवयुवक अपनी आंखों की गहराई में सचमुच एक साधारण चमक रखता था। वह देखती ही रह गई।

''उस समय वह मुनीम भलीभांति जानता था कि मेरा और उसकी लड़की का क्या सम्बन्ध है। क्रमशः उसने इसका पक्षपात भी किया था क्योंकि मैं उसे पसन्द था।'' प्रकाश

खिड़की के समीप आया। मेज पर हाथ टेककर बाहर देखता हुआ बोला—''एक दिन उस मुनीम के बच्चे ने मुझे कुछ कागजात दिए कि सेठजी से हस्ताक्षर करा लूं। मैंने कागज पढ़े। सारी बातें रोज के धंधे से सम्बन्ध रखती थीं। मैं संतुष्ट हो गया। हस्ताक्षर कराने के लिए सेठजी के कमरे में प्रवेश करने लगा तो मुनीम ने बताया कि तेरा फोन आया है, किसी लड़की का स्वर है। मैं समझ गया कि फोन उसकी लड़की का ही होगा और भला हो भी किसका सकता था? तुरंत ही फाइल मेज पर पटककर फोन सुनने चला गया। परन्तु फोन कट चुका था। अब समझ में आता है कि फोन इत्यादि कुछ भी नहीं था, उसने केवल रिसीवर उठाकर किनारे रख दिया था। मैं लौटकर आया तो फाइल उठाकर सीधा सेठजी के पास जा पहुंचा। वह पहले ही काम में बहुत व्यस्त थे। उन्होंने सदा के समान बिना पढ़े ही मुझ पर विश्वास करते हुए धड़ाधड़ हस्ताक्षर कर दिए। उन्हीं दिनों उनकी एक बहुत ही प्यारी एकमात्र बच्ची गुम हो गई थी इसलिए वह अधिक उदास और खोए-खोए रहने लगे थे। अपने काम का सारा भार उन्होंने मेरे सुपुर्द कर रखा था, शायद इसीलिए इन कागजों को बिल्कुल ही नहीं पढ़ा।

''जब मैं वापस आया और मुनीम को फाइल थमाई तो मैंने देखा वह अपने मोटे-मोटे होंठों के पीछे एक असीमित खुशी को छिपाने का प्रयत्न कर रहा है। मैं कुछ समझा नहीं और अपने काम में जुट गया। कुछ दिनों बाद मुनीम ने नौकरी छोड़ दी। और फिर कुछ दिनों बाद जब हमारे देवतुल्य सेठजी को उसका एक नोटिस मिला तो सारी बातें मेरी समझ में आ गयीं। फोन पर मुझे भेजकर मेरी अनुपस्थिति से लाभ उठाते हुए उसने वह सारे ही कागजात बदल दिए थे। जिन्हें हस्ताक्षर कराने से पहले मैं पढ़ चुका था। परन्तु तब तक मैं सेठजी की दृष्टि से बहुत नीचे गिर चुका था। उन्होंने मुनीम की सारी चालबाजी के पीछे मेरा ही हाथ समझा, विशेषकर इसलिए कि मुनीम की लड़की से मेरा प्यार चल रहा था। उन्होंने मेरी सूरत तक देखना स्वीकार नहीं किया।'' प्रकाश ने रुककर एक सिगरेट जलाई, एक गहरा कश खींचा और बाहर देखने लगा, एक तो उनकी बच्ची खो गई, दूसरे सारी सम्पत्ति ही एक साथ हाथ से निकल गई, ऐसा लगता था मानो उनकी बच्ची अपने साथ उनकी खुशी, उनका धन, सबकुछ ले गई थी, उन पर गम का पहाड़ टूट पड़ा। उन्हें हमारे देश के एक-एक पुरुष से घृणा हो गई, उनके दिल में यह बात बैठ गई कि यहां के सभी लोग स्वार्थी हैं, लोभी हैं, पैसे से बढ़कर इनके लिए कोई भी वस्तु नहीं है। जो कुछ दौलत उनकी पत्नी के नाम एकत्र थी उसे लेकर वह सदा-सदा के लिए विदेश चले गए। आज तक नहीं लौटे।

''इधर उस मुनीम के बच्चे से मुझे इतनी घृणा हो गई कि मैंने अपने प्यार को ठुकराकर उसकी बेटी से विवाह करने से इंकार कर दिया। कुछ दिनों बाद उसने उसका विवाह किसी और से कर दिया। परन्तु ईश्वर में बड़ी ताकत है। उसने उसकी बेटी को उसी दिन उठा लिया जिस दिन एक बच्ची ने उसकी कोख से जन्म लिया था। सुना है उस बच्ची को वह बहुत अधिक प्यार करता है, जहां भी जाता है अपने साथ ही रखता है। उस मुनीम के बच्चे के लिए

मेरा जीवन एक खतरा बन गया क्योंकि मैंने उसकी लड़की से विवाह करने से इंकार करते समय कहा था कि मैं उसको बर्बाद कर दूंगा, उससे अपने अपमान का बदला लूंगा जिसके कारण मुझे संसार वाले टोकते हैं कि मैंने ही धर्मदास का जीवन बर्बाद किया है।''

''धर्मदास?'' सीता ने अचानक ही चौंककर पूछा।

''हां यही उस देवतुल्य सेठजी का नाम था।'' प्रकाश सीता के मन में उठती मौजों से बेखबर कहता गया—''उसके बाद उस मुनीम के बच्चे ने बहुत चाहा कि मुझे एक कांटे समान अपने रास्ते से हटा दे। मुझ पर उसने तेजाब फिंकवा दिया। मुझ पर गोलियां भी चलवाईं, परन्तु मैं इतनी आसानी से नहीं मरने वाला, कई बार मृत्यु के मुंह में जाकर भी लौट आया हूं। यह देखो गोलियों के निशान— वह जोश में आकर अपनी कमीज को फाड़ता हुआ पलटा। चाहा कि अपनी कमर पर पड़े हुए दाग सीता को दिखा दे, परन्तु सीता उसकी ओर ध्यान देने के बजाए दीवार पर टंगी तस्वीर को देखने में लीन थी। उसकी आंखों में अथाह समुद्र-सी मौजें थीं।

''सीता...'' कमीज को नीचे लटकाते हुए वह उसके समीप आया। चकित दृष्टि से उसने सीता के खोएपन को परखा। ''क्या बात है सीता? तुम इस प्रकार इस तस्वीर को क्यों देख रही हो?''

''यह सेठ धर्मदास की तस्वीर है ना?'' उसकी बात की परवाह किए बिना ही सीता ने तस्वीर की ओर देखते हुए पूछा।

''हां-हां...'' सिगरेट को फेंकते हुए उसने उत्तर दिया, ''परन्तु तुम क्यों ऐसा पूछ रही हो?''

''वही सेठ धर्मदास जिनकी एक नन्हीं और प्यारी-सी बच्ची चार साल की आयु में खो गई? आज से शायद दस वर्ष पहले?''

''हां-हां, परन्तु...''

''वह बच्ची हरिद्वार के मेले में खो गई थी ना?''

''हां-हां, परन्तु सीता—'' प्रकाश ने चकित होकर उससे कुछ पूछना चाहा।

''उस बच्ची का नाम सीता ही था?'' उसकी बेचैन स्थिति की परवाह न किए बिना सीता पूछती ही रह गई।

''हां-हां सीता, हां, तू बिल्कुल ठीक कहती है, बिल्कुल ठीक।'' इस बार प्रकाश सब्र न कर सका तो उसने सीता के सामने आकर उसकी दोनों बांहें पकड़ लीं, ''परन्तु तुझे यह सब किस प्रकार पता चला? तू यह वास्तविकता कैसे जानती है?''

सीता की आंखें और भी तेजी के साथ छलक आयीं। उसके होंठ बुरी तरह कांपने लगे। एक विचित्र ही भाव उसके मुखड़े पर इस प्रकार छा गया कि प्रकाश कुछ अनुमान ही नहीं लगा सका। यह भाव खुशी के भी थे और असीमित दुःख और गम के भी। इसमें आशा भी सम्मिलित थी और निराशा भी। प्रकाश का दिल जोर-जोर से धड़कने लगा।

''बोलती क्यों नहीं?'' वह जोर से चीखा। उसके मन के अंदर उत्सुक धड़कनों का सब्र अपनी सीमा पार चुका था। सीता को उसने बुरी तरह झंझोड़कर रख दिया।

''मैं...मैं...'' सीता के होंठ बुरी तरह कांपने लगे। आवाज आंसुओं में भीगी हुई थी। शायद वह अपने को संभालने में असमर्थ थी। फिर भी उसने प्रयत्न किया। ''मैं हां उस अभागे सेठ धर्मदास की अभागिन बेटी हूं।'' सीता बात समाप्त करते-करते फूट-फूटकर रो पड़ी। जाने किस आवेग में पड़कर उसने प्रकाश की छाती पर अपना सिर रख दिया और सिसकियां लेने लगी।

''सीता...'' प्रकाश को विश्वास नहीं हुआ। उसने उसे अलग करते हुए उसका मुखड़ा सामने किया, आंखों के बिल्कुल समीप। बहुत गौर से उसे देखा, बहुत प्यार से। उसे उसकी बात पर जरा संदेह नहीं हुआ। वही रूप, वही भोलापन, वैसी ही आंखें, वैसी ही दृष्टि जो उसने आज से दस वर्ष पहले एक चार साल की बच्ची में पाई थी। तब वह कितनी हंसमुख थी। जब कभी भी वह सेठ धर्मदास की कोठी में जाया करता था तो वह बच्ची उसे देखते ही लपककर उसकी अंगुलियां पकड़ लेती थी। उसे इतना तंग किया करती थी कि जब तक वह उनकी कार पर उसे शहर का एक चक्कर नहीं लगा देता था, वह पीछा नहीं छोड़ती थी। आज वही सीता अपने जीवन की सबसे सुंदर घड़ियों में पग रखते हुए भी जुल्म और परेशानी का शिकार है। इस जमाने ने, इस समाज ने उसे कितना अधिक सताया है। यह फूलों की रानी है, इसे तो कलियों की सेज प्राप्त होनी चाहिए, कलियों का सेज, जिस पर फूलों की रानी इस प्रकार आराम से निद्रा ले कि यदि किसी भवरे की एक गुनगुनाहट भी हो तो उसके कानों के परदे पर कोई खराश न पड़ सके।

''सीता''—वह असीमित प्रसन्नता के कारण अपने आपको रोक न सका और उसे खींचकर अपनी छाती से लगा लिया।

सीता गहरी-गहरी सांसों के साथ लम्बी-लम्बी हिचकियां लेने लगी। कमरे की खामोशी में सीता की आंखें बिखर-बिखर गयीं।

कुछ देर बाद, जब आंसू बहा लेने से सीता के दिल को धीरज प्राप्त हुआ तो प्रकाश भी अपने आंसुओं को पोंछता हुआ उसे अंदर के कमरे में ले गया। उसे पलंग पर बैठाकर वह स्वयं भी वहीं बैठ गया, उसके समीप ही। अपनी अंगुलियों से उसके आंसुओं को वह बहुत

प्यार से पोंछने लगा। सीता ने महसूस किया, प्रकाश की अंगुलियों की गर्मी में उसकी आंखों के सारे आंसू सूख जायेंगे। अब और इन्हें वह कभी नहीं बहा सकेगी। शायद जीवन का एक सुंदर मोड़ यहीं से आरम्भ होने वाला है।

सीता ने अपने ब्लाउज के अंदर से एक अखबार का टुकड़ा निकाला। उसे खोलकर प्रकाश की ओर बढ़ाती हुई बोली—''यह मेरी बचपन की तस्वीर है। इस पते पर मैं गई थी, परन्तु पता चला कि वहां सेठ धर्मदास नहीं रहते। वह कोठी सेठ कर्मचन्द जी की है।''

''तू क्या राम निवास गई थी...?'' अखबार के टुकड़े को हाथ में लेते हुए उसने आश्चर्य से पूछा। ''क्या कर्मचन्द से भेंट हुई थी?''

''नहीं। वह बाहर गये थे।''

''शुक्र है।'' प्रकाश ने एक गहरी सांस ली, ''वह कम्बख्त यदि मिल जाता तो तेरी वास्तविकता जानते ही तुझे एक पल भी नहीं जीने देता।''

सीता कांप गई।

''वही तो है बदमाश जिसने तेरे पिता को बरबाद किया है। वही तो पहले उनका मुनीम था।''

सीता कुछ न बोली। उस शुभ घड़ी को दुआ देने लगी जब उसके रुपए चोरी हो गए थे। यदि पास में पैसा होता तो अवश्य ही दुबारा राम निवास जाती, सेठ कर्मचन्द से सहायता मांगने। और फिर न जाने किन-किन मुसीबतों से उसे दो-चार होना पड़ता। अच्छा ही हुआ जो रुपए चोरी हो गए। ईश्वर जो भी करता है अच्छा ही करता है। उसने प्रकाश को देखा। वह अखबार की तस्वीर को बहुत ध्यान से देखने में लीन था। कभी-कभी वह उसकी ओर भी आंख उठा लेता था, परन्तु इस प्रकार नहीं कि उसे सीता पर कोई संदेह हो। वह तो यह देख रहा था कि सीता बिल्कुल उसी समान है, बिल्कुल उसी प्रकार। केवल आयु बढ़ गई, शरीर बड़ा हो गया है। एक नन्ही-मुन्नी सी कली अब फूल बन रही है—एक सुंदर फूल, जो फूलों की रानी होगी। उसकी आंखों में एक ऐसा भाव था होंठों पर हल्की-सी मुस्कान थी कि सीता जाने क्यों लजा गई। उसने अपनी नजर नीचे झुका ली।

कुछ देर बाद सीता ने अपनी सारी बीती सुना डाली। उसने बताया कि जिस वेश्या ने उसे मां का प्यार दिया है वह उसके बारे में सब कुछ जानती है किन भावनाओं में बहकर उसने उसका भेद बताया, किस प्रकार वह स्टेशन पर गीता से मिली। फिर बम्बई आई। किस प्रकार एक बदमाश ड्राइवर के चंगुल में पड़ गई। एक दरोगा के हाथों से इज्जत लुटते-लुटते बची। एक्सीडेंट, गीता के घर पहुंची और निकाल भी दी गई। जाने कैसे वहां पता चल गया कि वह

एक वेश्या की संतान है, उसका नाम रानी है, इत्यादि-इत्यादि। सीता ने सारी बातें कह सुनाई तो प्रकाश की आंखें छलक गयीं। सीता के सिर पर प्यार से हाथ रखकर उसने तसल्ली दी।

''गीता से मैं अवश्य ही तुझे मिला दूंगा।'' वह बोला—''और उसके डैडी से भी। उसे विश्वास दिलाऊंगा कि मेरी सीता गंगाजल के समान पवित्र है। घर तो उसका जानती है न?''

''जब मुझे गीता के घर ले जाया गया था तो दुर्घटना के कारण बेहोश थी।'' सीता ने कहा। ''और जब वहां से निकाली गई थी तब भी मैं दुःख और गम के कारण बेहोश थी। केवल कुछ घंटे ही तो वहां होश में रही। ऐसा लगता है कि मानो कुछ पल के लिए एक सपना देख लिया था। परन्तु इतना गीता ने अवश्य बताया था कि उसका घर बान्द्रा में है।''

''बान्द्रा में?'' प्रकाश चौंका—''बान्द्रा में तो कर्मचन्द भी रहता है, राम निवास में।''

''हां, वहां तो मैं जा चुकी हूं।'' सीता बोली—''परन्तु गीता के घर का ठिकाना देखने का सौभाग्य ही नहीं प्राप्त हुआ।''

एक पल के लिए प्रकाश सोच में पड़ गया। ''सीता, गीता के डैडी का नाम मालूम है तुझे?''

''हां। राजीव।''

''राजीव?'' प्रकाश चौंक पड़ा—''तो तू राजीव के घर गई थी राम निवास में?''

''राम निवास में?'' सीता चकराई—''वहां राजीव का क्या काम?''

''अरे पगली।'' उसके सिर पर हल्की-सी चपत लगाता हुआ वह बोला—''राजीव ही तो कर्मचन्द के दामाद का नाम है।''

सीता कांप गई। आश्चर्य से प्रकाश को देखने लगी।

''मैं ठीक कह रहा हूं।'' प्रकाश ने बात जारी रखते हुए कहा और फिर उठकर अलमारी की ओर बढ़ा। पट खोलकर उसने बोतल के नीचे दबी एक पत्रिका निकाली। उसे खोलता हुआ वह सीता के पास आया और दिखाकर बोला—''यही वह युवक है जिसका नाम राजीव है ना?'' उसने ग्रुप में एक ओर अंगुली द्वारा इशारा किया।

''हां-हां यही है, बिल्कुल यही। और उनके बंगले में गीता भी तो है।'' सीता के मुखड़े पर एक विचित्र ही लाली दौड़ गई।

प्रकाश ने इसे देखा, देखा और कुछ समझा भी। फिर हल्के से मुस्करा दिया। परन्तु तभी वह चौंक गया, सीता का फूल समान खिला हुआ मुखड़ा अचानक ही फीका पड़ गया था, आंखों में एक भय-सा समाता जा रहा था। उसकी दृष्टि समीप की दूसरी तस्वीर पर चिपककर रह गई थी।

''क्या बात है सीता?'' उसने आश्चर्य से पूछा।

''यह...यह...'' सीता ने एक तस्वीर पर इशारा करते हुए कहना चाहा।''

''यह तस्वीर कर्मचंद की है, राजीव के ससुर और गीता के नाना की।'' प्रकाश ने झट कहकर उसकी उत्सुकता दूर की।

''लेकिन–लेकिन...'' सीता निश्चिंत होकर बोली, ''यह तस्वीर तो उसी सेठ की है जिसने मेरी नथनी उतारनी चाही थी।''

''क्या?'' प्रकाश ने उसे आश्चर्य से देखा।

''मैं ठीक कह रही हूं।'' सीता बोली–''भला इस पापी की सूरत भी कभी भूल सकती हूं जिसने मुझे कुत्ते की नजर से देखा था।''

''तो यह बात है।'' प्रकाश एक गहरी सांस लेकर बोला–''अब बात साफ होती है कि क्यों, पहले राजीव ने तुम पर दया दृष्टि रखी और फिर बाद में अचानक ही बदल गया। अवश्य ही जब कर्मचन्द गीता के गुम हो जाने के बाद बनारस से बम्बई पहुंचा होगा तो तुम्हें घर में देखते ही पहचान गया होगा। उसने कभी यह बात पसन्द नहीं की होगी कि तू उसके दामाद के आगे उसका भांडा फोड़कर उसे लज्जित करे। इसीलिए तो वह तेरे सामने आया तक नहीं।''

सीता की समझ में बात आ गई। चुपचाप वह राजीव के विचार में खो गई। गीता के बारे में भी उसने अगणित बातें सोचीं। –किस प्रकार वह उसके बिना इतने दिन रह सकी होगी? अब तक तो उसे वह भूल भी गई होगी। परन्तु राजीव? क्या वह कभी उसकी मोहिनी-सी उस सूरत को नहीं याद करता होगा जिसे एक बार उसने दिल की गहराई से देखा था, दयालु होकर सहारा दिया था, उसको अपने यहां सदा के लिए रखने की इच्छा प्रकट की थी?

सहसा किसी ने दरवाजा खटखटाया तो सीता चौंक पड़ी। प्रकाश ने बहुत संतोष से घड़ी देखी और फिर उसके सिर पर दुबारा प्यार से हाथ रखकर बोला–''अब तू आराम कर मैं धंधे पर चल रहा हूं।'' फिर वह अलमारी की ओर बढ़ा, एक बोतल से गिलास में शराब उड़ेली, एक चुस्की लेकर उसकी ओर मुड़ा बोला–''क्या करूं, जब से कर्मचन्द ने मुझे बिना किसी अपराध के ही जेल की हवा खिलवाई है, मैंने दिन में निकलना ही कम कर दिया। रात में अब वही धंधे करने लगा हूं जो रात में होते हैं। न करूं तो जीऊं किस प्रकार? और जी इसलिए रहा हूं क्योंकि एक दिन मुझे कर्मचन्द से बदला लेना है और यदि समय ने साथ दिया तो अब तेरे कारण वह दिन दूर नहीं जब मैं शीघ्र ही यह सारी सम्पत्ति कर्मचन्द से छीनकर तेरे पिता को वापस भी दिला दूंगा। उनका विश्वास...'' प्रकाश ने एक आह ली–''किस प्रकार आंखें बंद

करके अपना सारा कारोबार उन्होंने मुझे सौंप दिया था।'' प्रकाश ने बची हुई शराब को हलक में डाला और फिर दरवाजे की ओर बढ़ता हुआ बोला–''मैं चल रहा हूं, सुबह आऊंगा। तू दरवाजा बंद करके सो जा, रात के ढाई बज रहे हैं।'' और फिर वह बाहर निकल गया।

* *

पन्द्रह दिन बीत गए। इन पन्द्रह दिनों में सीता बिल्कुल ही बदल गई। इन पन्द्रह दिनों में वह कली होकर भी एक फूल के समान खिल उठी, समाज की मांग को समक्ष रखते हुए उसने अपनी नथनी अपने ही हाथों से उतार डाली थी। उसने महसूस किया था कि देखने वालों की आंखों में अब वह पहली-सी लालसा नहीं रही थी जो नथनी पहने रहने पर उसने पाई थी। वास्तव में यह समाज लेबल देखकर ही कीमत लगाता है।

इन पन्द्रह दिनों में वह प्रकाश के साथ कितने ही स्थानों पर गई। बड़े-बड़े क्लब, होटल, पार्क, मैरीन ड्राइव, जुहू, सारी बम्बई ही प्रकाश ने उसे दिखा दी। सीता उसके साथ निश्चिंत भी थी और खुश भी। वह उससे पूर्णतया घुल-मिल भी गई थी, अब उसे कोई देखने वाला नहीं था। पीछा करने वाला नहीं था। उसकी मानो किसी को परवाह भी नहीं थी, दिन के व्यस्त जीवन में तो अलग, रात के अंधकार में भी जब वह प्रकाश के साथ बहुत देर में लौटकर आती थी तो उसे कोई नहीं देखता था। यह पुरुष भी बहुत बेईमान हैं। नारी को अकेला पा जाए तो खा डालें और यदि वह अकेली होती तो अब तक तो निश्चय ही उसके शरीर का सत्यानाश ही हो गया होता। आत्मा मर गई होती और शरीर अपवित्र हो गया होता।

प्रकाश ने सीता के विचारों को सम्मान देते हुए अपने धंधे में आवश्यकता से अधिक कमी कर दी थी। कई रात तो वह घर से निकला ही नहीं। परन्तु बुरे कर्म भी बड़े क्रूर होते हैं, इतनी आसानी से पीछा नहीं छोड़ते। मानव यदि बुरे कर्मों के जाल में फंस जाए तो फंसता ही जाता है, गिरता ही जाता है। फिर यहां से निकलने के लिए, इस जाल को त्यागने के लिए जाने कितने ही बुरे कर्मों का उसे और सहारा ढूंढ़ना पड़ता है। प्रकाश की भी यही अवस्था थी। वह ऐसे जाल में फंस चुका था कि उसे समय की आवश्यकता थी, कुछ और बुरे कर्म करके ही वह सारे कुकर्मों को छोड़ सकता था। अपने गुट के साथियों का हिसाब किताब चुकाने के लिए उसे अभी कई एक अधूरे कुकर्म पूरे करने थे, तभी वह मुक्ति पा सकता था।

इन पन्द्रह दिनों में प्रकाश ने एक और बात गौर की। सीता उन पर अपना अधिकार जमाने लगी है, एक ऐसा अधिकार जो अपनों पर ही पाया जा सकता है, किसी पराए पर नहीं। उसने यह भी प्रतीत किया था कि सीता उसके सामने कभी भी अब राजीव का नाम नहीं लेती है, गीता की बात-भी नहीं करती। क्रमशः जब कभी उसने स्वयं ही सीता के सामने राजीव की बात छेड़ी तो वह अनसुना कर गई। एक बार स्पष्ट शब्दों में उसके बारे में बात करने को मना कर दिया था।

सीता ने भी इस बात को प्रतीत किया था कि प्रकाश उसकी किसी भी इच्छा का अनादर नहीं करता है। उससे बात करती है तो खो जाता है। उसे देखते-देखते अचानक ही दृष्टि नीचे झुका लेता है। सीता ने उसके मन को परखा भी, परन्तु किसी निश्चिंत बात पर नहीं पहुंच सकी। इसके पश्चात् भी, एक ही घर में, क्रमशः एक ही कमरे में, उसके साथ रहने, खाने-पीने तथा अलग-अलग सोने पर उसे कभी किसी प्रकार का भय नहीं प्रतीत हुआ। बहुत विश्वास से प्रकाश के साथ, अपने दिन बिता रही थी जैसे उसे भगवान के चरण प्राप्त हो गए हों।

* *

शाम का समय, सेठ मुरारीलाल के यहां आज बहुत बड़ी पार्टी थी। सेठ मुरारीलाल शहर के माने हुए रईस, धर्मात्मा। दान-पुन में उनकी समानता नहीं, कई-कई अनाथालय, नारी-निकेतन तथा विद्यालय का अस्तित्व उनके चन्दों पर ही निर्भर रहता है। उन्होंने शहर सुधार के लिए नई-नई योजनाओं को पूर्ति दी है। लोग इन्हें प्रणाम करते हैं तो आप उत्तर में झुक-झुक जाते हैं, कहते हैं आप इस साल चुनाव में संसद के लिए भी खड़े हो रहे हैं। देश-सेवा की इतनी लगन है कि शद्दर के अतिरिक्त कुछ पहनते ही नहीं, यद्यपि उनकी धर्मपत्नी बड़े-बड़े क्लबों में नित दिन ही नई तथा बहुमूल्य साड़ियां पहन-पहनकर जाती रहती हैं।

सेठ मुरारीलाल के सारे ही बाल सफेद हैं, परन्तु धर्मपत्नी के एक भी नहीं। मोटी-ताजी होने के पश्चात् यूं हैं कि जवान लड़कियां भी मार खा जाएं। एक जवान लड़की भी है, पिता के अंग्रेजी के विरुद्ध हिन्दी आन्दोलन करने के पश्चात् भी कभी हिन्दी के बात नहीं करती। अंग्रेजी अंग्रेजों के समान बोलने के बजाए अमेरिकन ढंग से बोलती है। इस प्रकार मानो नाक से आवाज निकल रही हो। यदि कभी हिन्दी बोलने की आवश्यकता पड़ती भी है तो उच्चारण बिल्कुल अंग्रेजों के समान करती है। भारत का वातावरण उसे भाता नहीं इसीलिए अधिकांश विदेश में ही रहती है। कहती है कि भारत गर्म देश है। गर्मी में यहां मक्खियां और मच्छर, बरसात में बाढ़, बाढ़ से इतनी दुर्गन्ध उठती है कि नथुने फट जाते हैं। हर मौसम एक नई बीमारी लेकर आता है। हर बीमारी से बचने के लिए आये दिन टीका और इंजेक्शन। इसीलिए उसे अपने देश से घृणा है। आज उसी लड़की का जन्म-दिवस है। यह शानदार पार्टी इसी उपलक्ष में है। परन्तु लोग कह रहे हैं कि इस जन्मदिवस पार्टी के बहाने आज सेठ मुरारीलाल की लड़की की मंगनी भी पक्की होने जा रही है सेठ कर्मचन्द के दामाद के साथ। वह इस पार्टी के विशेष मेहमान होकर आ रहे हैं। शायद इसीलिए सेठ मुरारीलाल की कोठी को आज एक दुल्हन के समान सजा रखा है।

बाहर दूर तक रंग-बिरंगे कारों का झुरमुट-सा लगा है और कोठी के पोर्टिको के अंदर, बरामदे से लगे हाल के दरवाजे पर सुषमा खड़ी है। सुषमा उनकी लड़की है जिसके साथ मिलकर वह हर आने वाले मेहमान का स्वागत बहुत गर्व से कर रहे हैं। इस पार्टी में शहर के

रईस हैं, अभिनेता तथा अन्य फिल्मी हस्तियां भी हैं, नेता हैं और सरकारी पद पर कार्य करने वाले बड़े-बड़े अफसर हैं। जब कोई सुषमा के हाथ पर कुछ उपहार भेंट करता है तो बेटी और पिता बहुत हर्ष प्रकट करते हुए धन्यवाद में उसे अंदर तक ले जाकर छोड़ देते हैं।

सहसा सेठ मुरारीलाल एक जोड़े का स्वागत करते-करते चौंक पड़े। हाथ जहां-तहां जुड़े के जुड़े ही रह गए। उनके होंठों पर छाई मुस्कान अचानक ही लुप्त हो गई। मुखड़े का रंग यूं गंभीर हो गया मानो उन्हें किसी बिच्छू ने डंक मार दिया हो।

सामने प्रकाश खड़ा था सूट में सुसज्जित, अपने होंठों के पीछे एक भेद भरी मुस्कान लिए। बगल में सीता थी, रेशमी सुर्ख रेशमी साड़ी में उसका पूरा शरीर ही अर्धखिले गुलाब समान सुंदर था, इतना अधिक कि समीप से जाते हुए मेहमानों के पग ठिठक गए, दृष्टि उठी तो फिर आसानी से नहीं हट सकी। स्वयं सुषमा भी उसे देखती रह गई।

''डैडी...'' सहसा सुषमा मुस्कराई—आपने इनसे मेरी भेंट नहीं कराई।''

''ओह।'' सेठ मुरारीलाल इस प्रकार चौंके मानो सपना देख रहे हों। उन्होंने अपनी गंभीरता पर मुस्कान का पर्दा डाला और कहा—''हां-हां बेटी, क्यों नहीं, क्यों नहीं।''

परन्तु तब ही प्रकाश न स्वयं ही हाथ जोड़कर नमस्ते करते हुए अपना परिचय दे दिया—''मैं सत्यप्रकाश हूं और यह सीता है।''

''आपकी...।'' सुषमा ने हाथ जोड़कर बहुत सभ्यता से नमस्ते करते हुए पूछना चाहा।

''मेरी?'' प्रकाश अचानक ही चौंक पड़ा। परन्तु फिर तुरंत ही अपने को संभालकर बोला—''इन्हें आप केवल सीता ही समझिए।''

''ओह! तो अभी देर है।'' सुषमा ने लपककर सीता का हाथ पकड़ लिया।

''डैडी...'' वह सीता को अपने साथ ले जाते हुए बोली, ''अब बाकी मेहमानों का स्वागत आप अकेले ही कीजिए।''

जाते हुए सीता ने प्रकाश को देखा, कुछ विचित्र ही दृष्टि से, कुछ ऐसी दृष्टि से मानो उससे पूछ रही हो कि उनसे उसे केवल सीता कहकर ही क्यों परिचय दिया। क्या वह उसकी कुछ भी नहीं? कुछ भी नहीं?

प्रकाश कुछ समझा, कुछ नहीं भी। लज्जित-सा वह सेठ मुरारीलाल को देखने लगा।

''तुम यहां क्या करने आ गए?'' प्रकाश को एक ओर ले जाकर उन्होंने दांत पीसे, ''मैंने हजार बार कहा है कि दिन समय...''

''सेठ...'' प्रकाश ने जेब से सिगरेट निकालकर मुंह में लगाते हुए उत्तर दिया, ''मैं हजार बार आया ही कब हूं यहां पर?''

''तो फिर आज क्यों चले आए?'' सेठ मुरारीमल ने इधर-उधर देखा।

''इधर से गुजर रहा था कि तुम्हारी कोठी की चमक-दमक पर आंखें चिपक गयीं। बस चला आया खिंचा हुआ।'' प्रकाश ने लाइटर द्वारा सिगरेट जलाकर एक गहरा कश खींचा और आंखें अर्ध बंद-सा करता हुआ बोला, ''आजकल मैं बहुत खुश हूं। मुझे मेरा खोया हुआ हीरा मिल गया है।''

''सौदा करने के लिए तो अभी सारी रात पड़ी थी।'' सेठ मुरारीमल ने कहा–''आखिर मैं तुम्हारा पुराना खरीददार हूं। कहीं भाग तो नहीं रहा।''

प्रकाश मुस्करा दिया परन्तु कुछ बोला नहीं।

सहसा पोर्टिको के नीचे एक कार आकर रुकी तो सेठ मुरारीमल ने प्रकाश से कहा, ''अच्छा-अच्छा अब आ ही गए हो तो अंदर चलकर बैठो, मगर देखो, कोई गड़बड़ न होने पाये। कोई पहचानता तो नहीं तुम्हें?''

''दिन के उजाले में निकला ही कब हूं, जो शरीफ आदमी मुझे पहचानें?'' प्रकाश ने कहा और दुबारा भेद भरी मुस्कान बिखेरी।

सेठ मुरारीमल आगे बढ़ गए तो उसने झांककर देखा। कार मेहमान उतार कर पोर्टिको से आगे जा रही थी और कर्मचन्द, राजीव और गीता खड़े अतिथि सेवक की प्रतीक्षा कर रहे थे। उसने एक गहरी सांस ली, संतोष की, मानो इन्हीं से तो भेंट करने वह आया था। वह अंदर हाल में चला आया। फिर एक किनारे, खंभे की आड़ लिए कुर्सी खींचकर बिल्कुल एकान्त में बैठते हुए उसने देखा, सीता और सुषमा बहुत घुल-मिलकर एक-दूसरे से बातें कर रही थीं। बैरे ने लाकर मदिरा का एक जाम उसकी ओर बढ़ाया तो उसने निःसंकोच ही इसे ले लिया।

सहसा सुषमा को अपनी एक पुरानी सहेली के स्वागत के लिए जाना पड़ा तो सीता अकेली रह गई। उसने चाहा कि वह प्रकाश के पास चली जाए कि अचानक तभी गीता लपककर उसके घुटनों से लिपट गई।

''अरे गीता...'' चौंककर प्रसन्नता से उसका दिल ही उछल गया। गीता को उसने झट गोद में उठा लिया। उसने गाल पर ममता का चुम्बन दिया तो सीता उसके गले से लिपटकर रो पड़ी, ''तू यहां कैसे आई?'' सीता ने आश्चर्य से पूछा।

''डैडी के साथ आंटी।'' उसके गालों को अपने नन्हें-नन्हें, छोटे-छोटे हाथों द्वारा पकड़कर गीता बोली, ''तुम कहां चली गई थीं? देखो-देखो मुझको अभी भी थोड़ा बुखार है।''

सीता ने प्यार से उसके मस्तक पर हाथ रखा। हल्की-सी तपन प्रतीत की तो उसने गीता को चूम लिया।

सहसा सीता ऊपर से नीचे तक चौंक पड़ी। दृष्टि में मानो एक छाया समा गई थी। उसने पलकें उठायीं। एक किनारे से दो आंखें उसकी को लगातार देख रही थीं। राजीव–उसका दिल धड़क उठा। उसने कांपकर गीता को अपनी गोद से अलग करना चाहा, परन्तु गीता उसकी गरदन में बाहें डालकर और चिपक गई।

''आंटी-आंटी...'' वह बहुत प्यार और भोलेपन से बोली–''मुझे मत छोड़ो, मुझे मत छोड़ो। मुझे गोद में ही लिए रहो, मेरी तबीयत ठीक नहीं है।''

सीता ने उसे फिर अपनी बांहों में समा लिया। उसका दिल भर आया था। आंखों में नमी छा गई थी। सहसा राजीव उसकी ओर बढ़ा तो वह कांप उठी। दिल जोर-जोर से धड़कने लगा।

''रानी''–राजीव ने समीप आकर रुष्ट भाव में कहा।

''मेरा नाम रानी नहीं सीता है।'' सीता ने साहस बटोरकर कहा। गीता को वह उसी प्रकार गोद में लिए रही।

''क्यों एक पवित्र नाम पर कीचड़ उछाल रही हो?'' राजीव ने कहकर उसे आंखें दिखायीं।

''पवित्रता नाम से नहीं कर्मों से होती है।'' सीता ने भी रुखाई से उत्तर दिया। ''परन्तु तुमको मालूम होना चाहिए कि मैं नाम और कर्म दोनों से ही पवित्र हूं।''

''तुम्हें देखकर जाने क्यों मुझे भी ऐसा ही विश्वास होता है।'' राजीव ने कुछ प्रभावित होकर कहा, ''परन्तु वास्तविकता का भी तो गला नहीं घोंटा जा सकता।''

''तुम्हारे विश्वास करने-न-करने से मुझे कोई अंतर नहीं पड़ता। सीता ने दृढ़ता से कहा, ''यह लीजिए अपनी बेटी।'' गीता को अपनी छाती से अलग करके उसने आगे बढ़ाया। गीता सिसक पड़ी।

''रानी...'' राजीव ने आश्चर्य से देखा। उसे सपने में भी यह विचार नहीं आया था कि वह उसको इतना शीघ्र भूल सकता है। वह छोटी-सी भेंट, एक छोटा-सा पल, अपने साथ कितने सारे सपने लाकर एक महत्त्व बन गया था। उसको घर से निकालने के बाद शायद ही कोई पल ऐसा बिताया होगा जब वह उसके विचारों में नहीं रही हो। उन दिनों तो विशेषकर जब गीता बीमारी की अवस्था में थी तो बार-बार आंटी ही पुकारा करती थी।

''आंटी...आंटी...'' सीता की गोद से अलग होते हुए गीता रो पड़ी। ''मुझे अपने साथ ले चलो। मैं तुम्हारे साथ रहूंगी।''

''नहीं गीता...।'' सीता ने अपने फटते हुए कलेजे पर पत्थर रखा–''मैं तुम्हें अपने साथ नहीं रख सकती। तुम्हारे साथ आ भी नहीं सकती। मैं वेश्या हूं न, मेरा रक्त गंदा है। अपनी ममता की प्यास बुझाने के लिए मैं कभी तुम्हें अपवित्र नहीं कर सकती।''

‘‘रानी...’’ राजीव के दिल पर मानो बरछियां चल गयीं। उसने गीता को अपने हाथों में लेकर नीचे खड़ा कर दिया।

‘‘मैंने कहा न मैं रानी नहीं हूं।’’ सीता चिढ़कर बोली, ‘‘मेरा नाम सीता है—सीता।’’ सीता ने एक बार जोर दिया।

‘‘अच्छा सीता’’—राजीव अपना अपराध स्वीकार करता हुआ बोला—‘‘क्या तुम मुझे क्षमा नहीं करोगी?’’

‘‘कभी नहीं’’—सीता दृढ़ निश्चय से बोली, ‘‘तुमने मुझे लूटने के लिए भेड़ियों के समूह में छोड़ दिया था जहां से बच निकलना मेरे लिए एक चमत्कार ही हुआ। यदि समय पर एक देवता ने आकर मेरी रक्षा नहीं की होती तो निश्चय ही आज मैं अपना मुंह दिखाने से पहले जाने क्या कर बैठती।’’

‘‘मैं अपने पापों का पश्चाताप करने को तैयार हूं।’’ राजीव की आंखें गीली हो गयीं। आवाज में भीगापन उत्पन्न हो गया था।

‘‘वह समय निकल चुका है राजीव बाबू...’’ सीता की आंखें भी छलक आयीं। उसने बड़ी कठिनाई से इन शब्दों को कहा। दिल में मानो एक कांटा चुभ गया था। जिससे एक दर्द, एक मीठा-मीठा दर्द उसने प्राप्त किया था। परन्तु इससे पहले कि उसकी पलकों में ठहरे आंसू गालों पर बहकर उसके दिल का भेद प्रकट करें। इससे पहले की राजीव की प्रभावशाली बातों में आकर उसके पग लड़खड़ा जाएं, और इससे पहले कि उसकी एक छोटी-सी भूल उसके देवता, उसके भगवान प्रकाश के दिल को किसी प्रकार की चोट पहुंचाए, वह वहां से हट गई। तेज कदमों से चलती गई वह प्रकाश के पास आ बैठी और गहरी-गहरी सांसें लेने लगी।

राजीव वहीं गीता का हाथ पकड़े खड़ा देखता ही रह गया।

‘‘क्या बात है सीता...?’’ कुछ पल बाद प्रकाश ने सीता को खोया हुआ प्रतीत करके पूछा और जाम उठाकर एक बड़ा घूंट लिया।

‘‘कुछ नहीं, कुछ भी तो नहीं।’’ सीता मानो सपने से जागी। वह अपनी भीगी पलकों को पोंछने लगी, ऐसा न हो कि दिल की गहराई में उठता हुआ दर्द प्रकट हो जाए।

प्रकाश ने तीखी दृष्टि द्वारा उसे देखा। उसकी खामोशी को समझा। उसके दिल के अंदर उठते हुए तूफान का शोर सुना, परन्तु कुछ बोला नहीं। बैरा को इशारा करके उसने जाम लाने को कहा और सिगरेट के गहरे-गहरे कश लेने लगा। धुएं में वह अपनी उस परेशानी को कम करने का प्रयत्न करने लगा जो अकारण ही उसे आग के समान झुलसा देना चाहती थी।

बैरा जाम लेकर आया तो प्रकाश ने बिना कोई प्रतीक्षा किए ही एक बड़े घूंट में उसे यूं समाप्त कर दिया, मानो अपने आप पर ही किसी का क्रोध उतार रहा हो। सीता ने उसे देखा, उसके दिल की जलती आग को उसने समझने का प्रयत्न किया तो मन उसके प्रति सहानुभूति

से भर गया। और जब प्रकाश ने खाली जाम को मेज पर जोर से पटककर रखा तो सीता की तो जान ही निकल गई। दिल मानो करुणा से फट गया। उसने हाथ बढ़ाकर मेज पर ही प्रकाश की अंगुलियां पकड़ लीं। वह समझ गई कि प्रकाश ने उसे राजीव के साथ इतनी देर तक बातें करते देख लिया है। पुरुष की जाति है, और रक्त गरम, जलन तो उठेगी ही।

''आइए...'' बहुत प्यार से मुस्कराकर उसने कहा—''हम कहीं और चलें। यहां मेरा दम घुट रहा है।''

प्रकाश कुछ न बोला। परन्तु जाने क्यों उसकी आंखें छलक आयीं। सीता के दिल को और भी सख्ती से चोट लगी। वह उठ खड़ी हुई। ''चलिए न।'' उसका हाथ खींचती हुई बोली वह।

और प्रकाश उठ खड़ा हुआ सिगरेट को फर्श पर फेंककर उसने यूं मसला मानो अपने ही मन की चिंगारी को बुझा डाला हो। फिर सीता को लिए वह तेजी के साथ बाहर निकल गया। दूर तक उसके कानों में सेठ मुरारीमल की कोठी के अंदर बजते हुए आर्केस्ट्रा की धुन आती रही। उसने महसूस किया, राजीव सीता को पुकार रहा है। शायद सीता भी यही सोच रही थी। शायद इसी धुन पर कान रखे वह बहुत खामोशी के साथ उसके साथ चल रही थी।

इस बार सीता स्वयं ही उसे एक पार्क में ले गई। उस पार्क में जहां पहली बार एक पुरुष ने, एक इंसान ने अपना हाथ बढ़ाकर उसकी रक्षा की थी। पार्क की उसी पतली सड़क से होकर वह उसे लिये जा रही थी, जहां से पहली बार वह प्रकाश के साथ बाहर निकली थी। एक दूत के समान ही तो वह उसकी रक्षा करके अपने साथ घर ले आया था।

प्रकाश खामोश था—बिल्कुल खामोश—और उसके मन के अंदर एक द्वंद्व था, अपने-आपसे लड़कर वह उस निर्णय पर पहुंच जाना चाहता था जहां उसके ईमान की दीवार मजबूत होती थी, अपने-आपको धिक्कारते हुए वह सोच रहा था कि क्या सीता को उसने इसीलिए शरण दी है कि उसके दिल के अंदर उठती धड़कनों की आवाज को वह सुन सके? सीता को तो वह अपने कर्तव्य के कारण ही लाया था। उसके समान उसने जाने कितनी ही लड़कियों का जीवन नष्ट होने से पहले ही बचाया है, फिर भला किस प्रकार सीता को अपने साथ लाने में उसका कोई स्वार्थ हो सकता था। उसने तो सोचा था कि यह कमसिन-सी लड़की शायद फिल्म के चक्कर में भटककर बम्बई चली आई है। यदि वह उसकी वास्तविकता नहीं जान पाता तो क्या सचमुच सीता को घर वापस नहीं भेज देता? अब इसमें उसके दिल का क्या दोष जो उसके सब्र करने के पश्चात् भी अपने आप ही हल्के-हल्के सीता के लिए धड़कने लगा है। मगर खैर, यदि उसे सीता से प्यार है, सच्चा प्यार, जो केवल निःस्वार्थ ही होता है, तो उसे चाहिए कि वह उसकी प्रसन्नता के लिए अपना सब-कुछ त्याग दे—हां अपना सब कुछ ही।

सीता उससे आयु में छोटी है, लगभग पन्द्रह-सोलह वर्ष, यद्यपि आयु के इस अंतर से कोई हानि नहीं होती, इतना तो रहता ही है, परन्तु फिर भी सीता से उसके प्यार का सम्बन्ध कभी उचित न होगा।

सीता एक सुंदर कमसिन, नादान-सी लड़की, जिसे प्यार का अर्थ तक नहीं ज्ञात, भला किस प्रकार वह एक कुरूप, आवारा, अपराधी से प्यार कर सकती है जिसके पास सिवाय बदनामी के कुछ भी नहीं, आखिर एक दिन उसे अपने अपराधों की सजा तो काटनी ही है। कहां सीता, आकाश का एक सुंदर तारा, कहां वह धरती की खाक। क्या मेल हो सकता है उनका? यदि सीता उससे अपना प्यार प्रकट कर भी दे जैसा कि प्रायः उसने उसके देखने की खामोशी से महसूस भी किया है, तो क्या उसका धर्म है कि वह अपने स्वार्थ, अपनी खुशी के लिए उसे यह नादानी करने दे? सत्य तो यह है कि वह उसे दिल की गहराई में कभी चाह ही नहीं सकती यह तो उसका एहसान है, उसकी सज्जनता है जिससे प्रभावित होकर सीता ने उसके प्रति अपने मन में एक स्थान बना लिया है। वह उसे प्यार नहीं कर सकती, कभी नहीं, वह उसकी महानता के कारण उसको केवल श्रद्धा अर्पण कर सकती है, प्यार तो वह केवल राजीव से करती है, केवल राजीव से। नारी का पहला प्यार ही अंतिम प्यार होता है और पहले प्यार का एक पौधा बनकर खिलने वाला केवल राजीव है। उसी ने पहले पहल अपनी सहानुभूति द्वारा उसका मन जीता है। आज सीता और राजीव के होंठ एक-दूसरे के सामने जिस प्रकार खुल रहे थे, क्या उसके प्रभाव से यह प्रमाणित नहीं होता कि दोनों एक-दूसरे को चाहते हैं? राजीव? सहसा सोचते-सोचते प्रकाश का माथा ठनका, राजीव—हां राजीव ही उसकी सहायता कर सकता है। राजीव द्वारा ही वह अपने कर्तव्य पर भी विजय प्राप्त कर सकता है। राजीव के प्यार से लाभ उठाकर वह सीता को उसकी सारी सम्पत्ति वापस दिला सकता है, कर्मचन्द को नीचा दिखा सकता है तथा अपने अपमान का बदला भी ले सकता है। राजीव—राजीव—और फिर उसकी मुट्ठियां कर गयीं। होंठों को काटते हुए वेग में आकर उसके मुंह से निकल ही गया—राजीव।''

और सीता के पग अचानक ही लड़खड़ा गए। उसने प्रकाश को देखा तो सहम गई। सोचने पर विवश हो गई कि प्रकाश के दिल के अंदर राजीव के विरुद्ध एक जलन उत्पन्न हो चुकी है। राजीव को उसने उससे बातें करते अवश्य ही देख लिया है, परन्तु उसने उनके बीच होती बातें नहीं सुनीं, सुनता भी कैसे? इतनी दूर जो बैठा हुआ था। यदि सुन लिया होता तो इस प्रकार अपने-आप ही अंदर-अंदर क्यों जलता रहता? राजीव से उसने प्यार की एक भी बात तो नहीं की थी। वरन् तिरस्कार कर उसके आगे से चली आई थी। यद्यपि उसने उसे अपने निवास

स्थान से निकालकर कोई कम अपराध नहीं किया था। एक अबला पर इससे अधिक और क्या जुल्म होगा कि उसे पुरुषों की खाल में भेड़ियों की कृपा पर छोड़ दिया जाए? फिर भी सेठ मुरारीलाल के घर में राजीव को तिरस्कारते हुए छोड़कर उसका छोटा-सा दिल दुःख उठा था। यदि उसका सम्बन्ध प्रकाश से नहीं होता तो वह निश्चय ही राजीव को क्षमा कर देती। गीता को अपनी छाती से लगा लेती। नारी शायद संसार में सबसे अधिक बलवान शक्ति इसीलिए है क्योंकि वह जिससे प्यार करती है उसका सब-कुछ सहन कर लेती है, बड़े-से-बड़ा पाप क्षमा कर देती है, अधिक-से-अधिक जुल्म भूल जाती है और दुबारा फिर उसी के चरणों में आकर अपना सौभाग्य समझ लेती है।

सीता प्रकाश के सम्मुख कुछ भी न कह सकी। परन्तु जब वे उस पत्थर की बेंच के समक्ष पहुंचे जहां सीता ने अंतिम बार जुल्म की घड़ियां सहन की थीं। तथा जहां से बचाकर प्रकाश उसे जीवन के सुखमय प्रकाश में ले आया था, तो वह उस पर बैठ गई प्रकाश कुछ पल खड़ा रहा तो उसने उसका हाथ पकड़कर अपनी ओर खींच लिया।

''बैठिए न!'' वह प्यार में क्रोध दिखाकर बोली।

और प्रकाश चुपचाप बैठ गया, उसके समीप ही। उसकी दृष्टि में एक विचित्र-सा दर्द था, खामोशी में खोयापन था, परंतु फिर भी अपनी आंखें उसने उन लोगों पर लगा लीं जो पार्क में इधर-उधर टहल रहे थे। रात घनी हो रही थी इसलिए लोगों ने छंटना आरम्भ कर दिया था, यह स्थान पार्क का यह भाग काफी एकांत तथा शांतिपूर्ण था।

''आप मुझसे नाराज हैं क्या?'' उसकी भारी हथेलियों को अपनी नर्म तथा गोरी हथेलियों में लेकर सीता ने बहुत प्यार से पूछा, उसकी आंखों में देखते हुए।

''मैं?'' प्रकाश ने अपने-आपको संभाला—''मैं सोच रहा हूं सीता, कि यदि राजीव की सहायता से हम अपने स्वार्थ में सफल हो जाएं तो क्या बुरा है?''

''प्रकाश बाबू!'' सीता ने कहना चाहा। उसके दिल को चोट लगी।

''मैं ठीक कह रहा हूं सीता।'' अपना हाथ उसके हाथ से छुड़ाते हुए उसने अपनी बात जारी रखी—''राजीव अच्छा लड़का है, अपने चंडाल ससुर से बिल्कुल भिन्न। वह तुम्हें वास्तव में बहुत चाहता है, उसकी सहायता द्वारा तुम्हारा खोया हुआ सब-कुछ वापस आ सकता है। तुम्हारी खोई सम्पत्ति, मान-मर्यादा और तुम्हारे माता-पिता भी।''

''क्या उसकी सहायता के बिना आप कुछ भी नहीं कर सकते?'' सीता ने निराश होकर पूछा।

''कर सकता तो कब का ही कर लेता।'' प्रकाश ने मजबूरी प्रकट की, ''अकेली जान हूं, किस-किससे लड़ूं? कर्मचन्द मेरी जान का शत्रु बना बैठा है।''

‘‘तो फिर इस विचार को छोड़ दीजिए।’’ सीता ने उसका मुंह अपनी ओर करते हुए कहा–‘‘मैं यह समझ लूंगी कि मेरे माता-पिता हैं ही नहीं। मैं किसी प्रकार की सम्पत्ति लेकर पैदा ही नहीं हुई।’’

‘‘सीता!’’

‘‘हां, मैं भगवान की सौगन्ध खाकर कहती हूं कि ऐसा ही समझ लूंगी।’’ सीता ने पूरे विश्वास से कहा–‘‘यह क्या मेरे लिए कम है कि आप जैसे देवता के चरण मुझे प्राप्त हो गए?’’

‘‘नहीं सीता, नहीं।’’ प्रकाश उसकी बात से प्रभावित होकर तड़प उठा। एक पल को उसने सोचा कि सीता कितनी अच्छी है, उसके एहसान से दबकर उसे खुश रखना चाहती है। अपने मन की इच्छा को दबाकर उसकी प्रसन्नता का विचार करती है। अपनी इच्छाओं की बलि चढ़ाकर उसकी इच्छाओं की पूर्ति करना चाहती है। वह बोला–‘‘यह गलत है। यह बिल्कुल गलत है। जिस देवता के चरणों में तुम अपने प्यार के फूल चढ़ाना चाहती हो, वह मैं नहीं राजीव है।’’

‘‘प्रकाश बाबू!’’ सीता मानो चीख-सी पड़ी।

‘‘मैं ठीक कह रहा हूं...सीता...।’’ प्रकाश ने अपने होंठों की कम्पन पर दबाव डाला, ‘‘मेरा कोई भविष्य नहीं, कोई जीवन नहीं। समाज के तूफान में एक नाव के समान भटक रहा हूं और वह तूफान कभी नहीं थमेगा। मैं अपनी ही बुराइयों में इतना जकड़ा जा चुका हूं कि कभी नहीं अलग हो सकता। और फिर मुझमें है ही क्या? सूरत न सीरत, न ही धन-दौलत। आखिर एक दिन तो मुझे अपने पापों की सजा भुगतनी ही है। क्या इन सारी बातों का तुम्हें ज्ञान नहीं?’’

‘‘आपके सारे पापों का प्रायश्चित उसी दिन हो गया जब आप ने इसी स्थान पर रात के बीच एक अबला की इज्जत की रक्षा की थी। आप तो देवता हैं, साक्षात् देवता।’’

‘‘अच्छा-अच्छा।’’ प्रकाश ने प्यार से उसे डांटा–‘‘आजकल तुम काफी बातें करना सीख गई हो।’’

‘‘आप ही ने सिखा दिया है।’’ सीता ने उसकी बात का आनन्द उठाया।

‘‘मैंने नहीं, जमाने ने तुम्हें सिखाया है।’’ प्रकाश बोला, ‘‘तुमने जमाने के साथ हार मानना स्वीकार नहीं किया, इसीलिए भगवान भी तुम्हारी सहायता करने पर बाध्य हो गए।’’

‘‘और वह भगवान आप हैं।’’

प्रकाश हंस दिया, परन्तु उसकी हंसी में भी एक भेद था। वह सोच रहा था यदि वह देवता है, भगवान है तो अपनी रक्षा में उस पुजारी या पुजारिन को निराश करके दुःखी करना कहां का न्याय है? उसने सीता के कंधे पर हाथ रखा तो उसने झट अपना सिर उसकी छाती से टिका

दिया। प्रकाश ने चाहा कि उसे अपने से अलग कर दे। सीता के शरीर की आग, उसके सुंदर सुर्ख मुखड़े की तपन, उसका दिल धड़कने लगा, इतनी जोर से कि उसका मन चाहा सीता को वह बांहों में समेट ले। अपने भूखे, सूखें सख्त अधरों की प्यास बुझाने के लिए उसके कपोलों को चूम ले। सीता की गर्म-गर्म सांसें उसके नथुनों द्वारा दिल में प्रवेश करके एक तूफान मचा रही थी। उसने बहुत कठिनाई से अपने-आपको संभाला तो जैसे उसकी आंखें ही छलक आयीं। यदि उसका भविष्य अंधकारमय नहीं होता तो निश्चय ही वह इस समय एक पल के लिए सीता को अपनी छाती में अवश्य समेट लेता। सीता की पीठ पर हाथ रखकर वह यूं थपथपाने लगा मानो उसे सांत्वना दे रहा हो। उसकी आंखों में आंसू की एक बूंद टपकी और सीता के घने काले बालों में मोती समान अटक गई। उसने देखा, इस बूंद की चमक में एक तस्वीर है—एक सुंदर तस्वीर—राजीव की।

* *

रात के दो बज रहे थे। प्रकाश ने अपने विशेष कपड़े पहने। फिर अलमारी के समीप पहुंचकर उसने बोतल निकाली। गटागट आधी बोतल चढ़ाकर वह ज्यों ही बाहर निकलने को बढ़ा, दरवाजे पर सीता ने उसका रास्ता लिया।

''बस, आज अंतिम बार जा रहा हूं...'' प्रकाश ने उसकी दृष्टि के प्रश्न का उत्तर देते हुए कहा—''ईश्वर ने चाहा तो इसके बाद फिर कभी मुझे यूं भटकने की आवश्यकता नहीं पड़ेगी। मेरे बॉस ने वचन दिया कि आज के बाद उसे कभी भी मेरी आवश्यकता नहीं पड़ेगी।''

सीता की आंखों में आंसू आ गए। वैसे तो प्रकाश को वह सदा ही मना करती थी, परन्तु इस समय जाने क्यों उसका दिल बहुत जोर से धड़कने लगा। ऐसा प्रतीत होता था मानो कोई पहाड़ टूटने वाला है, कोई मुसीबत उसपर आने वाली है। प्रकाश ने सीता के आंसू देखे तो उसके पगों में मानो बेड़ियां पड़ गईं। परन्तु फिर अपने भविष्य का विचार करके उसे अपने-आप पर काबू करना ही पड़ा। यदि इस समय वह समुद्र किनारे स्मगल किया हुआ माल लेने नहीं जाएगा तो उसके बॉस को बहुत बड़ी हानि होगी। हो सकता है उसकी प्रतीक्षा में इधर-उधर खड़े होकर समय गंवाते हुए वे लोग पुलिस की दृष्टि में जा जाएं तो माल लेकर आएंगे। तब तो फिर गजब ही हो जायेगा। फिर बॉस अपनी बर्बादी का कारण उसे ही समझ कर उसका खून कर डालेगा। उसे किसी-न-किसी मामले में ऐसा फंसायेगा कि वह दुबारा छूट न सकेगा। उसे जाना ही चाहिए। आज अंतिम बार ही तो वह जा रहा है।

प्रकाश उसके आंसू पोंछता हुआ वह प्यार से बोला—''मुझे क्षमा कर दो। बस केवल आज की रात की ही बात है। इसके बाद कभी ऐसा अवसर नहीं आएगा। तुमने एक देवी के रूप में इस घर में प्रवेश करके एक शैतान को इंसान बना दिया है। वर्ना मैं तो अपराधों की ऐसी

कड़ियों में उलझ गया था कि बचने का कोई रास्ता ही नहीं था। जिस दिन मेरा ध्येय, मेरे इरादे सफल हो जायेंगे, मैं अपने आपको पुलिस के हाथों सौंप दूंगा। फिर मेरे जीवन का निर्णय भगवान के हाथ में होगा। मैं सरकार के निर्णय से पूर्णतया सहमत रहूंगा क्योंकि मैं एक भयानक अपराधी हूं। आखिर इसकी सजा तो मुझे भोगनी ही है।''

सीता उसकी छाती से लिपट गई। सिसक-सिसककर रो पड़ी। प्रकाश का दिल फट गया, परन्तु फिर भी वह जब्त करके बाहर निकल आया।

सुबह के लगभग चार बज रहे थे। सीता को एक पल भी नींद नहीं आ सकी। सारे समय करवटें बदल-बदलकर वह अनेक प्रकार की उलझनों में गिरफ्तार रही। प्रकाश के बारे में उसने दिल की गहराई से सोचा, उस पर विचार किया, परन्तु जाने क्यों अपनी इच्छा के विरुद्ध भी उसने प्रतीत किया, उसके दिल के द्वार के किसी कोने पर राजीव भी खड़ा है। हल्की-हल्की थपकी देकर वह अंदर प्रवेश कर जाना चाहता है। एक बार जाने क्यों उसकी इच्छा हुई कि वह इसके पट खोल दे। मगर फिर इस विचार से ही वह कांप गई। राजीव? अब उससे उसका कोई सम्बन्ध नहीं रहा, समय हाथ से निकल चुका है कि वह उसे क्षमा भी करे। वह प्रकाश से प्यार करती है। उसे चाहती है। यह प्रकाश का एहसान नहीं उसकी महानता है जिससे वह इतना प्रभावित है। प्रकाश देवता है, उसका भगवान है, उसका रक्षक है। उसके लिए तो अपनी जान भी दे देना कम होगा। अपने-आपको भूलकर वह कितना अधिक उसकी प्रसन्नता का विचार रखता है। सोचते-सोचते उसने कई बार आंखें भी बंद कर ली थीं।

बंद आंखों के पपोटों के अंदर उसने देखा सीता का सुंदर मुखड़ा कितना अधिक प्रकाशित है। उसके अंदर कोई कमी नहीं, उसने तय कर लिया, अब वह प्रकाश से कहेगी कि संसार की नजर में खटकने से अच्छा तो यही है कि वे विवाह कर ले विवाह के बाद प्रकाश को अपनी जिम्मेदारी समझने में और भी आसानी होगी। फिर वह जल्द ही इन उलझनों से दूर हो जायेगी। प्रकाश को सुधरा पाकर तो उसका भाग्य ही खुल जाएगा। उसके माता-पिता नहीं मिलते तो न सही। उन्हें ढूंढ़ना अब उसके अधिकार में रहा भी तो नहीं। प्रकाश के साथ रहकर कम-से-कम वह उस गंदे जीवन से तो दूर रहेगी जहां से बचने के लिए वह बम्बई भाग आई है। जीवन ने आज्ञा दी और ईश्वर कृपालु हुआ तो किसी-न-किसी दिन उसके माता-पिता मिल ही जायेंगे। अब कभी राजीव का विचार नहीं करेगी। गीता को भूल जाएगी। एक नारी पर दो विचार शोभा नहीं देते।

सहसा नीचे किसी ने द्वार खटखटाया तो सीता चौंक पड़ी। उसने पलटकर 'टाइमपीस' देखा, मर्करी डायल पर सुइयां चार बजा रही थीं। उसे आश्चर्य हुआ कि आज प्रकाश शीघ्र कैसे आ गया। परन्तु फिर सोचकर मन हर्ष से प्रफुल्लित हो उठा कि प्रकाश ने उसका विचार करके ही ऐसा पग उठाया है। वह उठी, लाइट ऑन की और फिर दौड़ती हुई सीढ़ियां उतर गई। मन में इतनी बेचैनी थी कि दरवाजा खोलते ही वह उसकी छाती से लिपट जाएगी। आज के बाद

प्रकाश स्वतंत्र है। आज से उसका, उसका ही क्यों, उन दोनों का ही नया जीवन आरम्भ होगा। आज से उनके इस छोटे से घर में एक नया खुशियों का फूल खिलेगा, कमरा सुगन्ध से महक-महक उठेगा। वह इस घर की रानी होगी, फूलों की रानी और प्रकाश राजा होगा—फूलों का राजा।

परन्तु दरवाजे के पट खोलते ही मानो उसकी चीख निकल गई। शरीर ऊपर से नीचे तक कांप गया। दिल को इतनी जोर का धक्का लगा मानो उसे किसी ने पहाड़ की एक चोटी पर ले जाकर नीचे गिरा दिया हो। फटी-फटी दृष्टि से वह देखती रह गई।

सामने मंगल खड़ा हुआ था—मंगल, टैक्सी ड्राइवर, जिसकी टैक्सी में बैठकर वह पहली बार रात के समय बम्बई की सड़कों पर निकलकर कर्मचन्द के यहां पहुंची थी अपने माता-पिता को रामनिवास में पाने के विश्वास में, और जिस टैक्सी ड्राइवर ने उसे अपनी खोली में ले जाकर एक दरोगा की वासना की भेंट चढ़ा देना चाहा था, खड़े-खड़े वह उसे इस प्रकार देख रहा था मानो दृष्टि द्वारा ही उसके शरीर का सारा यौवन निगल लेना चाहता हो, एक गन्दी-सी मुस्कराहट उसकी उगी हुई घनी मूछों के नीचे स्पष्ट दिखाई पढ़ रही थी।

''प्रकाश बाबू नहीं हैं।'' सहसा कुछ साहस बटोरकर सीता ने कहा और पीछे हट गई—''तुम बाद में आना।''

परन्तु मंगल हल्के से मुस्कराया, दांतों की झलक के साथ शराब की गंध भी फैल गई, बिना किसी झिझक के अंदर पग रखते हुए वह बोला—''प्रकाश बाबू अब कभी नहीं आयेंगे।'' उसे पुलिस ने पकड़ लिया है। अब वह कभी नहीं छूटेगा—कभी नहीं।

''नहीं-नहीं, ऐसा न कहो।'' सीता के पैरों तले धरती ही सरक गई, ऐसा नहीं हो सकता...ऐसा कभी नहीं हो सकता''—कांपकर सीता रो पड़ी।

''लेकिन ऐसा हो चुका है।'' मंगल सीढ़ियां चढ़ता हुआ बोला—''सेठ कर्मचन्द से शत्रुता मोल लेने वाले हर व्यक्ति का हश्र यही होता है। कल की पार्टी में पहुंचकर उसने अपनी उपस्थिति द्वारा सेठ कर्मचन्द के रास्ते में जो खतरा उत्पन्न किया है उसे जड़ से समाप्त कर देने में उन्होंने अपनी भलाई समझी, उन्हें डर था कि कहीं प्रकाश उनका भेद न खोल दे। तुम उनके दामाद को फांसकर सेठ मुरारीमल तथा उनके सम्बन्ध को न समाप्त कर दो। राजीव के लिए उन्हें सुषमा ही पसन्द है जिसके पिता के पास दौलत की अथाह खानें छिपी पड़ी है।''

लेकिन सीता उसकी ओर लपकी—''तुम यहां क्या करने आए हो? ऊपर मत जाओ, मैं तुम्हारे हाथ जोड़ती हूं।''

''ऊपर क्यों न जाऊं?'' मंगल ने बिना उसकी ओर देखे ही कहा और फिर कमरे में पहुंच गया—''उस दिन तुझे छोड़ दिया तो क्या आज भी छोड़ दूं?'' उसने सीता की बांहें पकड़ी—''अरे! तेरी नथनी उतर गई? हां, उतरनी भी चाहिए थी। आखिर प्रकाश के साथ तू कब तक यूं सुरक्षित भी रहती? मुझे उस रात तूने क्यों नहीं बताया कि तू कुंवारी है, वह बच्ची तेरी अपनी नहीं थी? मैं तो नशे की अवस्था में उस रात उस सोती हुई बच्ची को पहचान नहीं सका कि वह गीता भी हो सकती है, वर्ना बजाए दरोगा को तेरे पास भेजने के मैं स्वयं ही...'' मंगल को खांसी आ गई और वह खांसता ही गया, बहुत जोर-जोर से। सहसा उसके हलक में बलगम आया तो उसने वहीं खड़े-खड़े ही एक ओर फर्श पर थूक दिया।

सीता का जी मतला गया, परन्तु वह बोली कुछ भी नहीं। सहमी-सहमी-सी इधर उधर देखने लगी। मंगल ने इधर-उधर देखा, फिर दूसरे कमरे में पहुंचा, उसने अलमारी खोली, शराब की बोतल निकाली और फिर गटागट कई घूंट हलक से नीचे उतार गया। फिर उसने बोतल को पलंग पर फेंकते हुए एक ट्रंक खोला, फिर दूसरा भी। घड़ियों बाला ट्रंक हाथ में उठाकर वह सीता के पास पहुंचा और उसकी बांह थाम ली।

''चल मेरे साथ।'' वह सख्ती से बोला।

''मैं नहीं जाऊंगी। मुझे छोड़ दो, मुझे छोड़ दो, मैं यही रहना चाहती हूं।'' सीता उसकी पकड़ में कसमसाकर बोली, ''मुझे छोड़ दो वर्ना में शोर मचा दूंगी।''

''शोर मचा देगी तो मचा।'' मंगल बोला—''मैं भी देखता हूं कौन तेरी सहायता को आएगा, जैसे यहां कोई जानता ही नहीं कि गुण्डा प्रकाश आजकल किसी वेश्या को रखे हुए है। मैं कहता हूं चल मेरे साथ। सुबह हो रही है प्रकाश के पकड़ जाने के कारण अब पुलिस यहां आती ही होगी। उन्हें इस घर की तलाशी की आवश्यकता पड़ेगी। तुझे भी वे अपने साथ ले जाकर बंद कर देंगे।''

''बंद कर देंगे तो अच्छा है। सीता चीखती हुई रो पड़ी—''परन्तु उस नर्क से तो बची रहूंगी जिसमें तू मुझे खींच रहा है। छोड़ दे वर्ना...।''

परन्तु तभी ट्रंक को नीचे पटकते हुए मंगल ने उसकी कनपटी पर इतनी जोर से थप्पड़ मारा कि वह तुरंत ही बेहोश हो गई। उसे फर्श पर लुढ़कने से पहले ही मंगल ने अपने कंधे पर ले लिया, फिर ट्रंक उठाकर जल्दी-जल्दी सीढ़ियां उतर गया। दरवाजे के बाहर, कुछ ही पग दूर टैक्सी खड़ी थी। ट्रंक को उसने दरवाजे की खिड़की द्वारा अंदर फेंका और फिर अगली सीट पर सीता को बैठाते हुए उसने दूसरी ओर जाकर स्टीयरिंग संभाल लिया।

जब कार चली, ठंडी-ठंडी हवाओं ने सीता के कोमल गालों को चूमना आरम्भ किया तो अपने-आप ही उसे होश आ गया। अपनी बिखरी लटों को आंखों पर से हटाते हुए उसने

वातावरण पर दृष्टि जमाई। अंधकार इतना घना था मानो फूटती सुबह में अभी देर है। कहीं यह घना अंधकार प्रकाश का गला ही न घोंट दे?

''तुम मुझे अपनी खोली में फिर ले जा रहे हो?'' सीता ने मानो भारी आवाज में पूछा।

''नहीं।'' सामने की ओर देखते हुए मंगल बोला–''मैं तुझे सेठ कर्मचन्द की कोठी ले जा रहा हूं।''

''रामनिवास?'' सीता ने वहां राजीव से सहायता पाने की आशा से पूछा।

''नहीं।'' मंगल एक मोड़ लेता हुआ बोला–''सेठ कर्मचन्द जी की एक और कोठी है। शहर से दूर, बहुत एकांत में, यहां से लगभग चालीस मील दूर। वहीं तुझे ले जा रहा हूं। वह तुझसे कुछ सौदा करना चाहते हैं, शहर के माने हुए रईस हैं। जो चाहोगी सो मिल जाएगा। मुझे तो छोटी-छोटी बात पर इतना पैसा देते रहे हैं कि संभालना कठिन हो गया। यह टैक्सी उन्हीं की सेवा करते-करते मिली है।''

''मैं तुम्हारे हाथ जोड़ती हूं, पैर पड़ती हूं, मुझे यहीं उतार दो।'' सीता फूट-फूटकर रो पड़ी। कर्मचन्द का नाम सुनकर ही उसकी आत्मा कांप उठी थी। वह विनती करने लगी, ''जरा सोचो, मैं तुम्हारी बेटी बराबर हूं, जीवन भर तुम्हें दुआ देती रहूंगी। सदा उपकार मानूंगी। कृपया मुझे छोड़ दो...।''

''चुपचाप बैठी रह।'' मंगल ने मूंछों पर ताव देकर उसे डांटा–''तुझे छोड़कर मैं भी प्रकाश के समान सेठ कर्मचन्द से शत्रुता मोल ले लूं? कल तुम लोगों के पार्टी से निकलते ही सेठ कर्मचन्द ने तुम्हारे पीछे-पीछे दो आदमी लगा दिए थे ताकि प्रकाश के घर का पता चल सके। रात के समय वे प्रकाश का खून करने पहुंचे ही थे कि उन्होंने देखा, वह धंधे पर निकल रहा है। बस ऐन मौके पर पुलिस को सूचित करके उसे पकड़ा दिया है अब प्रकाश के सिर दो-चार खून का अपराध भी प्रमाणित होगा जिससे वह कभी न बच सके। सेठ कर्मचन्द अपने रास्ते में आए कांटों को जड़ से ही निकाल देने के पक्ष में रहता है। मैं सेठजी को बहुत दिनों से जानता हूं, बहुत ही अच्छी तरह। पैसे के बाद नारी, शराब और मांस तीन ही वस्तुएं उन्हें बहुत प्यारी हैं, आज रात को तू स्वयं अनुभव कर लेगी।''

सीता का दिल बैठ गया। कितनी कठिनाई के बाद उसे प्रकाश मिला था जिसकी शरण में आकर उसने आशा की थी कि अब उसका जीवन सुरक्षित है, परन्तु अब वह कहां जाए? किस प्रकार बच सकती है? यह लफंगा तो पैसे के लोभ में उसे छोड़ेगा नहीं। मन-ही-मन वह ईश्वर से अपने बचाव के लिए प्रार्थना करने लगी। आखिर उसका दोष ही क्या है जो हर पल उसके कदमों के नीचे जहरीले कांटें आते जा रहे हैं? क्या यह कभी नहीं हटेंगे? गम के यह

घनेरे बादल कभी नहीं छटेंगे? उसके आंसू गालों पर बह रहे थे, परन्तु हवा अपना दामन बढ़ाकर इन्हें बराबर पोंछती रही, मानो उसे सांत्वना दे रही हो, कह रही हो कि हर वस्तु की एक सीमा होती है और जब सीमा के बाहर कोई वस्तु जाती है तो कुछ न कुछ अवश्य होकर रहता है।

टैक्सी जब शहर से बाहर एक खुले वातावरण में पहुंची तो सुबह की किरणें फूट चुकी थीं। प्रकाश दूर-दूर तक धुंधला रहा था, ठंड कम हो चली थी, परन्तु सीता उसी प्रकार बैठी कांपती रही। चुपचाप बैठी वह सामने देखती रही। दूर-दूर तक खेत, खलिहान, ऊंची-नीची मुंडेर, पगडंडियां, आम के वृक्ष, पीपल और नीम सब ही कुछ गांव समान था। एक ओर बड़ा मंदिर दिखाई दिया तब भी सीता ने हाथ जोड़कर श्रद्धा नहीं भेंट की, संसार की किसी भी बात में उसका मन नहीं लग रहा था। इस मंदिर के पीछे से एक कच्ची सड़क मुड़ती थी। मंगल ने टैक्सी इसी पर मोड़ दी। पेड़ों के झुरमुट तथा सुबह का कोहरा कुछ छटा तो सीता ने देखा, एक विशाल कोठी सामने खड़ी है। गर्द और धूल का गुब्बार पीछे छोड़ती हुई टैक्सी ने लान में प्रवेश किया और पोर्टिको के नीचे जा खड़ी हुई। सीता ने देखा, लान सूखा है, उजड़ा-उजड़ा सा। क्यारियों में फूल थे परन्तु सभी खामोश, अपनी दृष्टि झुकाए हुए। लान में कुछेक आम के वृक्ष भी थे। एक ओर पानी का हैंड पम्प, जिसके चारों ओर पानी की तलाश में छोटे-छोटे पक्षी फुदक रहे थे।

मंगल ने टैक्सी का इंजन बंद किया और फिर गेट खोलकर बाहर निकल आया। दूसरी ओर सीता बैठी रही तो उसने उधर भी आकर गेट खोला।

''चल उतर।'' उसने मानो झिझककर कहा।

सीता नीचे आई। विस्मित-सी वह इधर-उधर देखने लगी। दिल बुरी तरह कांप रहा था। मन चाहता था यहां से भाग जाए, परन्तु फिर चुप ही रही।

''यह कर्मचन्द जी की कोठी है—सत्य भवन।'' उसे खामोश देखकर मंगल ने कहा—''शहर की हवेली का नाम है रामनिवास, और इसका सत्यभवन। क्या नाम चुने हैं सेठ जी ने।''

सीता ने कोई उत्तर नहीं दिया। अपनी ही निराशा में उलझी रही।

''सेठजी ने कहा था कि प्रकाश की रखैल को ले आओ और मैं ले आया।'' मगर फिर बोला—''अब तेरा काम है कि उनका खुश कर दे। घबरा नहीं, सेठजी के बाद मैं तुझे इधर-उधर भटकने के लिए नहीं छोडूंगा। मेरी खोली में चलना वहीं रख लूंगा। अभी शहर में कई रईस हैं जो तेरे रूप की कीमत कई वर्षों तक देते रहेंगे। संभव है सेठजी तुझे छोड़ना पसंद ही न

करें। सुंदरता के पीछे तो पागल रहते हैं।'' बात समाप्त करते-करते वह बरामदे पर चढ़ा और दरवाजा खटखटाने लगा।

सहसा दरवाजा खुला। सीता ने देखा, एक नौकर है, बूढ़ा, गंजा, आंखों में गम और निराशा की एक झलक लिए हुए। मुख यूं गंभीर था मानो जीवन के बोझ से थककर मृत्यु की आस लगाए हुए हों। उसने देखा, वह बूढ़ा उसी को देख रहा है, बहुत विचित्र दृष्टि से, मानो किसी विचार में डूब गया हो।

''क्या बात है रामू?'' अंदर प्रवेश करते हुए मंगल बोला–''क्या देख रहे हो? ऐसा अच्छा माल तुमने शायद ही कभी देखा होगा, सेठ कर्मचन्द तो इसे कल पार्टी में देखते ही लट्टू हो गए, कोई शहर का बदमाश है जिसकी यह रखैल थी, हां क्या नाम है उसका, प्रकाश। सेठजी ने उसे हवालात में बंद करा दिया और इसे अपने पास बुलवा लिया।''

प्रकाश हवालात में है? रामू के कान ठिठक गए। परन्तु अपना अवस्था संभालकर उसने यूं प्रकट किया मानो उसे प्रकाश से कोई रुचि नहीं है। वह उसे जानता तक नहीं। उसने सीता को दुबारा देखा, कुछ अधिक गौर से, सीता उसके भावों से कुछ अर्थ नहीं लगा सकी। अंदर पहुंचकर जब मंगल ने उसे डांटकर बुलाया तो रामू से सटती हुई चलकर अंदर पहुंच गई।

''तुम दिनभर यहीं रहोगी।'' मंगल ने आगे बढ़कर रखी हुई बोतल में बची हुई शराब हलक में उड़ेल ली जिसे पिछली रात सेठ कर्मचन्द छोड़कर गए थे। अपना मुंह कड़ुए स्वाद-सा बनाते हुए वह बोला–''किसी बात की आवश्यकता पड़े तो रामू से कह देना। और हां, भागने का विचार मत करना, चारों ओर से सारे ही द्वारा और खिड़कियां बंद रहेंगी। भागते हुए पकड़ ली गई तो फिर याद रखना, सेठ कर्मचन्द बहुत कठोर हैं, तेरी खाल खिंचवा लेंगे।''

सीता का दिल मुंह में आ गया। बोली कुछ भी नहीं और रहम की भीख-सी मांगती दृष्टि से वह रामू को देखने लगी।

''अभी तो सेठजी सो रहे होंगे।'' मंगल फिर बोला–''इस बार रामू से, ''दिन में उन्हें फोन कर देना कि उनका माल आ गया है, विचार रहे यह लड़की यदि भाग गई तो इसके उत्तरदायी तुम होंगे। मेरी ड्यूटी पूरी हो चुकी है।''

रामू ने कोई उत्तर नहीं दिया। मंगल चला गया तो वह कुछ पल उसी प्रकार खड़ा रहा और जब टैक्स स्टार्ट होकर कोठी से बाहर निकल गई तो वह सीता के समीप आया।

''क्या तुम प्रकाश की रखैल हो?'' उसने बहुत नम्रता से पूछा।

सीता ने कोई उत्तर नहीं दिया। अपनी आंखें नीची कर लीं; यह संसार कितना कठोर है। यह भी नहीं सोचता कि वह क्या कहता है, क्या सुनता है। प्रकाश की तो वह पत्नी बनने का

सपना देख रही थी। प्रकाश स्वयं भी इसके पक्ष में आ चुका था। फिर भला वह उसकी रखैल ही क्यों बनती? कितना गंदा शब्द है, रखैल, मानो किसी पशु को रख लिया हो ताकि जब चाहा निकाल दिया, या फिर दूसरे से बदल लिया।

''तुम प्रकाश को जानती हो क्या?'' रामू उसके समीप आया।

और उत्तर में सीता के आंसू छलक आए।

रामू ने उसके आंसू देखे, उसका अर्थ लगाया तो उत्तर हां में ही मिला।

''क्या वास्तव में प्रकाश को पुलिस ने पकड़ लिया है?'' उसने पूछा–कंधे पर हाथ रखते हुए।

''टैक्सी ड्राइवर ही बता रहा था।'' बड़ी कठिनाई से बोली वह। उसकी आवाज बड़े कमरे में इस प्रकार फैली मानो किसी ने छोटे-छोटे घुंघरू बजा दिए हों।

''कब?''

''आज ही।''

''कल था तेरे साथ?''

और सीता ने हां के इशारे पर आंख नीची कर ली।

''कब से तू उसके साथ है?'' रामू ने फिर पूछा।

''यही कोई पन्द्रह-सोलह दिन से।''

''जब ही वह इतने दिन मुझसे मिला नहीं।'' रामू ने एक गहरी सांस ली।

सीता ने उसे आश्चर्य से देखा। एक बार सोचा कि क्या यह व्यक्ति विश्वास के योग्य है?

''प्रकाश मेरे बेटे के समान है।'' रामू एक ओर खिड़की पर बैठे अकेले पक्षी को देखता हुआ बोला–''कर्मचन्द ने उसे इतना बड़ा धोखा दिया कि वह अपना बड़प्पन, चाल-चलन, सब कुछ बिगाड़ बैठा। अपने आपको बिल्कुल तन्हा समझता है। अच्छा ही हुआ जो तुम उसे पसन्द आ गई वर्ना वह जाने क्या कर बैठता? एक बार तो मैंने ही उसे आत्महत्या से बचा लिया था जब आरम्भ में कर्मचन्द के धोखे के कारण अपनी बुद्धि खो बैठा था। तुम्हें उसने क्या कभी भी मेरे बारे में कुछ नहीं बताया?''

''कहते थे कि तुम्हें एक दिन सत्य भवन ले जाऊंगा। वहां एक रामू काका हैं। तुम्हें देखकर बहुत खुश होंगे।'' सीता के मन को कुछ शांति मिली तो उसने उत्तर दिया। उन्होंने बताया था कि रामनिवास की तरह सत्यभवन भी तेरे पिता का ही है।''

''क्या?'' रामू इस प्रकार चौंका मानो उसने गलती से कुछ और सुन लिया है।''

''हां काका...'' सीता बोली–''क्या तुमने मुझे जरा भी नहीं पहचाना?'' वह तो कहते थे कि तुम मुझे एक ही दृष्टि में पहचान लोगे।''

रामू उसके समीप आया—और समीप—बहुत गौर से उसने सीता की आंखों में झांका, ऊपर से नीचे तक उसे बहुत ध्यान से परखा। उसका दिल अचानक ही जोर-जोर से धड़कने लगा।

''तेरा नाम...?'' कुछ सोचकर उसने पूछा।

''सीता।''

परन्तु रामू को विश्वास नहीं हुआ। तुरंत ही उसे कमर से थामकर दूसरे कमरे में ले गया। पलंग पर बिठाकर समीप ही बैठ गया और बोला—''सच-सच बता, यह क्या पहेली है? तू कौन है? कहां से आई है? किसी ने तेरे सहारे कोई षड्यन्त्र तो नहीं रचा है?''

सीता ने देखा। अपने आंसू पोंछे और फिर धीरे-धीरे करके एक-एक बात बता दी—वह सारी की सारी बातें जो काशी से लेकर आज तक उस पर बीती थीं। हर शब्द के साथ उसकी आंखों से आंसू की धार बराबर जारी रही।

रामू की पलकें भीग गयीं। सीता को उसने छाती से लगा लिया और सिसक पड़ा।

''तुझे पहली दृष्टि में देखकर जाने क्यों मेरा दिल धड़क उठा था...'' वह भर्राई आवाज में बोला—''जाने क्यों ऐसा प्रतीत हुआ कि तुझे कहीं देखा है, परन्तु फिर सोचा कि शायद तू कभी इस कोठी में पहले भी आ चुकी होगी।''

''काका...'' सीता के दिल को चोट पहुंची।

''हां बेटी...रामू बोला—''ऐसा सोचना मेरे लिए स्वाभाविक था। तुझे नहीं मालूम वह कर्मचन्द चंडाल इस कोठी में जाने कितनी ही लड़कियों का जीवन नष्ट कर चुका है। कुछ को तो उसने पैसों से ही खरीद लिया, परन्तु जिन्हें अपनी मान-मर्यादा का विचार रहा उन्हें उसने जबरदस्ती उठवा लिया। यह आदमी नहीं राक्षस है। भगवान ने इसकी संतान शायद इसीलिए छीन ली। परन्तु अब—अब मैं यह अन्याय तेरे साथ तो हरगिज नहीं होने दूंगा। तेरी रक्षा में यदि मेरे प्राण भी निकल जाएं तो संकोच नहीं करूंगा। तेरे पिता का मैं बहुत पुराना नौकर हूं। परन्तु कर्मचन्द की गुलामी इसलिए ग्रहण कर ली ताकि इस कोठी में जो कुछ भी हो उसकी सूचना मैं प्रकाश को देता रहूं। शायद उनको अपने ऊपर से इल्जाम हटाने में सहायता मिल जाए, बेचारा कब से परेशान है कि तेरे माता-पिता का पता लगाए। उनकी सम्पत्ति वापस करे, अपना वही पिछला विश्वास फिर प्राप्त कर ले। तेरे पिता के उस पर अगणित एहसान हैं, इसी कारण तो उन्हें शाक लग गया कि प्रकाश जैसा व्यक्ति भी उन्हें धोखा दे सकता है। मगर खैर, अब यदि ईश्वर ने चाहा तो सब ठीक हो जाएगा—हां, सब कुछ ही। आ चल तुझे यह कोठी दिखा दूं जिसके चप्पे-चप्पे पर तेरे खानदान की आत्मा बसी हुई है। कर्मचन्द चाहता है कि इन आत्माओं को कुचलकर अपवित्र कर दे, परन्तु भगवान सब कुछ देखता है, वह कभी इस

अत्याचार को सहन नहीं करेगा...कभी नहीं।'' अपनी झुर्रीदार अंगुलियों द्वारा उसने सीता के आंसू पोंछे, फिर उसे लिए हुए उठ खड़ा हुआ।

सीता उसके साथ पहले कमरे से होकर दूसरे कमरों को भी देखने के लिए जाने ही वाली थी कि उसकी दृष्टि आतिशदान के ऊपर एक बड़ी-सी तस्वीर पर पड़ी तो ठिठक गई। ऐसा प्रतीत हुआ मानो कर्मचन्द सामने आ गए हों। तस्वीर कर्मचन्द की ही थी, एक व्यक्ति के पूरे कद की। देखने में शानदार प्रकट होती थी, परन्तु फिर वह संभल गई। कर्मचन्द का भय उसके अंदर इतना अधिक समा चुका था मानो हर पग पर उसी का शैतानी रूप सामने खड़ा हो।

''कभी इस स्थान पर तुम्हारे दादा की तस्वीर लगी हुई थी।'' रामू ने उसे उस तस्वीर को घूरते देखा तो बोला—''परन्तु आज इस शैतान ने मरने से पहले ही अपनी यह तस्वीर यहां लगा दी है। कभी यह कमरा, यह पूरी कोठी एक मंदिर के समान पवित्र थी, परन्तु आज यह वासना के पीछे भागने वाले रईसों का पशुग्रह बन चुका है। यहां कितनी ही कलियां फूल बनने से पहले ही मसल दी गई हैं। जाने कितनी ही मासूम-तमन्नाओं का गला घोंट दिया गया है, कितनी ही आत्माओं को कुचलकर यहां आंसुओं की मजार बना दी गई है। शायद तुम भी उस पशु की इच्छा की भेंट चढ़ जाती, परन्तु यह अच्छा हुआ जो समय से पहले मुझे सब कुछ मालूम हो गया।''

सीता चुप रही। तस्वीर के बाद उसने कमरे की दूसरी वस्तुओं पर दृष्टि की, बड़े-बड़े फर्नीचर, किनारों पर लम्बे-लम्बे तांबे और पीतल के फूलदान। फूलदान में रंग-बिरंगी बासी फूल सिर झुकाए शायद अपने भाग्य को रो रहे थे। कुछ अजन्ता तथा एलोरा जैसी नंगी तस्वीरें, कुछ ऐसी ही नग्न मूर्तियां, जिनसे कमरे में रहने वाले के विचार स्पष्ट प्रकट हो रहे थे। वह देखती रही और जब रामू ने उसके कंधे पर हाथ रखा तो वह आगे बढ़ गई। फर्श पर मोटी सुर्ख कालीन बिछी हुई थी। जीवनभर कांटों के पथ पर चलते रहने के बाद मखमल-सी धरती पर उसके पैरों के तलुवे गुदगुदाकर रह गए। आंखों से जितने भी आंसू ढुलककर कालीन पर गिरे वे लाल में जड़े सफेद मोतियों समान चमक पड़े।

''आ चल'' रामू बोला—''यह कोठी बहुत बड़ी है। इसे देखने में समय लगेगा। फिर तुझे छिपाना भी तो है। ऐसा न हो कि तेरी खबर सुनते ही वह चंडाल कर्मचन्द यहां पहले ही आ धमके।''

और सीता उसके साथ दूसरे कमरे में चली गई।

* *

शाम ढल चुकी थी। धुंधला छाया हुआ था। धुंध की चादर में गर्द का गुबार उड़ाती हुई एक लम्बी-सी कार ने सत्य भवन में प्रवेश किया तो रामू सतर्क हो गया। दरवाजा खोलकर वह

बाहर निकला तो सेठ कर्मचन्द कार से उतर रहे थे। उसने झुककर उन्हें अदब से सलाम किया, परन्तु जब अपनी आंखों के शोलों को छिपाने में उसने असफलता प्राप्त की तो नजरें दूसरी ओर फेर लीं। सेठ कर्मचन्द आज बहुत प्रसन्न थे मानो उन्हें नया खजाना हाथ लग गया हो।

''कहो रामू क्या हाल हैं?'' उन्होंने पूछा और उसके उत्तर की प्रतीक्षा किए बिना ही क्यारियों की ओर फूलों के झुरमुट के समीप चले आए। तभी लान का माली दौड़ता-दौड़ता उनके सामने आया, सलामी दी और अब अदब से खड़ा हो गया।

''दीनू!'' सेठ कर्मचन्द बहुत प्रसन्न व्यवहार से बोले, ''आज सबसे अधिक सुंदर फूल तुम कौन-सा मुझे दे रहे हो?''

दीनू माली झट फूलों के झुण्ड पर झुका। उसने एक सुर्ख गुलाब को तोड़कर उनकी ओर बढ़ाते हुए कहा, ''यह लीजिए सरकार, यह सुर्ख गुलाब फूलों का राजा कहलाता है। इससे आपके कोट के कलर की शान दुगुनी हो जाएगी।''

''ऊं हुं–'' सेठ कर्मचन्द ने फूल लेकर देखते हुए मुंह बनाया ''तुमने भी क्या आज खिला हुआ फूल दे दिया। क्या इससे सुंदर फूल हमारे लान में नहीं है?''

''है सरकार, फूल हैं।'' दीनू माली फूलों के झुण्ड की ओर फिर लपका, ''भला आपकी कोठी में फूलों की कमी है?'' उसने एक कली तोड़ी, सुर्ख, बंद-सी कली। लपककर वह सेठ जी के पास आया बोला–''यह लीजिए सरकार, इस कली ने तो अब तक अपनी आंखें भी नहीं खोली हैं। इसे आप कलियों की रानी ही समझिए। बहुत सुंदर है यह।''

सेठ कर्मचन्द ने खिलखिलाते हुए, हाथ में लिए फूल की पत्तियां एक-एक करके तोड़ीं और इसे हवा में चितराना आरम्भ कर दिया। और जब हाथ में केवल फूल की गांठ ही रह गई तो उन्होंने इसे फेंककर पैरों द्वारा बेदर्दी से मसलते हुए दीनू माली के हाथ से वह कली ले ली। उसे सूंघा फिर देखते ही दुबारा मुंह बनाया ''ओहफोह। यह क्या तुमने मुझे दे दिया?'' फिर उसे भी नीचे फेंककर पैरों से मसलते हुए बोले, ''दीनू मुझे कलियों की रानी नहीं, फूलों की रानी चाहिए, फूलों की रानी। एक ऐसी कली लाओ जो देखने में अत्यंत सुंदर हो, सुर्ख हो, सुगन्धित हो, और जिसकी पत्तियां अर्ध खुली हों, पूर्णरूप से नहीं, वर्ना उसे फिर फूलों की रानी की बजाए फूलों का राजा कहना पड़ेगा। मुझे आज ऐसी ही एक अर्ध खुली कली की आवश्यकता है।''

और दीनू माली लपककर दुबारा क्यारियों में पहुंच गया। इस बार उसने बहुत खोजबीन की, एक-एक टहनी को अलग-अलग करके देखा। कांटे उसकी अंगुलियों में चुभ-चुभ गए। अंधकार बढ़ रहा था। फिर भी उसने एक सुंदर-सी अर्ध खिली कली ढूंढ ही निकाली। इसे तोड़कर वह सेठ करमचन्द के समक्ष आया।

''यह लीजिए सरकार–'' कली को आगे बढ़ाता हुआ वह बोला, ''यह रही आपकी फूलों की रानी।''

सेठ ने देखा तो जोर से हंस पड़ा। फिर कली को अपने हाथ में उसने इस शीघ्रता से लिया कि टहनी में लगा कांटा उसकी अंगुली में अंदर तक प्रवेश कर गया। उनका ठहाका अचानक खामोशी में बदल गया। होंठों पर एक 'सी' उभर आई। उसने देखा, रक्त की कुछेक बूंदें अंगुली पर से होकर हथेली की ओर बढ़ रही थीं। उसने इन्हें झटका दिया और रूमाल द्वारा अंगुली पोंछने के बाद अर्ध खिली कली को अपने फूले हुए टेढ़े-मेढ़े नथुने के समीप ले गया। एक गहरी श्वास लेकर सुगन्ध का आनन्द उठाते हुए उसने अपने मोटे-मोटे होंठ फैला दिए और बोला–''हां, यह है आज की रात का सबसे सुंदर तोहफा, फूलों की रानी। परंतु है बहुत कंटीला। मगर खैर, कर्मचन्द के अधिकार में आकर यह भी ठीक हो जाएगा। पैसा ऐसी वस्तु है कि पत्थर भी पानी बन जाए। लोहा भी पिघल जाए। क्यों रामू?'' वह रामू की ओर देखकर मुस्कुराए।

रामू कुछ न बोला, परन्तु माली ने झट हां में हां मिला दी। सेठ कर्मचन्द कोठी के बरामदे की ओर बढ़े। उनके पग आज आकाश पर पड़ रहे थे। कमरे में पहुंचकर उन्होंने सबसे पहले एक बड़ी-सी ताक में सजी हुई बोतलों में से एक को उठाया। सामने काउंटर-सी मेज पर रखकर उन्होंने जाम में शराब उड़ेली। फिर बोतल रखकर जाम हाथ में लेते हुए उन्होंने रामू की ओर देखा।

''रानी कहां है?'' उसने पूछा।

''रानी?'' रामू घबराया।

''हां रानी, वही जिसे मंगल तुम्हें सौंप गया है।''

''वह तो भाग गई।'' रामू ने हाथ जोड़कर स्वयं पर काबू करते हुए कहा।

सेठ कर्मचन्द के हाथ से जाम छूटते-छूटते बचा। परन्तु उनके पग अवश्य लड़खड़ा गए। उन्होंने अपने होंठ काटे और जाम सख्ती के साथ फर्श पर पटक दिया। क्रोध में चीख पड़े, कैसे भाग गई? क्या भाग गई? तुमको क्या इसलिए नौकर रखा गया है?''

''क्या करूं सरकार–'' रामू झुककर बोला, ''बूढ़ा हो गया हूं।'' कमरे के दरवाजे पर ताला लगाने से पहले ही वह मुझे धक्का देकर भाग गई। यदि उसे पकड़ने के लिए बाहर शोर मचाता तो लोग...''

''चुप रहो।'' सेठ कर्मचन्द ने उसे सख्ती से डांट पिलाई, ''यदि वह भाग गई थी तो मुझे फोन नहीं कर सकते थे? तुम्हें, मालूम नहीं उस लड़की का महत्त्व मेरे लिए कितना अधिक है?

वह रामू के समीप आए। उसके गाल पर एक ऐसा भरपूर थप्पड़ दिया कि उसकी बूढ़ी आंखों में आंसू छलक आए। परन्तु उसने अपनी गलती स्वीकार करते हुए सिर नीचे झुका लिया।

‘‘तुम कितने दिनों से यहां काम कर रहे हो?’’ सेठ कर्मचन्द ने पूछा।

‘‘लगभग दस वर्ष से।’’

‘‘हां—’’ सेठ गरजा, ‘‘और इससे पहले तुम धर्मदास के नौकर थे। थे कि नहीं?’’

‘‘जी।’’

‘‘परन्तु तुमने कहा था कि तुम्हें नौकरी से सम्बन्ध है। मालिक कोई भी हो, तुम्हें केवल वेतन चाहिए। है कि नहीं?’’

‘‘जी।’’

‘‘तो फिर तुम मुझे धोखा क्यों दे रहे हो?’’ सेठ फिर चीखा।

रामू खामोश रहा। उसकी रूह कांप गई।

‘‘इससे पहले भी चार सुंदर लड़कियां तुम्हारे हाथों से बचकर भाग चुकी हैं। सीता पांचवी लड़की थी जिसकी आवश्यकता मुझे सबसे अधिक पड़ी, परन्तु तुमने पिछले-से बहाने लेकर उसे जाने दिया। तुम नालायक और निकम्मे हो।’’ सेठ कर्मचन्द ने उसके दूसरे गाल पर उल्टा थप्पड़ मारा। रामू की आंखों के सामने अंधकार छा गया। ‘‘तुम निकल जाओ यहां से और कभी अपना मुंह नहीं दिखाना वर्ना गोली से उड़वा दूंगा। ईडियट।’’

रामू लड़खड़ाते पैरों कमरे से बाहर निकल गया। दीनू माली ने उसे देखा, परन्तु कुछ बोला नहीं। रामू खुश भी था और उदास भी। खुश इसलिए कि कर्मचन्द ने उसे बूढ़ा समझकर अधिक सजा नहीं दी। उदास इसलिए था क्योंकि अब वह इस कोठी में रहकर कुछ इधर-उधर की बातों की सूचना प्रकाश को नहीं दे सकता था। एक पल को उसने सोचा कि क्यों नहीं सारी बातें वह पुलिस में जाकर कह दे। पुलिस अवश्य ही उसकी सहायता करेगी। साथ ही वह सीता के माता-पिता का भी पता चला सकती है। परन्तु पुलिस यह मानेगी कि प्रकार की सीता सेठ धर्मदास की ही बेटी है। उस पर वेश्या के इल्जाम अधिक सत्य प्रमाणित होंगे, न कि सेठ धर्मदास की बेटी होने के। प्रकाश से उसके सम्बन्ध के बारे में भी खोजबीन होगी। सब ही जानते हैं प्रकाश सेठ धर्मदास का नौकर था। यह भी स समझते हैं कि उसने सेठ धर्मदास को बहुत बड़ा धोखा दिया था—शायद पूरी दौलत हड़पकर लेने के लिए, और इसीलिए कर्मचन्द ने अपनी बेटी का हाथ उस धोखेबाज के हाथ में देने से इंकार कर दिया था। सत्यता कुछ भी हो परन्तु लोग तो यही समझेंगे, वर्ना क्या आवश्यकता है कि कर्मचन्द का शत्रु बना बैठा है। कर्मचन्द का शत्रु बनकर कई बार जेल भी जा चुका है। बम्बई का नामी दादा भी प्रसिद्ध है।

स्थिति ऐसी बिगड़ चुकी है कि कर्मचन्द अपने पैरों द्वारा बहुत आसानी से यह साबित कर सकता है कि प्रकाश ने अपने इरादों में असफलता पाने के पश्चात् एक वेश्या को किराए पर रख लिया है ताकि उसे सीता के रूप में सेठ धर्मदास की सम्पत्ति का उत्तराधिकारी बनाकर उपस्थित कर सके। वह यह कह सकता है कि यद्यपि सीता धर्मदास की बेटी नहीं वेश्या है, फिर भी यदि यह सत्य हो तो उसे वह सम्पत्ति पाने का क्या अधिकार है जो अब बिक चुकी है। जो कुछ धर्मदास के पास बचा खुचा था वह लेकर विदेश चले गए। वह यह भी प्रमाणित कर सकता है कि प्रकाश सीता द्वारा उसे बदनाम करके ब्लैकमेल करना चाहता है। सत्यता बलवान है और पैसा उससे भी अधिक बलवान, परन्तु कर्मचन्द और उसकी चालाकियां शायद बम्बई में सबसे अधिक बलवान हैं जिसे कोई झुका नहीं सकता, तोड़ नहीं सकता।

रामू ने चुपचाप प्रकाश की प्रतीक्षा कर लेने में ही अपनी भलाई समझी। उसके आने पर ही अब वह दूसरा पग बढ़ाएगा। अकेले यदि वह पुलिस की सहायता तलाश करेगा तो निश्चय ही लोग बाल की खाल निकालने लगेंगे। सीता तथा उसके माता-पिता की छीछालेदर निकल आएगी। केस इतना उलझ जाएगा कि फिर इसे केवल कर्मचन्द का पैसा ही सुलझा सकेगा और कर्मचन्द के पैरों की झंकार, नोटों की खड़खड़ाहट कभी उसके विरुद्ध नहीं बोल सकती। वह अपनी मंजिल की ओर बढ़ गया, अंधकार का सहारा लेकर, जहां दूर शहर के समीप, अपने एक प्रिय मित्र के यहां उसने सीता को छिपा रखा था, अपनी बेटी बनाकर। कोठी से निकलते समय उसने देखा था, जाने कितने ही लोग कोठी की चौकीदारी करने के लिए आ पहुंचे थे। ऐसा सदा ही होता था जब कभी कर्मचन्द यहां आ पहुंचते थे।

* *

सीता के भाग जाने तथा रामू को घर से निकाल देने के बाद सेठ कर्मचन्द क्रोध से अपने आपमें ही जले जा रहे थे। आज सीता के चक्कर में उन्होंने दूसरी लड़की का प्रोग्राम स्थगित करा दिया था। सीता के चले जाने से उनकी कितनी ही आशाओं पर पानी पड़ गया। कल सीता को उन्होंने सेठ मुरारीमल के यहां देखा तो दिल आपे से बाहर हो गया था। यदि वह उसे देखकर अपने आप को छिपा नहीं लेते तो फिर न जाने क्या हो जाता? उफ! वह सुंदरता, प्यारा-सा गोल सुर्ख मुखड़ा, होंठों पर प्राकृतिक लाली, कनपटी पर सुनहरे रोएं आंखों में ऐसी प्यारी चमक तथा रेशम समान सुर्ख डोरे, लगता था मानो वह अब भी कुंवारी हो। नथनी उतर गई, परन्तु शरीर में कोई अंतर नहीं आया। सीता को पाने की इच्छा में ही उन्होंने उसे प्रकाश के साथ सीता को जाते देखकर अपने विशेष आदमी पीछे लगा दिए थे। प्रकाश को मौके पर पकड़वाकर उन्होंने विश्वास कर लिया था कि अब सीता को उनकी वासना का शिकार बनने

से कोई नहीं रोक सकता। परन्तु यह कम्बख्त रामू, सब किए-कराए पर पानी फेर दिया। अच्छा ही हुआ जो दो थप्पड़ मारकर उसे निकाल दिया। बदमाश कहीं का।

सेठ कर्मचन्द इन्हीं बातों में उलझे बहुत देर तक इधर-उधर टहलकर अपने आपमें ही बल खाते रहे। जब बहुत तेज क्रोध आता तो वह काउंटर पर पहुंचकर शराब के पैग लेने लगते। उन्हें एक पल भी चैन नहीं मिल रहा था। यद्यपि उन्होंने अपने दो आदमी यहां भी रामू के पीछे लगा दिए थे, परन्तु उन्हें इस कार्य में किसी प्रकार की आशा नहीं थी, रामू पर उन्हें इतना तो विश्वास था ही कि वह इतना बड़ा काम नहीं करेगा कि किसी लड़की को भगाकर सेठ कर्मचन्द से भय मोल ले। उसको उनके यहां नौकरी ही मिल गई यही क्या कम था, वर्ना कर्मचन्द ने तो सेठ धर्मदास के सभी नौकरों को इन सारी सम्पत्तियों पर अधिकार पाते ही निकाल बाहर किया था। इस बूढ़े पर जाने क्यों उन्हें दया आ गई थी।

सहसा बाहर लान में उन्होंने किसी टैक्सी का हार्न सुना तो चौंक पड़े। जाम होंठों पर आकर रुक गया। मगर फिर उन्होंने शराब की अंतिम बूंद भी समाप्त की और दीवार पर टंगी घड़ी देखी। रात के बारह बज रहे थे। रामू के पीछे आदमी भेजे हुए चार घंटे हो रहे थे। शायद वे लोग आ गए हैं। उन्होंने लड़खड़ाते हुए बाहर निकलने का प्रयत्न किया, परन्तु वे दोनों स्वयं ही तेज कदमों से उन तक आ पहुंचे।

''क्या हुआ?'' उन्होंने हारे हुए जुआरी के समान पूछा, ''कुछ पता चला?''

''हां सरकार।'' उनमें से एक बोला, ''रामू सचमुच निकम्मा निकला। उसी ने ही रानी को छिपाया हुआ है। हम सब कुछ अपनी आंखों से देखकर आ रहे हैं।''

सेठ कर्मचन्द का रक्त उबल गया।

''कहां छिपा रखा है?'' उन्होंने कुत्ते के समान गुर्राकर पूछा, ''अपने साथ उसे क्यों नहीं लेकर आए?''

''सरकार यह काम इतना आसान नहीं?'' उनमें से एक ने छाती फैलाए हुए ही कहा, ''रामू ने उसे अपने एक मित्र के ऐसे फ्लैट में रखा है जिसके चारों ओर दूसरे लोग भी रहते हैं।''

''शट-अप।'' सेठ कर्मचन्द चीख पड़े, ''तुम लोग जानते हो कि मैं नहीं का शब्द नहीं सुनना जानता। रानी को अभी लेकर आओ, अभी, इसी समय...''

''जैसी आज्ञा सरकार।'' एक ने संकोच के पश्चात् भी हार मान ली। ''आपकी आज्ञा का पालन करने में हमारा सौभाग्य है। परन्तु इतना बता देना मैं आवश्यक समझता हूं कि वह फ्लैट ठीक सेठ मुरारीमल की हवेली के सामने ही है। यदि कोई बात...''

''ठहरो।'' सेठ कर्मचन्द एकदम से धीमे पड़ गए। फिर मानो स्वयं से ही खिसियाकर उन्होंने जाम फर्श पर पटक दिया। फर्श पर जाम पटक देना उनकी एक साधारण-सी आदत थी। वह लपककर शराब की ताक पर आए। एक बोतल उठाकर दांतों द्वारा कार्क खोला और फिर दूसरा बड़ा जाम भरकर गटागट पी गए। फिर वहां अलमारी की ओर मुंह किए एक छोटे से शीशे में अपने कार्यकर्ताओं की सूरत देखकर बोले, ''जाओ और उस फ्लैट के चारों ओर अपना डेरा डाल दो। साथ में दो-चार आदमी और ले लेना। परन्तु इतना विचार रहे कि एक सप्ताह के भीतर-भीतर रानी अवश्य यहां आ जानी चाहिए। तुम लोगों को आशा से अधिक ही इनाम दिया जाएगा। जाओ–''

उन दोनों ने सहमकर सलामी दागी और मुड़क जाने लगे।

''ठहरो।'' सेठ कर्मचन्द फिर बोले, सामने दर्पण में उन्हें जाते हुए देखकर। और जब वे रुक गए, फिर पलटकर कुछ कदम वापस आए, तो सेठ कर्मचन्द ने दूसरी बोतल उठाई, बिना पीछे देखे ही उन्होंने कहा, ''यह लो।'' और फिर उसी प्रकार खड़े-खड़े बोतल पीछे फेंक दी। उनमें से एक ने लपककर झट इस बोतल को फर्श पर गिरने से पहले ही थाम लिया। सेठ कर्मचन्द फिर भी पीछे नहीं पलटे। बोले, ''जाओ।'' और फिर उन्होंने दर्पण में ही देखा वे लोग जा चुके थे।

उस सारी रात, उस कोठी में, सत्य भवन में, शायद आज पहली बार शराब पीने के पश्चात् भी वह एक नारी की कमी इतनी नहीं महसूस कर सके। उनके मस्तिष्क में केवल रानी ही बसी हुई थी–रानी और रानी का सुंदर रूप, आकर्षक शरीर, जिसका एक-एक अंग अर्द्ध खिली कली के समान फूट रहा था। फूलों की रानी समान, फूलों की रानी।

* *

रामनिवास। सेठ कर्मचन्द बरामदे में एक बेंत की आराम कुर्सी पर धंसे अखबार पर दृष्टि जमाए हुए थे, परन्तु मन में एक प्रकार की बेचैनी अब भी शेष थी। सुबह के दस बज रहे थे और यही समय उनके उठने तथा नाश्ता करने का भी था। नौकर ने समीप की छोटी-सी टेबल पर उनका नाश्ता लगा दिया था। भोजन के कमरे में वह केवल दिन का ही खाना खाते थे। रातें उनकी इधर-उधर कट जाया करती थीं इसलिए घर में खाने का प्रश्न ही नहीं उठता था। शरीर पर अब भी नाइटगाउन था। पैरों को फैलाए वह अपने शरीर को आराम देने के प्रयत्न में थे। परन्तु दिल में एक ऐसा कांटा अब भी चुभ रहा था कि किसी करवट भी उन्हें चैन नहीं मिल रहा था।

सामने पोर्टिको में उनकी कार खड़ी हुई थी और लान में एक नौकरानी के साथ गीता क्यारियों में लगे फूलों पर उड़ती तितलियां पकड़ने में आनन्द उठा रही थी। गीता की मुस्कराहट उनकी प्रसन्नता थी, उसकी चहक उनके ठहाके थे, उसकी खुशियां उनकी शांति थी, परन्तु आज जाने क्यों वह गीता की किसी भी रुचि में सम्मिलित नहीं हो सके। लान में एक कोने पर, चारदीवारी से सटकर एक मंदिर था। द्वार द्वारा वह स्पष्ट देख रहे थे कि पुजारी पूजा में तल्लीन है। मंदिर के घंटे तथा शंख की आवाजें उनके कानों को छू रही थीं, परन्तु आज उनका बहरूपियापन भी काम नहीं आता। रानी की सुंदरता से उनके अंदर की सारी इच्छाओं पर अंधकार डाल रखा था। आज अपने चिड़चिड़ेपन के कारण अकारण ही उन्होंने सुबह-सुबह नौकर को भी बक दिया था। उनका दामाद राजीव कई दिनों से खोया-खोया और परेशान-सा रह रहा था। आज सुबह जब उसने यहां से उतरकर लंदन जाने की अनुमति चाही तो उसने आज्ञा देने के साथ-साथ डांट भी दिया था। जब उसने गीता को साथ ले जाने की इच्छा प्रकट की तो इस पर भी उन्होंने विरोध नहीं किया। निःसंकोच ही कह दिया कि वह प्रसन्नता के साथ गीता को ले जा सकता है।

राजीव उनका दामाद था, परन्तु एहसानमंद भी था। सेठ कर्मचन्द ने उसे गरीबी से निकालकर अपने खानदान में स्थान दिया। अपनी पुत्री का हाथ देने के बाद उसे लंदन भेजा ताकि कम-से-कम वह उनकी सम्पत्ति, उनका व्यापार देखने योग्य हो जाए। यही कारण था कि राजीव उनके आगे कभी अपनी जबान नहीं खोल सका था, उनकी हर राय से उसे सहमत होना पड़ा था, उनके किसी विचार का विरोध नहीं कर सका था। चूंकि विवाह के बाद ही वह लंदन चला गया था इसीलिए अपने ससुर की किसी भी वास्तविकता से वह परिचित नहीं था। उसने सदा ही उनको देवता के रूप में ही विचारा था, विशेषकर इसलिए कि उसे उन्होंने गरीबी से निकालकर एक अच्छा और उच्च व्यक्ति बनाया था। इस समय सेठ कर्मचन्द बिल्कुल अकेले थे, अपने विचारों में डूबे। राजीव अपने और गीता के पासपोर्ट के लिए सरकारी दफ्तरों की खाक छानने गया था।

सहसा एक टैक्सी ने बड़े गेट में प्रवेश किया तो सेठ कर्मचन्द ने अखबार एक किनारे डाल दिया। टैक्सी पोर्टिको में आकर रुकी तो वह अपने पैर समेटकर ठीक से बैठ गए। बगल की मेज पर से चाय का प्याला उठाया और चुस्की लेने लगे। आने वाला टैक्सी से निकलकर उनके सामने आ खड़ा हुआ।

''आओ मंगल। चाय का प्याला दुबारा मेज पर रखते हुए उन्होंने कहा–''कहो कैसे आना हुआ?''

''सोचा सरकार को सलाम कर आऊं।'' मंगल ने हाथ जोड़कर कुछ झुकते हुए कहा।

''ओह! बख्शीश!'' सेठ जी समझ गए–''मिल जायेगी, मिल जायेगी।'' वह बोले–''परन्तु अभी तुम्हें दो एक काम और करने हैं। अब आ ही गए हो तो कर भी डालो। तुम्हें शायद नहीं मालूम की रानी कल भाग गई।''

''जी!'' मंगल चौंक पड़ा।

''हां मंगल।'' सेठजी खड़े हो गए। हाथों को अपने पीछे बांध कर वह परेशानी की अवस्था में टहलते हुए बरामदे के किनारे तक पहुंचे और कुछ ही दूर पर एक ओर एक अर्धखुली गुलाब की कली को निहारने लगे–''उस एहसानफरोश रामू ने उसे भगाकर छिपा दिया।''

''रामू ने?''

''हां।'' सेठजी उसी प्रकार खड़े-खड़े बोले, ''परन्तु मैंने उसका ठिकाना पता लगा लिया है।''

''तो फिर देर किस बात की है सरकार?'' मंगल ने समीप आकर पूछा।

''है कोई कारण।'' सेठजी उसकी ओर पलटे–''मैंने आज सुबह ही रानी की मां को अत्यंत आवश्यक जवाबी तार द्वारा बुलाया है। वह मुझे जानती है, राजा साहेब के नाम से मुझे पहचानती है। तार पाते ही तुरंत वह पहली गाड़ी से आ जाएगी, मैं सत्यभवन में उसके मुजरे का प्रबन्ध कर दूंगा ताकि उसे बुलाए जाने के कारण पर कोई संदेह न हो। इसके बाद बात ही बात में उसके द्वारा प्यार से, डरा धमका के, या फिर पैसे की चमक दिखा कर हमें रानी को यहां बुलाने में जरा भी कठिनाई नहीं होगी। रानी उसकी बेटी है, अपनी मां का दुःख देखते ही तड़पकर बहुत आसानी के साथ स्वयं को हमारे सुपुर्द कर देगी।''

''बहुत दूर तक निशाना लगाया है आपने सरकार।'' मंगल कुछ सोचकर बोला।

''हां''–सेठजी ने सिगार सुलगाया और गहरा कश लेते हुए बोले–''परन्तु यह निशाना चूकेगा कभी नहीं। जो काम सुंदरता के साथ निभ जाए वह सबसे अच्छा होता है।'' सेठजी अपनी आराम कुर्सी की ओर बढ़े–''तुम नहीं जानते मंगल, रानी को पहली बार देखकर ही मैंने अपना होश खो दिया था। वह भाग गई तो मानो मेरे दिल की धड़कने भी बंद हो गई थीं। मेरी सांस ही रुक गई। और जब कुछ दिन पहले उसे बम्बई में देखा तो मेरे अंदर की प्यास और भड़क उठी थी। यदि कार की दुर्घटना के बाद वह इस हवेली के बजाय सत्य भवन में आई होती तो शायद वह कभी मेरे चंगुल से नहीं बच पाती।'' सेठजी कुर्सी पर धंस गए बहुत निराश होकर उसे अस्पताल भिजवाकर मैंने सोचा था कि उसके वहां से निकलते ही मैं आदमियों

द्वारा बहला-फुसलाकर सत्यभवन बुलवा लूंगा, परन्तु तब अचानक ही मुझे एक आवश्यक कार्य से बाहर जाना पड़ा, डाक्टर से पूछने पर जब पता चला कि वह अस्पताल में आठ-दस दिन तो अवश्य ही रहेगी तो मैं निश्चिंत हो गया था। परन्तु अफसोस, समय पर मैं स्वयं ही नहीं आ सका, रानी अस्पताल से पहले ही स्वस्थ हो चली गई। यदि अपने निश्चित समय पर न पहुंच सकने का मुझे जरा भी संदेह होता तो रानी का अपहरण करने का कार्य मैं किसी को भी सौंप सकता था।'' सेठ कर्मचन्द कुछ पल के लिए खामोश हो गए।

मंगल फटी-फटी आंखों से उन्हें देखता रहा। यह सेठ, यह सेठ करमचन्द, जिनके लिए लड़की एक फूल से अधिक महत्त्व नहीं रखती थी, जिसे फूल समझकर सूंघ लेने के पश्चात् एक दिन से अधिक कोट के कालर की शान बनाए रखना इनके लिए एक अपमान की बात थी, आज एक साधारण-सी लड़की, एक वेश्या के लिए इतना अधिक तड़पने लगेंगे, वह कभी सोच भी नहीं सकता था। उसे सेठ करमचन्द पर दया आई। शैतान ही शैतान पर दया कर सकता है।

''रानी की दूरी ने मुझे और पागल बना दिया...'' सेठ कर्मचन्द कुछ पल बार फिर बोले—''और परसों के दिन जब मैंने उसे सेठ मुरारीमल की पार्टी में देखा तो अपने ऊपर काबू पाना ही कठिन हो गया। उफ! कितनी सुंदर लग रही थी वह मानो आकाश से कोई अप्सरा उतर आई हो। यदि मुझे समाज का डर नहीं होता, अपने दामाद का विचार नहीं होता, उस समय जाने क्या हो जाता। तुम मुझे दीवाना समझ रहे होंगे। सोच रहे होंगे कि यह बुड्ढा पागल हो गया है। परन्तु क्या करूं, यह अपने बस की बात तो अब रही नहीं। किसी वस्तु को पाने में जितनी अधिक कठिनाइयां पड़ती हैं, उस वस्तु का मूल्य उतना ही बढ़ जाता है। रानी को मैं पाकर ही रहूंगा—हर अवस्था में, चाहे इसके लिए मुझे पानी के समान ही दौलत बहानी पड़े।'' सेठजी चुप हो गए। खामोशी में एक सुंदर-सी अर्ध खिली गुलाब की सुर्ख कली का खाका बनाने लगे—फूलों की रानी।

और मंगल बहुत देर तक चुपचाप उन्हें उसी प्रकार देखता रहा। सोचता रह गया कि रानी चाहे तो बहुत आसानी के साथ इस हवेली पर राज्य कर सकती है। फिर भी एक वेश्या होकर मूर्ख है। वह जाने क्यों ऐसा करने पर विवश है? कोई तो ठोस कारण होगा ही। यदि उसे पहली रात में यह वास्तविकता पता चल जाती तो वह रानी को स्वयं ही कर्मचन्द के हाथों बेचकर अपना अच्छा-खासा धंधा बना लेता।

* *

तीन दिन बीत गए।

काशी एक्सप्रेस अपने निश्चित समय पर ज्यूं ही बम्बई के प्लेटफार्म पर रुकी, मंगल लपककर फर्स्ट क्लास की ओर बढ़ा। भीड़ अत्यधिक थी फिर भी उसे सेठ कर्मचन्द के मेहमानों को पहचानते देर नहीं लगी। कुछेक के लम्बे-लम्बे बाल, चेहरे पर कलाकार से अधिक भांड के समान प्रदर्शन, होंठों के किनारों से पान की लार चू रही थी। अपने हाथों में स्वयं ही उन्होंने अपने साज संभाल रखे थे—सारंगी, सितार, हारमोनियम, तबला इत्यादि-इत्यादि।

''आप काशी से आ रहे हैं?'' आगे बढ़कर उसने पूछा।

''जी नहीं...'' उनमें से एक ने अपने बालों को झटककर अपना अंदाज बनाते हुए उत्तर दिया—''हम बनारस से आ रहे हैं। काशी से तो तीर्थ यात्री आते हैं। हम कलाकार हैं, कलाकार।''

मंगल हंस पड़ा। एक ही शहर के दो नाम रखकर अलग-अलग पेशों का परिचय भी खूब है। बोला—''ओह! क्षमा कीजिएगा मेरा मतलब बनारस से ही है। मैं सेठ कर्मचन्द का ड्राइवर हूं, अर्थात् राजा साहेब का ड्राइवर।''

''ओह!'' उन सबकी इधर-उधर बहकती दृष्टि अचानक ही मंगल पर जम गई। शायद वे सेठ कर्मचन्द के आदमी को ही ढूंढ रहे थे। उनके मुखड़े पर ताजगी दौड़ गई। उनमें से एक बोला—''तो फिर हमारा सामान उतरवाइए, वरना गाड़ी छूट जाएगी।''

''जी नहीं...'' मंगल को इन परदेसियों की नासमझी पर हंसी आ गई, ''गाड़ी यहां से आगे नहीं जाती।''

''जी।''

''जी हां। यह अंतिम स्टेशन है।''

''अंतिम स्टेशन है!'' उन्हें आश्चर्य हुआ—''अर्थात् इस शहर के बाद दूसरा देश आरम्भ हो जाता है?''

''हां बाबा हां...'' इस बार मंगल कुछ खिसिया-सा गया...''चमेली जान तो आई हैं ना?'' उसने कम्पार्टमेंट में झांकते हुए पूछा।

''अजी साहब...'' पान को मुंह में चबाते हुए तबलिया ने उत्तर दिया—''चमेली जान नहीं आती तो क्या हम यहां झक मारने आते?'' उसका स्वर ढोलक के समान था।

मंगल कुछ न बोला। प्रश्न-उत्तर का वह आदी नहीं था। यदि यह सेठ कर्मचन्द के मेहमान नहीं होते तो निश्चय ही वह यह तबला खींचकर तबलिए के सिर पर दे मारता।

सहसा पायल की छम-छम के साथ उसकी दृष्टि कंपार्टमेंट के गेट पर उठी। उसने देखा, घूंघट ओढ़े एक नई नवेली दुल्हन, एक बहुत ही सुंदर-सी नारी, जिसका यौवन झलककर शायद आकर्षण की अंतिम यात्रा कर रहा था, बहुत ही धीरे-से प्लेटफार्म पर उतर रही है, कुछ इस कोमलता से मानो उसके पैरों में कहीं मोच न आ जाए। मंगल मुस्कराए बिना नहीं रह सका। एक वेश्या और यह अदा। मानो बिल्ली सत्तर चूहे खाकर हज को चली हो। उसके मन के अंदर जाने क्यों यह विचार उठा कि इस कागज के फूल को बहुत समीप से देखे। आखिर इसमें ऐसा क्या आकर्षण है जो सेठ कर्मचन्द बनारस में दूसरी सामाजिक लड़कियों को छोड़कर इस वेश्या के पास चले जाते हैं। रानी जैसी जवान लड़की की मां होकर अब भी अपनी सुंदरता को स्थिर रखना वास्तव में कमाल है।''

प्लेटफार्म से निकलकर उसने एक दूसरी टैक्सी कर ली। चमेलीजान के साजिन्दों को उसने इस टैक्सी पर बिठाया और अपनी कार में चमेलीजान को। फिर वे बम्बई की आबादी से होते हुए शहर से दूर, बिल्कुल सुनसान रास्ते की ओर बढ़ चले। जब टैक्सी खुले वातावरण में एकांत सड़क पर चलने लगी तो मंगल ने मानो शांति की सांस ली और शरीर को आराम से पीछे की ओर टेक लिया। फिर उसने सामने शीशे को ठीक करते हुए अपनी आंखों में पीछे बैठी चमेली जान का दृष्टिकोण बनाया और कुछ पल देखता ही रह गया। चमेलीजान घूंघट में भी अत्यधिक सुंदर थी। कोई भी मानने को तत्पर नहीं हो सकता था कि वह रानी जैसी जवान लड़की की मां है। वह उसका सम्पूर्ण रूप देखने को तड़प उठा।

''चमेलीजान...'' आखिर उसने खामोशी तोड़ ही दी।

''जी?'' चमेलीजान ने गर्दन झुकाते हुए पूछा।

मंगल के कानों में मानो पायल की एक झंकार गूंज गई। एक पल के लिए वह इस स्वर पर सोचता ही रह गया। फिर कुछ देर बाद बोला—''तुम चाहो तो तुम्हें राजा साहेब से एक अच्छी भली दौलत प्राप्त हो सकती है। तुम वेश्या हो और तुम्हें इसके अतिरिक्त चाहिए भी क्या? वेश्या अपनी बेटी की नहीं होती। बेटा उत्पन्न होता है तो कोसती है, बेटी उत्पन्न होती है तो सोचती है चलो मेरी बुढ़ौती में पेशा करके कमाने वाली तो आई, क्यों?''

चमेलीजान को बुढ़ौती शब्द इतना तिरस्कृत प्रतीत हुआ कि उसका दिल ही बैठ गया। मंगल की बातों से उसे घृणा हो गई परन्तु कुछ बोली नहीं।

''सेठ कर्मचन्द, अर्थात् तुम्हारे राजा साहेब बहुत दयालु हैं।'' मंगल ने उसे खामोश पाकर फिर कहा—''तुम्हारी बेटी को वह अपनी जान से भी अधिक प्यार करते हैं। मुंह मांगा उपहार देने को तैयार हैं, रुपया, पैसा, सोना, चांदी सभी कुछ।''

''मेरी बेटी!'' चमेलीजान ने उसे आश्चर्य से देखा।

''हां हां...'' मंगल निश्चिंतता से बोला, ''रानी।''

''रानी!'' चमेलीजान का कलेजा मुंह को आ गया। उसने घबराकर पूछा—''तुम जानते हो उसे? तुम लोगों से उसकी भेंट तो नहीं हुई?''

''भेंट क्यों नहीं होगी?'' मंगल जोर से हंसा—''ऐसी रानियों से भेंट हो जाना कोई आश्चर्य की बात है क्या?''

''उफ!'' चमेलीजान ने अपना माथा पीट लिया—''यह सब क्या हो गया? मेरी सारी मेहनत पर पानी पड़ गया। सारे प्रयत्न अकारण चले गए।''

''क्यों? ऐसी क्या नई बात हो गई?'' मंगल ने टैक्सी कुछ धीमी की।

परन्तु चमेलीजान ने कोई उत्तर नहीं दिया। आंखें छलक आयीं तो घूंघट सरकाकर आंचल द्वारा आंसू पोंछने लगी।

''रोती क्यों हो?'' मंगल बोला, ''आखिर एक वेश्या की लड़की है, वेश्या नहीं होगी तो क्या होगी, और वेश्या से भेंट हो जाना तो हमारे लिए बहुत साधारण-सी बात है। आखिर पहले दिन वह राजा साहेब के घर ही तो ठहरने गई थी।

''क्या बकते हो!''

''बकता नहीं ठीक कहता हूं।'' मंगल ताब खाकर बोला—पहली रात मेरी ही टैक्सी में तो वह उनके यहां गई थी। परन्तु दुर्भाग्यवश उस रात सेठजी घर पर मिले नहीं।''

चमेलीजान कुछ न बोली, बेचैनी से उसकी बातों की प्रतीक्षा करने लगी।

''फिर मैं उसे अपनी खोली ले गया...'' मंगल फिर बोला—''परन्तु तब उसके साथ एक छोटी-सी बच्ची भी थी। मैंने सोचा यह उसी की लड़की होगी। इसलिए उसमें अधिक रुचि नहीं ली। एक दरोगा का एहसान मुझ पर था, मैंने उसे बुलाकर रानी को उसके सुपुर्द कर दिया। अच्छा हुआ जो मैं उस रात अपनी खोली में नहीं ठहरा वर्ना छापे में मुझे भी पुलिसवाले पकड़ ले जाते। पता नहीं वह दरोगा साहेब अपने नेक इरादों में सफल हुए भी या नहीं। कुछ दिन पहले तक रानी एक गुण्डे की रखैल थी। आजकल वह गुण्डा जेल में है और...'' सहसा सामने से आती एक कार बिल्कुल समीप से तेजी के साथ गुजरी तो मंगल ने अपनी बात रोककर टैक्सी और थोड़ा किनारे कर ली। थोड़ी-सी भी लापरवाही दुर्घटना बन सकती थी।

''तुम आदमी नहीं पशु हो।'' चमेलीजान अपनी बच्ची की कमसिनी प्रतीत करके तड़प उठी। फूट-फूटकर वह रो पड़ी। ''जाने क्यों यह शैतान मेरी बच्ची के पीछे हाथ धोकर पड़ा है।'' उसके होंठों से मानो दिल में उठती आहें अनायास ही निकल आईं।

मंगल ने बहुत गौर से सामने दर्पण में देखा। चमेलीजान का घूंघट सरक गया था, परन्तु कार के अंदर इतना अंधकार था कि वह उसके आंसुओं की चमक के पीछे धुंधला मुखड़ा ठीक तरह नहीं देख सका।

''यदि सेठ कर्मचन्द शैतान है तो तुम क्या हो?'' मंगल ने तुनककर पूछा—''आखिर तुम भी तो उसे चूसने ही आई हो। उसकी चमक-दमक लेने के लिए तुम भी तो इतनी दूर से खिंची चली आ रही हो। आखिर हो न एक वेश्या।''

''नारी कभी वेश्या नहीं होती...'' चमेलीजान भर्राई आवाज से बोली, ''उसको वेश्या बना दिया जाता है। और यह बनाने वाले हो तुम, तुम्हारा झूठा समाज, तुम्हारी दरिद्रता। वर्ना कौन लड़की संसार में ऐसी है जो नहीं चाहेगी कि उसका भी अपना घर हो, पति हो, बच्चे हों?''

''यह तो हर मर्द की भी इच्छा होती है।''

''नहीं...।'' चमेलीजान बोली, ''हर मर्द की इच्छा यह कभी नहीं होती। मर्द चाहता है शान, शौकत, ऐश, इशरत। आखिर अपने शान रखने के लिए ही तो मुझे राजा साहेब ने यहां बुलाया है।''

''हां...'' कुछ सीमा तक तो यह भी ठीक है। परन्तु विशेषकर इसलिए बुलाया है कि तुम अपनी ममता का वास्ता देकर अब रानी को राजा साहेब के हवाले कर दो। आखिर अब उसके पास बचा ही क्या है?''

''रानी की इच्छा के विरुद्ध मैं एक पग भी नहीं उठाऊंगी।'' चमेलीजान ने दृढ़ स्वर में कहा।

''बहुत दिलजली मालूम पड़ती हो।'' मंगल ने घूंघट में उसकी भीगी आंखों में दृष्टि जमाते हुए कहा।

''तुम जैसे पशुओं की सताई हुई हूं ना?''

मंगल हंस पड़ा। उसकी हंसी फसफसाकर टैक्सी की आवाज में लुप्त हो गई। उसने यूं ही पूछा—''कहां की रहने वाली हो?''

''रहने वाली तो गाजीपुर की हूं, परन्तु तेरह वर्ष की आयु में ही विवाह के बाद मैं झांसी चली गई थी।''

''झांसी...!'' मंगल ने आश्चर्य से पूछा—''वहां किस स्थान पर तुम्हारी ससुराल है?''

''नौगांव।''

''नौगांव?'' मंगल के कान ठिठक गए।

''हां।''

''वहां किसके घर तेरा विवाह हुआ था?'' उसने बेचैनी से पूछा।

''ठाकुर नरेन्द्र सिंह के यहां।''

मंगल का सिर चकरा गया। उसे ऐसा प्रतीत हुआ मानो किसी ने एक भरपूर हथौड़ा उसके सिर पर दे मारा हो। उसके हाथ कांप गए। स्टीयरिंग डगमगा गई। पहिए बहके और टैक्सी एक ओर डगमगाने लगी तो चमेलीजान घबराकर चीख पड़ी। उसकी चीख सुनकर मंगल को अचानक ही होश आया तो उसने झट स्टीयरिंग पकड़ ली और ब्रेक जाम कर दिए। गाड़ी एक चीख के साथ सड़क की पटरी से नीचे उतरकर रुक गई थी। मंगल ने पलटकर पीछे देखा। चमेलीजान को वह भली-भांति नहीं देख पा रहा था, परन्तु पीछे के विन्ड स्क्रीन के उस पार उसने देखा, पीछे आने वाली साजिन्दों की टैक्सी अभी दूर थी। उसकी हैड लाइट का प्रकाश भी इन तक नहीं पहुंच पा रहा था। उसने अंदर की लाइट जलाई। परन्तु चमेली जान ने अपना घूंघट और बढ़ा लिया, कुछ घबराकर। मंगल ने भरपूर दृष्टि से उसके थोड़े-से झलकते मुखड़े पर अपनी दृष्टि गाड़ दी—सुर्ख होंठ, पतले-पतले, कांपते-से जैसे किसी गुलाब की दो पंखुड़ियां आपस में मिल जाना चाहती हों। पतली-सी गोरी नाक, नथुने गहरी-गहरी सांसों के ऊपर-नीचे फूल रहे थे। दोनों ही आंखें आधी-आधी झलक रही थीं। पलकें अत्यंत लम्बी थीं। उसका दिल बहुत जोर से धड़कने लगा।

''आगे क्या हुआ?'' उसने अपने आप पर काबू पाने का प्रयत्न किया।

''एक दिन दर्शन के लिए बद्रीनाथ गई थी कि वहां गुण्डों ने मुझे अपहरण कर लिया।''

''अपने पति के साथ गई थी?''

''हां।'' चमेलीजान बोली—''अपने गरीब और सीधे-सादे पति के साथ, जो मुझे बहुत प्यार करता था।''

''और तुम?''

''मेरी तो वह आत्मा है...'' चमेलीजान की आंखें भीग गयीं, ''इसीलिए तो आत्महत्या नहीं की। सोचा कि एक बार भी मिल जाएंगे तो उनके चरणों में गिरकर अपना दम तोड़ दूंगी। जान तो कब ही की दे देती, परन्तु...फिर मुझे परिस्थितियों ने जीवित रहने पर विवश कर लिया...रानी की खातिर, ताकि ऐसा न हो कि मेरे ही समान वह भी मजबूरियों का शिकार होकर एक दिन कोठे की जीनत बन बैठे।''

''लेकिन रानी तो...'' मंगल ने अपने दिमाग पर जोर देकर आश्चर्य से उसे देखा।

''वह मेरी अपनी संतान नहीं है।'' चमेलीजान उसकी बात काटकर बोली—''वह तो एक बहुत बड़े सेठ की लड़की है, जिसे गुण्डों ने अपहरण करके काशी में बेच दिया था। काशी में तो यह साधारण-सी बातें हैं। रानी का असली नाम सीता है। इससे पहले कि जवानी से पहले ही वह राजा साहेब की वासना का शिकार बने स्वयं ही उसे बचाकर बम्बई भेज दिया ताकि

वह अपने माता-पिता के पास पहुंचकर सुरक्षित रह सके। परन्तु तुम पशुओं ने मेरे कलेजे के टुकड़े को...''

''नहीं-नहीं पार्वती, नहीं...'' मंगल अचानक ही तड़पकर चीख पड़ा—''ऐसा मत कहो, मत कहो पार्वती।''

पार्वती? चमेलीजान का दिल धड़का, बहुत जोर से। एक युग के बाद उसने यह नाम सुना था। कानों में मानो किसी ने ठंडक भर दिया हो, मीठी-मीठी आवाज के साथ मानो शहद टपक गया हो। उसने झट ऊपर देखा तो उसका घूंघट उलट गया। बहुत गौर से, बहुत आश्चर्य से वह मंगल को निहारने लगी, एक धुंधली-सी तस्वीर, सुंदर और भोली-भाली, मानो नौगांव की हरियाली से एक बेफिक्र-सा नवयुवक उभरकर उसकी भीगी आंखों के सामने आ खड़ा हुआ हो। अपनी दृष्टि पर उसे विश्वास ही नहीं हुआ। जैसे एक सपना, ऐसा सपना जो वह कई बार देखती आई थी, आज उसे बेवक्त देखकर वह अपने अस्तित्व को भूल गई। वह स्वस्थ-सा शरीर अब कितना मरियल-सा था। पतली मूछों के स्थान पर घनी बेतरतीब से बालों की उलझी-उलझी लटें। गोरा रंग गदमी हो गया था। आंखों में पहली-सी चमक के स्थान पर शराब समान लाली। सब कुछ बदला-बदला-सा था, हर अंग अपना निखार खो बैठा था, फिर भी एक पुराने रूप की झलक नहीं मिट सकी थी। वास्तविकता सात दीवारों के बाद भी झांक रही थी।

मंगल ने अपना गाल पीछे पलटे-पलटे ही सीट की पीठ पर टेक दिया और फूट-फूटकर रोने लगा। चमेली भी उसे पहचान चुकी थी। उसने चाहा वह अपने नाथ, अपने परमेश्वर का भीगा मुखड़ा अपनी हथेलियों में रख ले। उसके आंसुओं को अपनी छाती में जज्ब कर ले। परन्तु तभी हाथ बढ़ाकर ही वह रुक गई चूड़ियां केवल खनककर ही रह गई। उसके हाथ अब इतने पवित्र नहीं रहे जो वह अपने पति के शरीर को छू सके। अपनी हथेलियां एक-दूसरे में बांधकर वह स्वयं में ही तड़पती रही।

''उफ!'' मंगल ने सीट की पीठ छोड़कर खिड़की पर अपना सिर पटक दिया—''यह मैंने क्या किया? यह मुझसे क्या हो गया रानी बेचारी को मुझ पापी ने कितना अधिक सताया है, उस निर्दोष के साथ मैंने कितनी कठोरता बरती। हे मेरे भगवान, अब क्या होगा? हे ईश्वर मुझ पापी को क्षमा कर दे। अब मैं क्या करूं?''

चमेली उसी प्रकार बैठी रही, गुम-सुम, परन्तु आंसू धारों में बहने लगे थे। उसे ऐसा प्रतीत होता था, मानो यह दिल ही बैठ जाएगा। उसकी धड़कनें बंद हो जायेंगी। सांस रुक जाएगी। उसकी जान ही जैसे निकल जाना चाहती थी। वह कुछ समझ न सकी कि उसे मंगल को गले लगा लेना चाहिए या नहीं। मंगल तड़प-तड़पकर खिड़की पर यूं सिर पटक रहा था मानो अपनी जान ही दे देगा। परन्तु कार के अंदर प्रकाश में उसने जब देखा कि मंगल के माथे से निकला रक्त खिड़की पर टपक आया है तो वह अपने-आपको रोक नहीं सकी। उसने चाहा कि

उठकर मंगल का सिर अपने हाथ में ले ले, उसके गालों को अपनी छाती पर रख ले, उसे सांत्वना दे कि तभी एक व्यक्ति उनकी टैक्सी के समीप आ धमका। वह उठते-उठते रुक गई। शायद मंगल ने भी उसे देख लिया था। वह भी रुककर अपने सिर का रक्त पोंछने लगा। फिर आंसू पोंछकर सबसे पहले उसने कार के अंदर की बत्ती बुझाई। फिर गेट खोलकर बाहर निकल आया।

''सरदारा।'' उसने उसकी कमर में हाथ डालकर कुछ दूर ले जाते हुए पीछे वाली टैक्सी को देखा जो जाने कब आकर खड़ी हो गई थी—''तू अपनी टैक्सी लेकर आगे चल, काफी तेज गति में। कुछ दूर तक मैं पीछे-पीछे आऊंगा फिर मोड़ आते ही दूसरी ओर चल दूंगा।''

''मगर क्यों?'' दूसरे सरदार टैक्सी ड्राइवर ने आश्चर्य से पूछा।

''यह सब मैं तुझे बाद में बताऊंगा।'' मंगल उसकी बात काटता हुआ शीघ्रता से बोला—''बस तू यार इतना करना कि जैसे ही मैं लुप्त हो जाऊं, इन्हें उसी स्टेशन पर वापस ले जाकर छोड़ देना। सब अपने-आप ही वापस चले जायेंगे। या फिर सब भाड़ में जाएं मुझे अब इनसे कोई सम्बन्ध नहीं रहा।''

सरदार उसे विस्मित-सा देखता ही रह गया। मगर फिर मंगल की बेचैनी, उसकी आंखों में पहली बार आंसुओं की बूंदें देखकर उसे उसकी इच्छा को महत्त्व देना ही पड़ा। माथे पर लगा रक्त अंधकार के कारण वह नहीं देख सका। वह लपककर अपनी टैक्सी में जा बैठा तो मंगल भी अपनी कार में आ गया। उसकी कार स्टार्ट होने से पहले ही सरदार अपनी टैक्सी बहुत तेजी के सान सनसनाता हुआ उसके समीप से ले गुजरा तो उसके होंठों पर एक हल्की-सी मुस्कान उभर आई।

''चल, आगे आकर बैठ।'' मंगल ने प्यार से डांटा—''तू मेरी पत्नी है, वही पुरानी पार्वती। खबरदार जो स्वयं को चमेलीजान समझा। समझी?''

चमेली! पार्वती ने बहुत आश्चर्य से मंगल को देखा। दृष्टि में एक ऐसी आशा थी मानो रेगिस्तान में कहीं दूर उसने हरियाली देख ली हो। होंठ कांपकर रह गए। कानों पर विश्वास ही नहीं हो रहा था। क्या वह वही पार्वती है?

''चल ना।'' मंगल बोला कुछ और सख्ती से, कुछ अधिक प्यार की मिलावट से—''आती क्यों नहीं यहां? तुझमें नाममात्र भी अंतर नहीं आया है। वैसा ही रूप, वैसा ही रंग, वह सुंदरता जिसकी अब तक मैं पूजा करता आया हूं। भगवान साक्षी है पार्वती जब तू खो गई थी तो मैं पागल हो गया था। बहुत दौड़ा, बहुत ढूंढ़ा, परन्तु जब तू नहीं मिली तो मुझे अपने घर की एक-एक वस्तु से घृणा हो गई। हर चप्पे से ही तेरी मीठी आवाज सुनाई पड़ती थी। मैं बम्बई

से भाग आया तो जुआ, शराब, बदमाशों की संगति अपने आप ही हो गई फिर इसमें ऐसा फंसा कि फंसता ही चला गया। परन्तु अब...अब ऐसा नहीं होगा, कभी नहीं। तू मेरी पत्नी है, मैं तेरा पति। अब मैं तुझे कभी नहीं छोडूंगा। आती क्यों नहीं मेरे पास?''

पार्वती अंदर-ही-अंदर उचककर सीट फलांगती हुई उसके समीप जा बैठी। उसका दिल आज अचानक ही इतनी अधिक खुशी की सीमा को सहन करने में विफल-सा था। इतना सारा दुःख उसने उठाया था, इतना सारा गम कि स्वयं को वह निराशा की एक पुतली समझ बैठी थी, परन्तु यह, यह अचानक ही क्या हो गया? यह सब क्या हो रहा है? उसकी आंखों से बहती आंसुओं की धार और भी तेज हो गई। मंगल ने उसकी ठुड्डी के नीचे अपने एक हाथ की दो उंगलियां रखते हुए मुखड़ा ऊपर उठाया। बहुत प्यार से उसकी आंखों में झांका जिनकी पलकें बंद होने के पश्चात् भी आंसुओं की लड़ियां थामे हल्के-हल्के कांप रही थीं। उसने इन्हें देखा, पार्वती के कांपते अर्ध खुले होंठों को भी देखा। उन नथुनों को भी देखा जो गहरी-गहरी सांसों के साथ ऊपर-नीचे होकर अपनी गर्मी उसके गालों पर छोड़ जाते थे। पार्वती, बिल्कुल वही पार्वती, जैसे नई-नवेली दुल्हन, जिसे उसने आयु के सबसे सुंदर भाग में खो दिया था, अब भी उसी समान थी। केवल एक युग बीता था, एक समय कट गया था और सब कुछ उसी प्रकार स्थिर था, अपने स्थान पर, दिल वास्तव में कभी नहीं बदलता। पार्वती को पाकर उसने प्रतीत किया कि वे फिर अपने पिछले दिनों में वापस लौट आए हैं। पार्वती को उसने छाती से लगा लिया और टैक्सी स्टार्ट करता हुआ बोला–''अब तू मेरे घर चलेगी, मेरे अपने घर, छोटी-सी खोली में। उस राजा साहेब के बच्चे के यहां कभी नहीं जाएगी। अब मैं कमाऊंगा, हलाल की रोटी खाऊंगा, मेहनत करूंगा, अपने जीवन को एक नए मोड़पर खींच लाऊंगा। सीता का पता तो कर्मचन्द ने मुझे बताया नहीं, परन्तु मैं शीघ्र ही उसे ढूंढ निकालूंगा। कर्मचन्द के हाथ में उसका पड़ना अच्छा नहीं। वह एक पुराना जहरीला सांप है, जिसका डसा पानी भी नहीं मांगता।'' टैक्सी को उसने गति में छोड़ दिया और फिर पार्वती की पीठ पर हाथ फेरते हुए बात जारी रखी–''इस संसार में मैंने भी अनगिनत पाप किए हैं। अगणित जुल्म किए हैं मैंने। परन्तु तुझे ग्रहण करके शायद भगवान मुझे क्षमा कर देगा। तुझे अपनाने के बाद शायद मेरे पापों के एक बहुत बड़े भाग का प्रायश्चित हो जाएगा।''

पार्वती उसको छाती में लिपटी सिसकती ही चली गई–रोती ही चली गई...और आज इस समय महसूस कर रही थी कि भगवान हवा का दामन थामे अपने हाथों द्वारा स्वयं उसके आंसुओं को पोंछ रहा है। शायद इन आंसुओं से निकल जाने के बाद उसके दिल का गम, गम का सागर अब सदा के लिए सूख जायेगा। कार एक ओर मुड़कर सांताक्रूज की ओर तेजी के साथ भागती चली गई।

* *

रात के साढ़े ग्यारह बज रहे थे। सत्यभवन में काफी बेचैनी फैली हुई थी, लान में अगणित कारें थीं, कोठी के चारों ओर और दिनों के समान पूरा पहरा था। अंदर बड़े हाल में शोरगुल मच रहा था। जाम पर जाम चल चुके थे और चल रहे थे, सेठ कर्मचन्द ने अभी चौथी बार स्टेशन फोन करके अपना संदेह दूर किया था। हर बार उन्हें यही उत्तर मिला था कि काशी एक्सप्रेस अपने निश्चित समय पर प्लेटफार्म पर आ चुकी है। वह विस्मित थे कि आखिर अब तक उनके विशेष मेहमान आये क्यों नहीं? आज, बनारस की मशहूर बाई जी, चमेलीजान का मुजरा सुनने के लिए उन्होंने अपने निजी दोस्तों के अतिरिक्त शहर के माने हुए रईसों तथा सरकारी अधिकारियों को भी निमंत्रण दे रखा था। सहसा लान में किसी कार के प्रवेश करने तथा खड़ी होने की घुरघुराहट जब उन्होंने सुनी तो वह लपककर बाहर निकल आए, मंगल की टैक्सी देखी तो मुखड़े पर रौनक आ गई। मंगल उनके पास आकर खड़ा हो गया।

''कहां चले गये थे?'' उन्होंने घड़ी देखते हुए पूछा।

परन्तु मंगल बिना उत्तर दिये ही हाल के अंदर प्रवेश कर गया। उसने देखा, शहर के रईस, समाज के ठेकेदार कुत्तों के समान जाम पर जाम चढ़ाकर यूं ठहाके लगा रहे हैं मानो आपस में भौंक-भौंक कर लड़ रहे हों। मंगल को देखकर कुछ लोगों ने खामोशी धारण करके यूं देखा मानो घोड़ों के अस्तबल में कोई गधा आ पहुंचा हो।

''क्या बात है मंगल?'' इस बार सेठ कर्मचन्द ने उसके बदले हुए तेवर देखकर अपने तेवर भी बदल लिए–''चमेली कहां है? आई नहीं क्या?''

''चमेली मर गई सेठ, चमेली मर चुकी है।'' मंगल ने होंठों को चबाते हुए उत्तर दिया–''अब वह इस नरक में कभी नहीं आएगी।''

''क्या बकते हों?'' सेठ कर्मचन्द विश्वास नहीं कर सके। उनकी सारी योजनाओं पर पानी पड़ गया।

''मैं ठीक कह रहा हूं सेठ।'' मंगल ने मुट्ठियां कसीं–''चमेली मर गई है और उसके स्थान पर एक सती सावित्री-सी नारी ने जन्म ले लिया है। उसका नाम है पार्वती।''

''तो फिर पार्वती को ही ले आते।''

''सेठ!'' मंगल क्रोध में आकर चीखा।

''यह मत भूलो कि तुम मेरे नौकर हो।'' सेठ कर्मचन्द भी गरज उठे–''अपना स्वार्थ नहीं भी निकलता है तब भी तुम्हें वेतन और बख्शीश मिलती ही रहती है।''

''मैं तुम्हारा खरीदा हुआ गुलाम नहीं हूं जो मुझे कैद कर लो।'' मंगल बोला–''मेरा नाम मंगल ̄सह है। अपने हाथों से कमाकर जीवित रह सकता हूं। मुझे नहीं चाहिए तुम्हारी बख्शीश।''

"तो फिर यहां क्या करने आए हो?" सेठ कर्मचन्द ने चीख कर पूछा।

"तुम्हें चेतावनी देने कि अब उसके साथ रानी का विचार भी छोड़ दो वर्ना..."

"गेट आउट।" सेठ कर्मचन्द उसका वाक्य पूरा होने से पहले इतनी जोर से चिल्लाए कि कमरे की दीवारें मानो हिल गयीं। कुत्तों की दुम ही सटक गई।

परन्तु इसका प्रभाव मंगल के ऊपर कुछ भी नहीं पड़ा। उसने घूरकर उन्हें देखा और तेजी के साथ बाहर निकल गया।

* *

रात के अभी आठ ही बजे थे कि अचानक जिला जेल की चारदीवारी में सायरन तथा एक के बाद एक सीटियों का शोर इस तीव्रता से ऊंचा हुआ कि आस-पास के जाने वाली जनता के कान भी ठिठक गए। शोर मच गया कि एक कैदी भाग गया है–एक ऐसा कैदी जिसके लिए इंस्पेक्टर को शहर के एक बड़े आदमी से इशारा मिला था कि उसे खूब सताया जाए, खूब तड़पाया जाये, किसी भी प्रकार से उसकी जमानत नहीं होने दी जाये, कोर्ट की ओर से उसकी कार्यवाही देर से आरम्भ की जाए। परन्तु फिर भी वह अपराधी भाग गया। भागने का अवसर इस प्रकार उसने प्राप्त किया कि हवालात में ही वह अपने साथी कैदी को बुरी तरह पीटने लगा था। कोई खून करने के अपराध में तो वह पकड़ा नहीं गया था जो भयानक समझकर उसे एकांत कोठरी में बंद किया जाता? उसके मजबूत हाथों की मार से उसका कैदी साथी जोर-जोर से चीखने लगा था, चिल्लाकर अपने को बचाने की दुहाई देने लगा था। इंस्पेक्टर को जब यह ज्ञात हुआ तो उसने आदेश दे दिया कि इस खतरनाक अपराधी को वहां से निकालकर बगल की दूसरी हवालात में बंद कर दिया जाए। दो सिपाहियों ने हवालात का दरवाजा खोलकर उसे बाहर निकाला चाहा कि उसे दूसरी हवालात में ढकेलकर बंद कर दें, परन्तु अपराधी भयानक होने के साथ-साथ चतुर भी था। उसने अपनी ताकत का लाभ उठाकर बहुत साहस के साथ उन दोनों सिपाहियों की गर्दन पर ऐसा वार किया कि उनके होंठों से केवल एक हल्की सी चीख भर निकल सकी। उसके लिए इतना ही अवसर सुनहरा था। तेजी के साथ लपककर वह समीप के गलियारे में घुस गया सारे कैदी फटी-फटी दृष्टि से उसे देखते ही रह गए थे।

सीटियां बज रही थीं। सिपाही और इंस्पेक्टर इधर-उधर दौड़ रहे थे। फोन पर फोन किए जाने लगे थे। जेल के बाहर गेट पर लोगों का समूह बढ़ता ही जा रहा था। परन्तु फिर भी उस कैदी को कोई नहीं देख पाया था। इनके सतर्क होने से पहले ही वह कैदी जेल की दीवार फलांगकर पीछे अंधकार के साये में दुबक चुका था। इसी अंधकार का साया थामे वह दीवारों

से सटकर आगे बढ़ने लगा। फिर जब अचानक ही सड़क पर उसने एक बैलगाड़ी को जाते देखा तो लपककर उसकी आड़ लेता हुआ वह आगे निकल गया और उस पार एक पतली-सी गली के अंधकार में लुप्त हो गया। सायरन तथा सीटियों की आवाज अब मद्धिम होकर सुनाई पड़ रही थी।

सबसे पहले वह अपने निवास स्थान पहुंचा। उसने देखा बाहर से ताला बंद है। ताले पर सरकारी मुहर लगी हुई है ताकि कोई इसे छू न सके। अब? वह चक्कर में फंस गया, कहां जाए? किससे पूछे? किससे सहायता मांगे? वह तो एक फरार कैदी है, उसे तो पहचानते ही लोग पूछताछ करने लगेंगे। वास्तविकता जानकर पुलिस को फोन कर देंगे। फिर यदि वह इस बार फंस गया तो शायद जीवन-भर उसे पिंजरे में बंद रहकर अपनी जान दे देनी पड़ेगी। सीता के बारे में बहुत कुछ सोचने के पश्चात् भी वह कोई अनुमान नहीं लगा सका। वह छोटी-सी, कमसिन-सी, नादान-सी लड़की जानें कहां भटक रही होगी? जाने किस दैत्य के चंगुल में अब उसका शरीर छटपटा रहा होगा? वह उसे कहां ढूंढे? कहां ढूंढे? उसका दिल फटने लगा। गहराई के अंदर एक ऐसा दर्द उसने प्रतीत किया जो सहन करना असंभव था। उसने महसूस किया कि वह वास्तव में सीता से अत्यधिक प्रेम करता है। उसके बिना उसका जीना कठिन है। सीता की दूरी, उसका वह भोलापन प्रतीत करके वह रो पड़ा। आंखों में आंसू आ गए। दिल चाहा दीवारों पर अपना सिर पटक दे। अपनी जान दे दे। अब वह क्या करे? कहां जाए?

पूर्णतया निराश होकर वह लौट पड़ा। परन्तु अब उसको कहां जाना चाहिए? कहां? हां, वह सत्यभवन जायेगा। सत्यभवन रामू काका से मिलने। परन्तु इस समय, इतनी रात में तो वहां रंगरलियां भी आरम्भ हो चुकी होंगी। सेठ कर्मचन्द के आदमी वहां पहुंचकर पहरा भी देने लगे होंगे। फिर? ऊंह? जो भी हो...देखा जाएगा। वह किसी-न-किसी प्रकार रामू काका की कोठरी में तो पहुंच ही जाएगा। उसके बाद जो करना है वह दोनों सोच-समझकर ही करेंगे। एक से दो भले। सत्यभवन के तो एक-एक चप्पे से वह भली-भांति परिचित है। धर्मदास की बेटी सीता की वास्तविकता को जानकर रामू काका को एक नई आशा प्राप्त होगी।

सड़क पर बिजली के खम्भों से निकलता प्रकाश छाया था इसके लिए वह अपने बचने के लिए फुटपाथ पर उतर गया। अंधकार को ढूंढ़ता अपनाता हुआ वह चौड़ी सड़क पर आया। एक टैक्सी ली और अपनी मंजिल की ओर बढ़ गया। रास्ते भर उसे सीता का विचार कांटे के समान इस प्रकार चुभता रहा कि रह-रहकर उसकी आंखों में आंसू छलक आते थे। सपनों में एक तस्वीर को छाती से लगाकर वह हल्के-हल्के सिसक भी रहा था।

टैक्सी को उसने सत्यभवन से दूर रुकवा दिया और फिर पैदल ही चल पड़ा। पशुपतिनाथ जी के मंदिर से आती घंटी की ध्वनि सुनकर उसने दूर ही से हाथ जोड़ दिए। मन-ही-मन सीता के लिए शुभकामनाएं करता हुआ वह आगे बढ़ गया। कच्ची सड़क—घना अंधेरा, जो शायद

पहली बार उसने प्रतीत किया था। विस्मित था कि अंधकार इतना घना क्यों है। इसमें डूबकर वह आगे बढ़ गया—सत्यभवन की ओर।

वह अपनी मंजिल के समीप पहुंचा। आशानुसार कोठी के निचले हाल की रंगीन खिड़कियों से प्रकाश छनकर हल्के-हल्के लान की कुछ सीमा तक फैल रहा था। बाकी सारे भाग अंधकार के गर्भ में डूब चुके थे। कोठी का भी शेष भाग प्रकाश से वंचित था। उसने देखा, लान में आज एक ही कार है, सेठ कर्मचन्द की कार। उसे आश्चर्य हुआ कि उनके शेष मित्र आज की रंगरेलियों से क्यों वंचित हैं। उसे इस बात का भी आश्चर्य हुआ कि कोठी आज दो-तीन रक्षकों की नहीं आठ-दस रक्षकों की कृपा पर निर्भर कर रही थी। उसने फिर भी साहस नहीं छोड़ा। पीछे की दीवार पर लटकी बेल के सहारे वह चारदीवारी के अंदर कूदा। फिर अंधकार का सहारा लिए ही किनारे ही किनारे थोड़ा बढ़कर वह रामू की कोठरी पर पहुंच गया। नौकरों के क्वाटर्स कोठी के पिछले भाग में इसी स्थान पर थे। परन्तु यह क्या? यहां तो कोई भी नहीं है। दरवाजा खुला हुआ है और अंदर सामान तक नहीं, वह परेशानी में पड़ गया। अब क्या करे? कहां जाए, यदि इस समय उसे कर्मचन्द के आदमियों ने देख लिया तो खैर नहीं। उसने यहां से निकलकर वापस लौट जाना चाहा, परन्तु जाने कौन-सी ताकत थी, जाने कौन-सा ऐसा खिंचाव था कि वह लौटने के लिए पग बढ़ाकर भी दीवार के समीप जाकर रुक गया। मन में इच्छा हुई कि पता चलाए कर्मचन्द यहां अकेले क्या कर रहा है? संभव है उसके बारे में कोई ऐसी बात पता चल जाए जिससे वह पकड़ा जाए और फिर अपने पापों की सजा भुगत सके। शायद उसका भेद सीता या सीता के माता-पिता की सहायता योग्य भी प्रमाणित हो सके। अंधकार का सहारा लिए उसने बहुत भेदभरी दृष्टि से रक्षकों का निरीक्षण किया। चौकन्ने होकर भी सब आलसियों के समान टहलते हुए सिगरेट का कश खींचते आपसी बातों में व्यस्त थे। लपककर वह कोठी की दीवार की ओर दौड़ा। वहीं जड़ में दुबककर बैठते हुए उसने आहट ली। हर वस्तु अपने स्थान पर निश्चिन्त थी। किसी की दृष्टि उस पर नहीं पड़ी। वह सरककर आगे बढ़ा—और आगे—यहां तक कि जब कोठी का कोना आया तो एक बार फिर इधर-उधर देखकर वह इससे भी आगे निकल गया। वह एक खिड़की के समीप पहुंचा। खिड़की बेले की घनी लता से काफी सीमा तक ढकी हुई थी। खड़े होते ही उसने चाहा कि इसमें प्रवेश कर जाए, परन्तु यह क्या? यहां तो कर्मचन्द ने पहले ही लोहे की सलाखें लगवा रखी थीं। फिर अंदर से शीशा भी चढ़ा है। उसकी आशा पर पानी पड़ गया। सहसा उसने पहरेदार को अपनी ओर आते देखा तो लता के अंदर दुबक गया। पहरेदार एक चक्कर लगाकर चला गया। उसने संतोष की सांस ली और अंदर झांका।

कमरा खाली और सुनसान पड़ा हुआ था। परन्तु इसके आगे का वह दरवाजा खुला हुआ था जहां से हाल के अंदर का भाग प्रारम्भ होता था, हाल के अंदर का भाग वह काफी सीमा तक देख सकता था। हाल के अंदर हल्का नीला प्रकाश फैला वातावरण को नृत्य बनाए हुए था। कर्मचन्द अपनी वासना की भूख पूरे आनन्द से ही मिटाने के पक्ष में था इसीलिए उसे ऐसा वातावरण बहुत प्रिय था। इस खिड़की से उसने देखा, सामने अलमारी में अनेक प्रकार की बोतलें चमक रही हैं। सुंदर जाम सितारों की तरह चमचमा रहे हैं। सामने काउंटर पर भी एक जाम और एक बोतल रखी हुई है। सोडा मिलाने की आटोमेटिक मशीनी बोतल, एक गुलाब की कली, शायद यह अर्ध खिली है। ऐसा प्रकट हो रहा था मानो इस अर्ध खिली कली की पत्तियां अब और तब ही छितरने वाली हैं। क्रमशः कमरे के अंदर दो साए दीवार या इधर-उधर फैल जाया करते थे।

उसे अनुमान लगाते देर नहीं लगी कि कर्मचन्द आज अकेले ही किसी लड़की को यहां लाकर अपनी वासना की भूख मिटाना चाहता है। परन्तु उसे आश्चर्य था कि इस हाल में आज घुंघरू की छमछम न पायल की झंकार ही है। कोई गाना न मुजरा। यह कैसी रूखी-रूखी ऐयाशी है? कर्मचन्द ने तो कभी ऐसा नहीं किया था। वह तो रात को रंगीन से रंगीनतर बनाने के लिए अधिक-से-अधिक पैसा बहा दिया करता है। फिर आज यह अनोखी बात किस प्रकार उत्पन्न हो उठी। उसके दिल में एक विचित्र ही धड़कन ने जन्म लिया। एक विचित्र ही संदेह से उसके शरीर का रोआं-रोआं कांप गया। मन में ऐसी बातें उठने लगीं जिस पर वह विश्वास ही नहीं करना चाहता था?

सहसा कुछ सोचकर उसने खिड़की के ऊपर हाथ रखा, यह छूते ही अंदर को खुल गई। साथ ही उसके कानों में अंदर से आती आवाजें तीर के समान आ टकरायीं।

''आखिर तुम मुझे मिल ही गयीं।'' कर्मचन्द की आवाज शराब से लड़खड़ाती आ रही थी। साथ ही एक साया इधर-उधर डगमगा रहा था। बम्बई में मुझसे बचकर तुम जाती भी कहां? तुम तो व्यर्थ ही मुझसे डरती थीं। अब देखो ना, सारी लड़कियां अपना भाग्य सुधारने के लिए मेरी ही बांहों में आने को बेचैन सी तड़पती रहती हैं और एक तुम हो कि...खैर, परन्तु मुझे अफसोस अवश्य है कि उस प्रकाश के बच्चे ने मुझसे पहले तुम्हारी नथनी उतार ली मगर उसे भी छोड़ूंगा नहीं। अभी तो केवल हवालात में ही है। आगे चलकर न्यायालय उसे आजीवन कारावास देने वाला है। घबराओ मत रानी, मुझसे डरो नहीं, मैं तुम्हें जितने दिन भी रखूंगा, असली रानी बनाकर रखूंगा–फूलों की रानी समान, फिर जब छोड़ूंगा तो इतनी दौलत दे दूंगा कि तुम्हें कोठे पर बैठने की आवश्यकता ही नहीं पड़ेगी। आओ आओ मेरे पास''
खिड़की की सलाखों पर कान रखे वह बहुत ध्यान से एक-एक शब्द को सुनने में तल्लीन था। कर्मचन्द की बातें सुनकर उसका दिल फट गया। तो सीता इसके कब्जे में आ ही गई। परन्तु शायद आज ही यह सीता को प्राप्त कर सका है, वर्ना ऐसी बातें नहीं करता। सहसा उसने देखा,

बीच के दरवाजे के उस पार हाल के अंदर उसकी दृष्टिकोण में सीता सामने आ गई है, अचानक ही घबराकर, मानो कर्मचन्द के आगे बढ़ने से वह पीछे सरक गई हो। सीता की पीठ उसकी ओर थी, परन्तु फिर भी खड़ा होने के अंदाज से प्रकट था कि वह बुरी तरह सिसक रही है, रो रही है। उसके तन की साड़ी उधड़ी हुई थी। सिर के लम्बे बाल कूल्हें तक फिसलकर बिखर रहे थे। वह नग्न पैर थी मानो उसे जबरदस्ती उठाकर यहां खड़ा कर दिया गया है। उसका मन हुआ वह कूद कर अंदर पहुंच जाए। कर्मचन्द का गला घोंट दे, उसको जान से मार दे। परन्तु सामने लगी सलाखों को देखकर उसका दिल केवल तड़पकर ही रह गया।

उसने देखा, कर्मचन्द सामने अलमारी की ओर बढ़ रहा है। जाम में शराब उड़ेल कर पी रहा है, एक, दो, तीन, चार। पहले से धुत्त होने के पश्चात भी वह और पीता जा रहा था। शराब उसके होंठों के दोनों ओर लार के समान चू रही थी। उसकी आंखों में वासना की ऐसी भूख टपक रही थी जैसे वह वर्षों से प्यासा हो और आज, इस समय कुएं के समीप आकर उसकी प्यास और भी बढ़ गई हो। उसने अपने ही झूठे जाम में शराब फिर भरी। उसे संभालता परन्तु स्वयं लड़खड़ाता हुआ वह सीता की ओर बढ़ा, सीता सहमकर और पीछे हट गई। कर्मचन्द और आगे बढ़ा। जाम उसकी ओर बढ़ाकर बोला, ''लो, इसे पी लो। तुम्हारे आंसू सूख जायेंगे, सिसकियां ठहाकों में बदल जायेंगी, इस बेवक्त की उदासी में मस्ती ढल जाएगी। फिर तुम स्वयं ही नाचने लगोगी, फुदकने लगोगी, इस प्रकार कि तुम्हें अपने वस्त्रों का भी होश नहीं रहेगा। इस कमरे को गर्व है कि इसकी दीवारों में अनगिनत लड़कियों को देखा है, नाचते, गाते, इठलाते, झूमते वस्त्रों में और वस्त्रहीन भी। यह सुंदर मद्धिम प्रकाश इस बात का साक्षी है कि हजारों नाजनीनों के शरीर को इसने अपने होंठों से चूमा है, यह छत, यह सुंदर छत जिसकी पनाह में सुंदरियां रात में कलियों के समान आयीं और सुबह होने से पहले फूल के समान खिलकर चली गयीं। तुम तो भाग्यवान हो जो तुम्हें यह घर, कमरा प्राप्त हुआ। लो पीयो।''

परन्तु सीता ने जाम नहीं लिया। सिसक-सिसककर वह और तेजी से फूट पड़ी। उसकी हिचकियों की आवाज से खिड़की पर खड़ी छाया का दिल छलनी हो गया। उसने चाहा कि उसकी सलाखों को मोड़कर अलग कर दे, परन्तु यह केवल हिलकर ही रह गयीं। सहसा उसने देखा सीता के इंकार कर देने से कर्मचन्द ने शायद अपना अपमान समझ लिया था। उसने वह जाम स्वयं ही होंठों से लगा लिया और फिर खाली करने के बाद उसे दीवार से दे मारा। जाम एक छनाके के साथ चूर-चूर हो गया, शायद सीता के दिल के समान।

''तुम्हारा यह साहस कि तुम सेठ कर्मचन्द की इच्छा का अनादर करो?'' वह आंख सुर्ख किए उसकी ओर बढ़ा। ''तुम एक वेश्या, जिसका धर्म ही नाचना गाना और शरीर को बेचकर रुपये कमाना है, मुझ जैसे सेठ का अपमान करना चाहती हो? तुम्हें नहीं मालूम बम्बई की

हसीनों की सोसायटी में एक लड़की भी मेरी आज्ञा बिना मुस्कुरा नहीं सकती। फिर तुम तो मेरी कोठी के अंदर हो। इस कोठी के लान के फूल भी मेरी आज्ञा बिना नहीं खिलते। फिर तुम्हारा एक वेश्या होकर नाचने से संकोच कैसा?'' कर्मचन्द उसके और समीप पहुंचा। सीता और पीछे खिसक गई।

''तुम यहां से बचकर कहीं नहीं जा सकतीं। तुम्हें बचाने के लिए इस कोठी के समीप भगवान भी नहीं आ सकता। अब तुम पर केवल मेरा अधिकार है। बहुत दिनों से इस सूरत के लिए तड़प रहा था, आज भी जी भरकर अपनी सारी प्यास इकट्ठी ही बुझा लूंगा। एक जमाने में अकबर बादशाह हुआ करता था। उसने जाने कितनी ही हसीनों को नए-नए खिताब दिए, अनारकली इत्यादि। आज के युग में बम्बई की ऊंची सोसायटी ने मुझे यह अधिकार दे रखा है। क्लब, होटल, बड़ी-से-बड़ी पार्टी में जिस किसी लड़की को भी मैं कुछ कह देता हूं, वह उस नाम से प्रचलित होने में अपना गौरव समझने लगती है।'' कहते-कहते कर्मचन्द मानो शराब के नशे में एक बार ऊंघ-सा पड़ा। आंखें बंद करके पीछे को झूमते हुए उसने एक प्रकार हिचकी ली मानो लड़खड़ाकर गिर ही पड़ेगा। परन्तु फिर संभलकर अपनी बात को जारी रखा। ''हमारे लान में कई प्रकार के फूल हैं, कई लताएं हैं, बेला, रात की रानी, चम्पा-चमेली इत्यादि। एक वेश्या को मैंने 'रात की रानी' का खिताब दिया था क्योंकि वेश्या के समान यह फूल भी रात को ही खिलता है, मुस्कराता है तथा महकता है। दिन में इसको कोई देखना भी पसन्द नहीं करता। चांदनी की रात हो तो यह फूल दूर-दूर तक अपनी सुगन्ध द्वारा छा जाता है। परन्तु तुम्हें मैं फूलों की रानी कहूंगा, रात की रानी नहीं। अब तो खुश हो ना?''

परन्तु सीता कुछ न बोली। अपने हाथों को छाती पर बांधे स्वयं को उसकी वासनामय दृष्टि से बचाने का प्रयत्न करती हुई वह खड़े-खड़े आंसू बहाती रही। जाल में फंसे पक्षी के समान अब उसने अपने प्रयत्नों से हार मान ली थी। पीछे हटना छोड़ दिया था। अपने आपको उसने एक दैत्य के आगे अर्पण कर देना स्वीकार कर लिया था। कब तक एक अबला होकर दैत्य से मुकाबला करती? कर्मचन्द उसकी ओर और थोड़ा आगे बढ़ा। अपने हाथों को सीता की ओर उसने उकाब के समान फैलाया, उसके पग लड़खड़ा रहे थे, परन्तु फिर भी वह एक ही झटके में सीता को अपनी बांहों में झपट लेना चाहता था, उसकी आंखों की रंगत में अत्यधिक वासना बढ़ गई थी। मानो एक पल भी वह अब सब्र नहीं करेगा। उसके बुलडाग के समान खुलते जबड़ों के दोनों किनारों पर लार टपककर नीचे तक चली आई थी। बेचैनी को अपने वश में करता हुआ वह बुरी तरह हांफ रहा था, बिल्कुल कुत्ते के ही समान।

खिड़की पर खड़ी छाया के शरीर में रक्त की गति दुगनी हो गई। उसने अनुमान किया कि वह कुत्ता अपने शिकार की एक-एक बोटी नोंचकर खा जाएगा, एक-एक हड्डी चूस-चूसकर चबा जाएगा। उससे सहन नहीं हो सका। दिल इतने जोर से तड़पा कि उसने सलाखों पर अपने

हाथ रखकर पूरी ताकत से अंदर को दबा दिया। जाने कहां से उसके अंदर इतना जोश, इतना बल उत्पन्न हो गया था कि सलाखों में से एक छड़ बिना आवाज के ही मुड़कर अपने स्थान से सरक गई। उसने दूसरी सलाख पर भी जोर दिया, परन्तु तभी उसके हाथ अचानक ढीले पड़ गए।

उसने देखा, बीच के दरवाजे के उस पार कमरे के अंदर उसकी ओर मुंह किए सेठ कर्मचन्द की वासनामय आंखें अचानक ही अर्ध-बंद सी हो गई हैं। मस्तक पर बेचैनी की गहरी सिलवटें पड़ गई हैं। फैले हुए होंठ सिकुड़ गए हैं। उसके मुखड़े का रंग इस प्रकार भयानक हो गया था मानो किसी ने उसकी छाती पर एक भरपूर लात मार दी है जिसके कारण वह बुरी तरह झुंझला रहा है। उसके बढ़ते पग रुक गए। बढ़े हुए हाथ एक पल को वहीं रुके, फिर अपनी ही छाती पर पर पहुंच गए। वह मानो दिल के अंदर उठते असहनीय दर्द को सहन करने की शक्ति समेट रहा था। उसका शरीर आगे को झुका। आवाज बंद हो गई। सांस घुट रही थी। एक भी शब्द वह नहीं कह सका। फिर ढुलककर वहीं ढेर हो गया। उसका एक हाथ सीता के चरणों को छूता-छूता रह गया। आंखें पथरा गयीं। होंठ खुले रह गए, मानो जीवन की कई इच्छाएं अधूरी रह जाने की शिकायत कर रही हों। होंठों के किनारे से अब लार के स्थान पर रक्त की एक मोटी धार बहकर सुर्ख कालीन में सूखने लगी थी।

और सीता वहीं खड़ी थी—वहीं खड़ी रही खामोश, विस्मित। फटी-फटी आंखों से वह कर्मचन्द को इस प्रकार देख रही थी मानो, यह सब एक सपना है, एक झूठ है। कर्मचन्द अभी उठेगा, शराब पीएगा, फिर उस पर झपटेगा। अपनी प्यास बुझाने के लिए वह उसके शरीर का सारा रक्त चूस डालेगा। सांसें रोके वह इस प्रकार खड़ी थी मानो फर्श से उसके पैर चिपक कर रह गए हों।

और खिड़की पर वह छाया उसी प्रकार खड़ी-की-खड़ी रह गई—बहुत खामोश, विस्मित-सी, हाथों में लोहे की सलाखों को उसी प्रकार पकड़े हुए, माना उसके सामने एक बहुत बड़ा दैवी चमत्कार प्रकट हुआ था। उसकी आंखों ने स्वयं ही ईश्वर देख लिया है। ईश्वर ने सीता की ऐसे समय मानो स्वयं ही आकर रक्षा कर दी हो। वास्तव में एक निर्दोष की आबरू की हत्या करने का अधिकार किसी को भी नहीं—किसी को भी नहीं।

कुछ पल बाद उसने अपनी स्थिति संभाली। बाहर का वातावरण परखा। पहरेदार उसी प्रकार टहल रहे थे—हाथों में बंदूक, पिस्तौल, डण्डे। यहां कोई तूफान नहीं आया था। तूफान केवल कमरे के अंदर ही था—बहुत खामोश, कि अंदर की दीवारें तक चुपचाप थीं। उसने कमरे की आहट ली। फिर पूरी ताकत लगाकर उसने खिड़की की एक और सलाख निकाली। फिर

लतर की आड़ लेकर बहुत खामोशी से अंदर कूद गया। फिर दबे पांवों चलकर उसने कमरा पार किया और हाल के अंदर पहुंच गया। सीता अब तक कर्मचन्द की लाश को निहार रही थी। आंखों को मानो अब तक अपने ऊपर विश्वास नहीं हुआ था। वह बहुत ही सावधानी से अपनी सांसें रोके हुए सीता के समीप पहुंचा, एक ही बार में उसने सीता के होंठों पर अपनी पूरी हथेली रखकर दबा दी, ऐसा न हो कि घबराकर वह चीख पड़े। सीता चौंकी, कसमसाई, कुछ तड़पी, परन्तु फिर आगंतुक ने उसकी दृष्टि अपनी ओर करते हुए कहा, ''पगली, मैं हूं, मैं प्रकाश।''

सीता ने उसे देखा, देखा तो देखती ही रह गई जैसे उसकी रक्षा करने के लिए आकाश से एक दूत उतर आया हो। उसकी छाती से लगकर वह फूट-फूटकर रो पड़ी। उसके आंसू प्रकाश के दिल की गहराई तक पहुंचकर अंगारों के समान जलने लगे थे। कुछ पल बाद सीता को कुछ ढाढस मिली तो उसने अपने आपको संभाला। प्रकाश ने उसे छोड़कर जलते हुए बल्ब पर देखा। एक सुंदर टेबल लैम्प। उसने झुककर कर्मचन्द की लाश की जेब टटोली। एक रूमाल निकला और टेबल लैम्प पर डाल दिया। नीला प्रकाश गहरा मद्धिम हो गया। आसानी से कोई वस्तु नहीं दिखाई पड़ती थी। बाहर के वातावरण से आती हुई पहरेदारों के ठहाकों की आवाज उसने सुनी तो समझ गया कि वे कर्मचन्द के भाग्य को सराहते हुए आनन्द उठा रहे हैं। सीता के समीप आकर उसने चाहा कि उसे लेकर खिड़की की तरफ बढ़ जाए। बाहर निकलने का यही एक समय था।

उसने सीता की बांहें पकड़ी ही थी कि तभी एक आहट पाकर चौंक गया। उसने देखा, दूसरे कमरे की खिड़की द्वारा एक नर छाया अंदर प्रवेश कर रही थी। उसने झट सीता को एक ओर खींचा। सीता कांपकर उसकी छाया में समा गई। खम्भे की आड़ लिये उसने सीता को देखा, उसकी गरम-गरम सांसों से उसका मुखड़ा तर हो रहा था, परन्तु अपने कानों को वह आहट पर ही रखे रहा। और जब वह छाया दरवाजे से हाल में दाखिल हुई तो वह बिल्कुल सतर्क हो गया। उसने अपनी मुट्ठियां भींच लीं...मानो समय आने पर आगंतुक का सामना करने को तैयार है। वह छाया बहुत दबे पगों अंदर प्रवेश कर रही थी। उसकी चाल में चोरों-सी चाप थी। फिर भी उसकी फूलती सांसें स्पष्ट सुनाई पड़ रही थीं मानो वह बहुत दूर से दौड़ता हुआ यहां किसी विशेष भेद को प्राप्त करने आया है। सहसा उसके बढ़ते हुए पग अचानक ही कर्मचन्द की लाश से टकरा गये। वह लड़खड़ाया—चौंका—घबराया—फिर झुककर लाश को देखने लगा। प्रकाश ने देखा, उस छाया के सिर पर तथा मुखड़े पर एक कपड़ा लिपटा है, शायद वह छाया अपनी पहचान छिपाना चाहती थी। प्रकाश ने अंधकार का सहारा लिया और फिर लपककर पीछे आते ही उसने पूरी ताकत से उसकी गर्दन में हाथ डालते हुए उसका मुंह दबा लिया, छाया के हाथ में एक कटार थी। उसकी छटपटाहट में यह कटार हवा में लहराने लगी।

‘‘कौन हो तुम?’’ प्रकाश ने उसके कानों के समीप अपने होंठ ले जाकर दबी आवाज में कड़ककर पूछा और फिर उसके चेहरे से साफे का नकाब खींच लिया। परन्तु तभी वह चौंक भी पड़ा, ‘‘अरे! रामू काका तुम!’’ उसे पहचानकर स्वतंत्र करते हुए उसने आश्चर्य से कहा।

‘‘कौन? प्रकाश...’’ रामू के आश्चर्य का ठिकाना नहीं रहा, ‘‘तुम यहां कब आए?’’ कटार को कालीन पर फेंकते उसने पूछा।

‘‘बस, आ गया’’—प्रकाश ने कहा और सीता को खम्भे की आड़ में देखा। ‘‘जेल से भागकर।’’

‘‘जेल से भागकर?’’

मगर तब तक वहां सीता भी आ गई। आकर वह रामू की छाती से लिपट गई। रामू प्यार से उसके सिर पर हाथ फेरता बोला—‘‘यह सब क्या हो गया बेटी? तू सुरक्षित तो है ना?’’

‘‘इसे तो काका, बस यह समझ लो, भगवान ने स्वयं आकर एक रावण के चंगुल से बचा लिया है। मैंने एक-एक बात वहां खिड़की से देखी है। मुझे तो इसकी सहायता करने की आवश्यकता ही नहीं पड़ी। ऐसा प्रकट होता है। मानो हमारी सीता पर भगवान की विशेष कृपा है।’’

‘‘ओह!’’ प्रसन्नता से रामू की आंखें छलक आयीं, ‘‘धन्य है प्रभु, वास्तव में वह बहुत दयालु है, मेरी तो जान ही निकल गई थी। आज अंधकार होते ही मैंने सोचा कि सीता को थोड़ा बाहर घुमा दूं। कर्मचन्द का नौकर तो रहा नहीं जो उसका डर समझता। हम सड़क पर थोड़ी दूर ही निकले थे कि कुछ कार वालों ने हमें घेर लिया। मुझे हल्के से धक्का दिया तो मैं छटकर गिर पड़ा तब तक वह कम्बख्त सीता को ले उड़े। मैं समझ गया यह काम सिवाय कर्मचन्द के और किसी का भी नहीं हो सकता। बस इसी लिए यहां सीता को बचाने के लिए मरने-मारने पर तुलकर आ पहुंचा था। कोठी के चारों ओर इतना बड़ा पहरा देखा तो विश्वास हो गया कि सीता यहीं हैं, खिड़की में प्रवेश करते समय मुझे सख्त आश्चर्य हो रहा था कि आखिर इसकी सलाखें कौन मोड़ सकता है? मगर खैर, यह भी अच्छा ही हुआ कि तुम आए, वर्ना सलाखें तोड़ने के प्रयत्न में मेरी चोरी ही पकड़ी जाती, फिर निश्चय ही यह लोग मुझे कुत्ते की मौत मार देते।’’ सहसा रामू कहते चौंक पड़ा जैसे उसे कुछ याद आ गया। ‘‘मगर तुम जेल से भागकर क्यों आये?’’

‘‘क्योंकि सीता की चिन्ता मुझे दिन-रात खाये जा रही थी।’’ प्रकाश ने सीता को प्यार से देखते हुए कहा। सीता ने उसी प्रकार रामू की छाती पर सिर टेके हुए प्रकाश को देखा, बहुत गहरी दृष्टि से, फिर स्वयं ही अपनी पलकें झुका लीं। प्रकाश ने अपनी बात जारी रखी, ‘‘यदि भागता नहीं तो कर्मचन्द के इशारे पर यह पुलिस वाले मुझे सता-सताकर मार डालते। सोचा, जेल की चारदीवारी में घुट-घुटकर अपनी जान देने से तो अच्छा है कि मैं पहले ही उस शैतान को खत्म कर दूं जिसने मेरा सारा जीवन नर्क में बदल दिया है। उसके मरने के बाद शायद कोई

ऐसी घटना घट जाये जिससे सीता की सारी सम्पत्ति इसे वापस मिल जाये। वास्तविकता कब तक छिपी रह सकती है? मुझे तो अपनी कर्मों की सजा काटनी है। क्या मालूम था कि संयोगवश सीता मुझे यहीं मिल जाएगी?''

सहसा दीवार पर टंगे क्लाक ने घंटा बजाया तो तीनों की एकदम चौंक पड़े। देखा तो एक बजा था। तभी अंदर रखे फोन की घंटी अचानक ही टुनटुना उठी, सीता रामू से अलग हो गई। दोनों ने एक-दूसरे को देखा। फिर कुछ सोचकर प्रकाश को रिसीवर उठाना ही पड़ा।

''हैलो!'' उसने धीमे स्वर में कहा।

''कौन?'' सेठजी?'' आवाज आई।

''हां।'' उसने बड़ी कठिनाई से कहा, आवाज में कुछ परिवर्तन लाकर।

''मैं इंस्पेक्टर दयाल बोल रहा हूं।''

''इंस्पेक्टर! प्रकाश के हाथ से फोन छूटते-छूटते बचा। घबराकर उसने रामू और सीता को देखा तो उनकी भी चिन्ता बढ़ गई। परन्तु उसके कान में आवाज आती रही।

''अपराधी प्रकाश जेल से भाग गया है। हमने बहुत तलाश किया, परन्तु अब तक उसका कोई पता नहीं चला। तलाश जारी है। वैसे आप भी होशियार रहियेगा, संभव है वहां आ धमके। कहिये तो हम आपकी सुरक्षा के लिए कुछ सिपाही भेज दें।''

परन्तु प्रकाश ने कोई उत्तर नहीं दिया। अब उसे क्या करना चाहिए। वह चिन्तित हो उठा। अधिक बोलने से वास्तविकता खुल सकती थी।

''सेठ जी! आवाज फिर आई।

वह तब भी खामोश रहा।

''सेठजी! सेठ कर्मचन्द जी!'' इस बार आवाज और तेजी के साथ आई। आवाज में परेशानी के साथ-साथ आश्चर्य की झलक भी थी।

वह तब भी कुछ नहीं बोला। खामोशी से बच निकलने का रास्ता ढूंढ़ने लगा।

''सेठजी?'' आवाज अब और तेजी के साथ पूछ रही थी—''हैलो! हैलो सेठ कर्मचन्द! हैलो!''

एक पल को उसने बुद्धि पर जोर दिया। फिर फोन का रिसीवर अपने स्थान पर रखने के बजाय नीचे गिरा दिया। लपककर उसने कालीन पर से कटार उठाई, फिर सीता का हाथ पकड़ा और खिड़की के रास्ते पर लपका। रामू भी तेजी के साथ पीछे हो लिया। प्रकाश ने खिड़की से बहुत खामोशी के साथ पहले रामू को बाहर निकाला, फिर सीता को कमर से थामकर उठाते हुए बाहर रामू को थमा दिया। फिर स्वयं भी बाहर चला आया। बाहर आकर दम साधते हुए उसने चारों ओर देखा। दो पहरेदार कुछ ही दूर खड़े सिगरेट पी रहे थे। वह चक्कर में पड़ गया। उसके लिए कोई दीवार से सटकर कोठी के पिछले भाग में जाना कठिन था। यदि वे उनकी दृष्टि में आ गये तो फिर सारा बना-बनाया खेल बिगड़ जायेगा।

रामू ने उसे बहुत गौर से देखा। सीता ने भी बड़ी आशा से उसकी आंखों में झांका। नारी का साथ हो तो पुरुष संसार की बड़ी-बड़ी कठिनाइयों पर विजय पा सकता है। प्रकाश का दिल दुगुना हो गया। बुद्धि ने और भी तीव्रता से काम लिया। लता की जड़ में रखे एक अर्ध ईंट को उठाते हुए उसने एक पल को पहरेदारों की ओर देखा, फिर कुछ ताकत लगाकर उसने इस टुकड़े को ऊपर से उनके काफी आगे फेंक दिया। एक धमाका हुआ। दोनों पहरेदार चौंक पड़े। सिगरेट को फेंकते हुए वह धमाके की ओर लपके।

प्रकाश ने उनके बंटते ध्यान से पूरा लाभ उठाया। तुरंत ही वह सीता और रामू का हाथ पकड़कर चारदीवारी की ओर लपका। उसकी जड़ में घने अंधकार का सहारा लेकर वे तीनों वहीं दुबक गए, परन्तु तभी उसने देखा, अब चारों ओर ही टार्च का प्रकाश दौड़ने लगा था। उनके बचने का कोई साधन नहीं रहा। यहां कोई लता भी नहीं थी जिसकी आड़ का वे कोई सहारा लेते। एक भी पल गंवाना खतरे से वंचित नहीं था। कुछ सोचकर उसने समीप से दुबारा एक पत्थर उठाया, इस बार पहले से कुछ बड़ा ही। एक बार खड़ा होकर उसने पूरी ताकत द्वारा इसे कोठी के ऊपर से सामने की ओर फेंका, पूरी शक्ति लगाकर, ताकि निशाना गलत न हो जाए। एक धमाका और हुआ, इस बार पहले से भी तेज। उसने देखा टार्च के प्रकाश का सारा ही झुरमुट कोठी के सामने की ओर दौड़ गया है।

अवसर से लाभ उठाते हुए उसने यहां भी पहले रामू को उचकाकर दीवार पर बैठा दिया फिर सीता को कमर से थामकर रामू को पकड़ा दिया। सीता दीवार पर संभल गई तो रामू पर पार कूदा। इधर तब तक प्रकाश भी दीवार पर पहुंच चुका था। वह भी नीचे कूद गया फिर सीता को कूदने का आदेश देकर उसने बहुत मजबूती के साथ उसे अपनी बांहों में थाम लिया। सीता उसकी छाती से लिपट-लिपट गई। दोनों को अपने साथ लिए-लिए वह आगे बढ़ गया। अंधकार, ऐसा घना अंधकार कि समीप की वस्तु भी ठीक से नहीं दिखाई पड़ती थी। कांटे भरी झाड़-झंखाड़, ऊबड़-खाबड़ रास्ते, कीचड़, पानी, परन्तु प्रकाश कहीं नहीं रुका। यदि रास्ता अधिक कठिन हुआ तो उसने बहुत प्यार से सीता को अपनी बांहों में उठा लिया।

उसका मन करता था सीता को वह इसी प्रकार अपनी बांहों में संभाले जीवन के कठिन से कठिन रास्ते तय करता चला जाए, परन्तु फिर अपने आप पर, अपने भविष्य पर, अपनी कुरूपता पर अपनी वास्तविकता पर सोचकर वह तड़प उठा। क्या वह सीता के चरणों की धूल के भी योग्य है? सीता का अस्तित्व, उसकी वास्तविकता, उसका साहस जानकर यह संसार उसकी पूजा करेगा, परन्तु उसके अस्तित्व, उसकी वास्तविकता, उसके साहस के पीछे प्यार का एक स्वार्थ देखकर लोग उसे धिक्कारेंगे, उससे घृणा करेंगे, उस पर थूकेंगे।

अपनी लाचारगी पर उसका दिल भर आया। आंखें भीग गयीं और जाने क्यों आंसुओं की दो बूंदें अंधेरे में इस प्रकार चमक उठीं कि सीता की दृष्टि इनसे नहीं चूक सकी। वह उसकी गोद में लटकी, उसकी गर्दन में अपनी बांहें डालकर उसी को देख रही थी, बहुत गौर से, बहुत

प्यार से भी, मानो एक देवता की मन-ही-मन पूजा कर रही हो और जब प्रकाश की आंखों में आंसू टपककर सीता की गर्दन पर गिरे तो सीता ने उसकी गर्दन में पड़ी अपनी बांह को दूसरे हाथ से मिलाते हुए उसे सख्ती के साथ अपने में जकड़ लिया। चाहा कि अपनी मोटी-मोटी आंखों की बड़ी-बड़ी पलकों को उसकी आंखों से सटाकर उसके सारे आंसू अपने में जज्ब कर ले।

शायद प्रकाश उसकी अत्यधिक समीपता, उसके इस प्यारे अंदाज से सकुचाता भी नहीं, शायद उसका मन अपने आप पर काबू नहीं कर पाता, वह अपनी वास्तविकता भूलकर सीता की पवित्र इच्छा पर झुक जाता कि तभी अचानक ही, दूर से आता पुलिस साइरन सुनकर चौंक पड़ा, रामू के पग भी कांप गए, प्रकाश को याद आया कि उसने पुलिस इंस्पेक्टर का फोन दुबारा न आने का अवसर देने के कारण नीचे लटका दिया था। अब पुलिस टेलीफोन एक्सचेंज से पता लगाकर आई होगी कि कर्मचन्द की कोठी का फोन क्या कटा हुआ है। सीता को उसने नीचे उतारा और फिर तेजी के साथ भागते हुए वे खेतों की मुण्डेर पर आ गए। पुलिस के पहुंचने में अभी देर थी। रात सुनसान होने के कारण साइरन दूर ही सुनाई पड़ रहा था। और जैसे-जैसे साइरन समीप होकर तेज होता गया, वे तीनों कोठी की पहुंच से दूर भागते गए।

''अब?'' एक स्थान पर खेतों की आड़ में, थकने के बाद दम लेते हुए प्रकाश ने रामू को देखा।

''मेरा विचार है हम सीता को उस मंदिर में छिपा दें।'' रामू ने कुछ सोचते हुए कहा—''वहां का पुजारी मेरा पुराना जान-पहचान का आदमी है। आखिर वह मंदिर भी तो सीता के दादा का ही बनवाया हुआ है।''

''क्या?'' सीता अपनी बिखरी हुई अवस्था को संभाल रही थी कि चौंक पड़ी।

''हां सीता।'' प्रकाश बोला—''तुम्हारे पिता ही नहीं बल्कि इनके पिता तथा उनके पिता, सभी बहुत धर्मात्मा लोग थे। यह मंदिर तुम्हारे दादा की ही देन है। पशुपतिनाथ जी के वह बहुत बड़े भक्त थे।''

''बेटी।'' रामू सीता के सिर पर हाथ फेरता हुआ बोला, ''इस समय तेरा हमारे साथ रहना ठीक नहीं। तू एक लड़की है, कब तक इधर-उधर दौड़ती रहेगी, बस आज रात भर की ही बात है। शैतान मर चुका है इसलिए कल की सुबह बहुत सुंदर और शांतिपूर्ण होगी। तू मंदिर में चलकर आराम कर...हम तब तक कुछ और काम निबटा लें। चल—मैं पुजारी जी से कह देता हूं।''

''हां सीता, रामू काका ठीक ही कह रहा है।'' प्रकाश ने भी सीता की पीठ पर हाथ फेरा, तू मंदिर में चलकर आराम कर ले। रामू काका कोठी की आहट लेता रहेगा। तब तक मैं जरा शहर में भी कुछ हिसाब-किताब चुकता कर लूं। यही एक अवसर मिला है। फिर पता नहीं

इसके बाद क्या हो?'' प्रकाश ने अचानक ही रामू से कटार ले ली। उसकी धार को हाथ की हथेली पर रगड़ते हुए अंधेरे में जाने क्या सोचने लगा।

''परन्तु...'' सीता ने कुछ संकोच किया।

''अरे पगली, घबराती क्यों है?'' रामू ने उसे सांत्वना दी—भला मंदिर में रहते हुए भी कोई डरता है। वह तो भगवान का घर है। जब मानव को कहीं जगह नहीं मिलती तो वह भगवान के चरणों में पहुंच जाता है ताकि उसे किसी का भी भय नहीं रहे।''

''मुझे अपने साथ ले चलिए, मुझे अपने साथ ही रख लीजिए।'' सीता प्रकाश की छाती से लिपटकर सिसक पड़ी, ''आप जहां कहिएगा वहां मैं चलने को तैयार हूं। परन्तु मुझे अकेला नहीं छोड़िए। मैं आपसे विनती करती हूं।''

''सीता...'' प्रकाश ने अपने मन पर पत्थर रखा। उसका मुखड़ा अपनी ओर करके अंधकार में भी उसकी आंखों में प्यार से झांकता हुआ बोला, ''जिस मंजिल पर मुझे इसी समय पहुंचना है वहां मुझे अकेले ही जाना होगा, बिल्कुल अकेले, वर्ना सारा प्रयत्न बेकार हो सकता है। तुम वहां नहीं जा सकतीं। केवल चार घंटों की ही बात है। फिर तुम देखना, यदि भगवान ने चाहा तो भविष्य में एक भी आंसू तुम्हारी आंखों में नहीं आयेगा।'' प्रकाश ने अपनी अंगुली द्वारा उसके आंसू पोंछे। परन्तु जाने क्यों मन के अंदर छिपी एक पीड़ा के कारण उसकी आंखें स्वयं भी छलक आयीं। ''जिसका साथ भगवान दे उसका कोई क्या बिगाड़ सकता है? तू तो देवी है, साक्षात् देवी, जब ही न आकाश से देवता ऐन समय पर आकर तेरी रक्षा करते रहे हैं।''

सहसा दूर सड़क पर, एक के बाद एक नई कारों की हैड-लाइट्स अंधकार में तीर के समान दूर तक फैल गयीं। साथ ही साइरन की ध्वनि भी बहुत तेज हो गई। तीनों सतर्क हो गए। सावधानी बरतते हुए उन्होंने अपने को और भी छिपा लिया। और अब पुलिस की गाड़ियां अपनी आवाज तथा साइरन की मद्धिमता के साथ कोठी की ओर जाती हुई लुप्त होने लगी तो तीनों मंदिर की ओर बढ़ गए। भगवान के घर, जहां से मानव कभी निराश नहीं लौटता।

सीधा रास्ता छोड़कर उन्होंने पगडंडियां अपनाई, फिर मुंडेर खेत और फिर बराबर की धरती। शीघ्र ही वे एक मंदिर के द्वार पर पहुंच गए। सन्नाटा, अंधकार, दरवाजा अंदर से बंद था। रामू ने बहुत हल्के से दस्तक दी। फिर सीता के सिर पर प्यार से हाथ फेरते हुए बोला—''सुबह मैं तुझे लेने आऊंगा। तू चिन्ता मत करना। अभी मेरा यहां रुकना उचित नहीं। संभव है पुलिस प्रकाश की तलाश में यहां भी आ जाए। यहां तुझे किसी बात का कष्ट नहीं होगा।''

सीता कुछ न बोली। उसने प्रकाश को देखा। उसकी आंखों में झांका। फिर एक गहरी सांस ली जैसे भगवान के द्वार पर आकर उसे सब-कुछ मिल गया है।

तभी बहुत धीमे-से दरवाजा खुला। हाथ में एक लालटेन लिए पुजारी जी बाहर झांक रहे थे, बहुत आश्चर्य के साथ।

''मैं हूं पुजारी जी।'' सहसा रामू ने उनकी चिन्ता दूर की।

''कौन?'' रामू!'' पुजारी जी उसे इतनी रात में देखकर और भी घबरा गए। उन्होंने सीता को देखा और फिर प्रकाश को।

''हम अंदर आ सकते हैं?'' रामू ने पूछा।

''हां-हां, क्यों नहीं। रास्ता छोड़ते हुए वह एक ओर हट गए।

तीनों अंदर पहुंचे तो पुजारी जी ने दरवाजा बंद कर दिया।

इससे पहले कि पुजारी जी इतनी रात उनके आने का कारण पूछे, रामू ने स्वयं ही कहा–''पुजारी जी यह सीता है।'' उसने सीता की ओर इशारा किया।

पुजारी ने सीता को एक इस बार फिर गौर से देखा। उसके सिर पर हाथ रखकर आशीष देते हुए मुस्कराए। सीता ने पुजारी जी को देखा। लालटेन का धुंधला प्रकाश था, परन्तु फिर भी उनका बूढ़ा चेहरा किसी देवता के समान ही खिला हुआ था। ऐसा प्रकट होता था मानो सांसारिक बातों में रुचि न लेकर उन्होंने भगवान को सचमुच प्राप्त कर लिया है। गेहुंआ रंग, मोटा शरीर, पेट आगे को निकला था, सिर पर लम्बी-सी चोटी, शेष भाग गंजा था। मस्तक पर मोटा चन्दन। बूढ़ी आंखों में एक विशेष ही तेज था। उनकी सादगी, उनके देखने के अंदाज से भगवान की महिमा टपकती थी। सीता उनसे इतना प्रभावित हुई कि उसने झुककर उनके पैर छू लिए।

''इसे यहां आज रात-भर के लिए शरण चाहिए।'' इस बार प्रकाश ने कहा।

''हां-हां क्यों नहीं बेटा?'' पुजारी जी बोले–''चाहो तो तुम लोग भी रह सकते हो। यह मंदिर तो मानव की शरण के लिए ही बनाया गया है।''

''नहीं पुजारी जी, हम यहां नहीं रह सकेंगे।'' रामू ने कहा–''हमें बहुत ही आवश्यक कार्य निबटाना है। केवल सीता का विचार रखिएगा। यह।'' रामू ने चाहा कि सीता का वास्तविक परिचय करा दे। परन्तु तभी समीप सायरन का स्वर सुनकर उस की आवाज बंद हो गई। प्रकाश ने भी सतर्क होकर दरवाजे के समीप आते हुए दरार से बाहर झांका। पुजारी जी उनकी घबराहट से चौंके, परन्तु कुछ बोले नहीं। वरन् सीता की ओर मुड़कर बोले–''चलो बेटी आराम कर लो। भगवान ने चाहा तो सब ठीक हो जाएगा।''

सीता ने रामू के चरण छुए। चाहा कि प्रकाश की छाती से भी लिपट जाए। कुछ समझ में नहीं आ रहा था कि किस प्रकार इस देवता के अहसानों का धन्यवाद अदा करे। परन्तु समय कम था। पुलिस सायरन की ध्वनि समीप आती जा रही थी। उसने सीता को देखा और फिर रामू को लिए दरवाजे से बाहर निकल गया।

एक पल को पुजारी जी वहीं खड़े रहे। फिर जब पुलिस साइरन की ध्वनि अपने आप ही कम हो गई तो उन्होंने संतोष की सांस ली। ऐसा प्रकट होता था मानो पुलिस किसी अपराधी की तलाश में है।

पुजारी जी सीता को मंदिर के अंदर एक अंतिम कमरे में ले जाने लगे तो सीता एक पल के लिए भगवान की मूर्ति के चरणों में बैठ गई। अपना मस्तक टेककर उसने जाने क्या प्रार्थना की। फिर हाथ जोड़ती हुई खड़ी हो गई।

अंतिम कमरे में कुछ सीढ़ियां नीचे को उतरती थीं। सीता पुजारी जी के पीछे-पीछे इन पर उतर गई। यह एक तहखाना था—सुंदर, सुगन्धित, स्वच्छ, छोटा-सा कमरा। फर्श पर एक दरी बिछी थी। दरी पर चादर, तकिया, पेत्याने की ओर एक कम्बल भी था। यहां भी एक ओर भगवान की मूर्ति थी। गले में फूलों की माला, चरणों में फूल बिखरे पड़े थे। एक ओर पूजा की थाली भी थी। चारों ओर अगरबत्तियां अर्ध जलकर बुझी लगी हुई थीं और इनके नीचे राख बिखरी पड़ी थी, फिर भी कमरा अगरबत्ती की सुगन्ध से वंचित नहीं था। सीता ने यहां भी भगवान के चरण छुए—प्रणाम किया और पुजारी जी की आज्ञा की प्रतीक्षा में खड़ी हो गई।

''यह कमरा मेरा है।'' पुजारी जी बोले—''परन्तु इस समय तुम इसमें आराम से सो जाओ। ऊपर कई कमरे और हैं। मैं वहीं सो जाऊंगा। भगवान की उपासना करने में जो आनन्द यहां अकेलेपन में आता है वह ऊपर के शोरगुल में कहां? इस स्थान पर तुम बहुत सुरक्षित हो। कोई आवश्यकता हो तो मुझे बुला लेना। मैं चल रहा हूं। किसी बात की चिन्ता न करना। भगवान से बड़ा कोई नहीं। उनके चरणों में आया 'मानव' कभी निराश नहीं लौटता।''

पुजारी जी ने लालटेन एक ओर रखी और फिर हाथ की माला मन-ही-मन जपते सीढ़ियां चढ़कर बाहर निकल गये।

* *

प्रकाश बांद्रा पहुंचा। दिल धड़क रहा था। परन्तु फिर भी उसने साहस से काम लिया। आज की रात के बाद जाने क्या हो? यदि इस बार वह पुलिस के हाथों चढ़ गया तो बिना मुकदमे के कभी नहीं छूट सकेगा। आज की रात, रात के बचे हुए भाग के अंदर उसे वह सारे कार्य पूरे कर लेने चाहिए जो हो सकते हैं तथा जो सीता के भविष्य के लिए भी सहायक सिद्ध हैं। राम निवास के पिछले भाग के समीप खड़े होकर जब उसने ऊपर देखा तो उसे ऐसा प्रतीत हुआ मानो यहां की एक-एक दीवार, एक-एक ईंट उसके स्वागत में बहुत बेचैनी से अपना हाथ आगे को बढ़ाए हुए है। उसका दिल जोर से धड़कने लगा। यहां का एक-एक चप्पा उसका जाना पहचाना था। उसने एक छलांग लगाई और पलभर में ही वह अंदर पिछले लान में पहुंच गया। दबे पगों वह आगे बढ़ा। पिछली एक खिड़की के समीप पहुंचा। शीश किनारे से टूटा हुआ था। अपना अहोभाग्य समझकर उसने इसमें हाथ डाला और खिड़की के पट खोल लिए।

एक बार चारों ओर की आहट लेकर वह अंदर कूद गया। दबे पगों आगे बढ़ा। वह जानता था कर्मचन्द मर चुका है। इस हवेली में अब केवल राजीव और गीता ही हैं। इससे पहले कि उन्हें वास्तविकता का ज्ञान हो, वह जान सके कि कर्मचन्द अब नहीं रहे, उसे चाहिए कि वह सारे आवश्यक कागजात यहां से पार कर ले। ऐसा न हो कि फिर इन पर राजीव का अधिकार आ जाए।

उसने दूसरा कमरा पार किया। फिर तीसरा। फिर एक बड़े कमरे में खिड़की द्वारा पहुंचा। दरवाजे पर एक बड़ा ताला लगा था। अंदर पहुंचकर वह स्विच बोर्ड पर पहुंचा। उसे अब तक याद था कि बैडलाइट का बटन कौन-सा है। उसने अपनी अंगुली दबा दी। कमरा हल्के नीले प्रकाश से जगमगा गया। उसने एक-एक वस्तु को उड़ती-सी दृष्टि से परखा। एक ओर बड़ा-सा पलंग, समीप ही एक छोटी टेबल, इस पर चन्द धार्मिक पत्रिकाएं या फिर सामाजिक कागजात, टेलीफोन। कार्नस पर बड़े-बड़े फूलदान, फूलदानों में कल के बासी फूल, नाना प्रकार के रंग थे इनके। फिर भी सुंदर फुलवारी समान लग रहे थे। फर्श पर मोटी कालीन और दीवार पर भारत के नेताओं की तस्वीर या फिर धार्मिक तस्वीरें। एक ओर एक बड़ा हरा पर्दा लटक रहा था। उसने उसे सरकाया तो सामने एक बड़ी सी तिजोरी दीवार में चुनी हुई थी।

प्रकाश ने देखा इस पर लगे बड़े ताले की कुंजी एक बालबेरिंग के समान घूमकर कुछ विशेष गिनतियां मिलाने के बाद ही लगती है। यह ताला सेठ धर्मदास के समय से ही इस पर लगा हुआ था। आजकल यह ताला कम्पनी बंद होने के कारण बनना बंद हो गया था। शायद इसीलिए कर्मचन्द ने इसे नहीं बदला था। प्रकाश ने आरम्भ से ही एक प्राइवेट सेक्रेटरी होने के कारण इसके भेद से पूर्णतया परिचित था। उसने गिनतियां मिलायीं, फिर चाहा कि तिजोरी का भारी-भरकम दरवाजा खोल ले कि तभी निराशा से उसके विचारों पर पानी पड़ गया। दरवाजा अपने स्थान से टस-से-मस भी नहीं हुआ। अब? वह सोच में पड़ गया, रात का तीसरा पहर भी बीत चुका है और समय हवा के समान दौड़ रहा है।

सहसा कमरे में टेलीफोन की घंटी बजी। वह ऊपर से नीचे तक कांप गया। परन्तु फिर संभल गया, इंटरफोन होने के कारण यह घंटी हवेली के किसी दूसरे भाग में भी बज रही होगी। शायद राजीव के कमरे में ही, टेलीफोन के समीप आकर वह खड़ा हो गया और जब घण्टी अपने-आप ही बजते-बजते रुक गई तो उसने बहुत धीमे-से रिसीवर उठा लिया।

''हैलो।'' एक ओर से आवाज आ रही थी–''मिस्टर राजीव बात कर रहे हैं। सेठ कर्मचन्द के दामाद साहेब?''

''हां मैं राजीव ही बोल रहा हूं।'' इस बार यह आवाज बहुत तेजी के साथ सुनाई पड़ी। फोन समीप के कमरे में ही था।

''मैं इंस्पेक्टर दयाल बोल रहा हूं, आपकी दूसरी कोठी सत्यभवन से। आपके ससुरजी का देहांत हो गया है। आप तुरंत यहां चले आइए।''

‘‘क्या?’’ राजीव को शायद विश्वास ही नहीं हुआ था।

‘‘मैं ठीक कह रहा हूं मिस्टर राजीव।’’ इंस्पेक्टर बोला—‘‘आप तुरंत यहां पहुंचने का कष्ट करें। हम प्रतीक्षा कर रहे हैं।’’

‘‘ओह! परन्तु यह सब हुआ कैसे?’’

‘‘कुछ कहा नहीं जा सकता।’’ इंस्पेक्टर कह रहा था।

‘‘परन्तु मेरा अनुमान है कि सेठजी की हत्या की गई है, अंदरूनी चोट पहुंचा करके, क्योंकि कमरे में टूटे हुए जाम तथा बिखरे हुए फूल, फिर टेबललैम्प पर उन्हीं का रूमाल, ऐसा लगता है कि प्रकाश जेल से छूटकर सीधा...’’

सहसा प्रकाश के हाथ डगमगा गए। उनकी वार्तालाप को पूर्णतया सुनने से पहले ही रिसीवर उसकी अंगुलियों से छूटकर फर्श पर गिर पड़ा। उसने घबराकर उसे तुरंत ही उठाते हुए झट फोन पर रख दिया। परन्तु फिर अपनी गलती का आभास करके उसके होश ही उड़ गए। राजीव तथा इंस्पेक्टर को यह पता चलते देर न लगी होगी कि उनके वार्तालाप को कोई और भी सुन रहा था, उसने इधर-उधर देखा, फिर लपककर तिजोरी के समीप आया। चाहा कि अपने साथ लाई हुई कटार द्वारा तिजोरी को खोल ले, परन्तु विफल रहा।

सहसा एक झटके के साथ कमरे का दरवाजा खुला। उसने चाहा कि यहां से निकल भागे, या फिर इधर-उधर ही छिप जाए, परन्तु उसे इसका अवसर ही नहीं मिल सका। दरवाजे पर राजीव अपने साथ दो दरबान लिए खड़ा था। दरबानों के हाथ में बंदूकें थीं जिनका निशाना उसी पर लगा हुआ था, कांपकर उसने अपनी कटार फेंक दी और हाथ ऊपर खड़े कर दिए। राजीव उसे बहुत गौर से देख रहा था। वह उसके समीप आया, बिल्कुल सामने आकर खड़ा हो गया।

‘‘क्या देख रहे हो राजीव?’’ प्रकाश ने तिरस्कृत भाव में कहा—‘‘ऐसी भयानक सूरत कभी नहीं देखी क्या?’’

‘‘नहीं।’’ राजीव ने कड़कती आवाज में कहा—‘‘बल्कि सोच रहा हूं कि तुम्हें पहले भी मैंने कहीं देखा है।’’

‘‘अवश्य देखा होगा।’’ प्रकाश उसी प्रकार ऊपर हाथ किए हुए बोला—‘‘सेठ मुरारीमल की लड़की की पार्टी में, जिस दिन उसका जन्म-दिवस था।’’

‘‘ओह!’’ राजीव को एकदम याद आया—‘‘तो तुम्हीं थे उस दिन सीता के साथ?’’

‘‘हां।’’ प्रकाश बोला—‘‘और मैं ही प्रकाश हूं।’’

‘‘वह तो पता ही चल गया।’’ राजीव ने घृणा से कहा—‘‘जेल से फरार होकर सत्यभवन पहुंचने के बाद मेरे पिता समान ससुर जी की हत्या करने वाला तथा फिर हमारी कोठी में ही

प्रवेश करके डाका डालते समय हमारी टेलीफोन वार्ता सुनने वाला प्रकाश नहीं होगा तो कौन होगा?''

''नहीं राजीव, यह बात नहीं।'' प्रकाश ने मानो तड़पकर कहा–''यह तो आने वाला समय ही बताएगा कि मैं क्या हूं। आज कर्मचन्द की लाश की पोस्टमार्टम रिपोर्ट से भी वास्तविकता मालूम हो जाएगी। मैंने उनका खून नहीं किया है। हां खून करने का उद्देश्य लेकर अवश्य गया था, प्रकृति ने मुझे इस पाप से मुक्त कर दिया। इससे पहले कि सीता जैसी सती-सावित्री नारी को अपहरण करके वह उसके शरीर पर कलंक का अमिट टीका लगाने में सफल होते, प्रकृति ने स्वयं ही हाथ बढ़ाकर उनका गला दबोच लिया।''

''क्या बकते हो?'' राजीव चीख पड़ा–''एक देवता पर इतना बड़ा आरोप लगाते हुए तुम्हें शर्म नहीं आती? मैं तुम्हें कभी क्षमा नहीं करूंगा।''

''क्षमा। और तुम मुझे करो।'' प्रकाश के होंठों पर एक कटु मुस्कान आ गई। ''क्षमा तो तुम्हें स्वयं मांगनी चाहिए–सीता से...जिसने तुम्हारे साथ इतनी बड़ी भलाई की है, जिसका बदला तुम अपना जीवन देकर भी नहीं चुका सकते। कभी यह भी सोचा तुमने कि जिसे तुम कोठे की शोभा का दोष देकर एक वेश्या कहते हो वह यदि तुम्हारी गीता को लेकर भाग जाती तो तुम क्या कर लेते? फिर उसे भी एक कोठा नसीब होता, फिर संभवतः जिस प्रकार कर्मचन्द अपनी बेटी से भी छोटी लड़की सीता के शरीर को अपनाने के दर पर था उसी प्रकार का एक दिन वह भूले-भटके अपनी पोती गीता के समीप भी पहुंच सकता था।

''प्रकाश''–राजीव क्रोध से चीख उठा।

दरबानों ने अपनी बंदूकों की नली उसकी और समीप कर दी।

''अपनी चीख और पुकार, पैसे और ऊंचे सम्बन्ध के सहारे तुम मेरी जबान अवश्य बंद कर सकते हो, परन्तु याद रखो, इस जुल्म की एक सीमा होती है। भगवान कभी चुप नहीं रहता। तुमने यदि इस जुल्म से किनारा नहीं किया तो एक दिन तुम भी तड़प-तड़पकर मर जाओगे, इस प्रकार कि अंतिम समय तुम्हें एक बूंद पानी भी देने वाला कोई नहीं होगा।''

''आखिर तुम कहना क्या चाहते हो?'' कुछ सोचकर राजीव ने अपने व्यवहार में नम्रता उत्पन्न की।

''मैं यहां रुपये-पैसे लूटने नहीं आया था''–प्रकाश ने अपने हाथ नीचे कर लिए और बोला, ''मैं यहां किसी की हत्या भी करने नहीं आया था। हत्या करनी होती तो तुम सोते ही रह जाते। फिर बदला लेने की भावना से मैं गीता को भी उठा ले जा सकता था। मैं यहां इसलिए आया था ताकि इस तिजोरी को खोलकर कुछ कागजात प्राप्त कर सकूं।''

''कैसे कागजात?''–राजीवन ने आश्चर्य से पूछा।

''ऐसे कागजात जिससे सेठ कर्मचन्द की वास्तविकता का भेद खुल सके। शायद तुम्हें अभी तक नहीं मालूम कि यह कोठी, यह शान-शौकत, और वह सत्यभवन भी, किसी और की नहीं सीता की अपनी सम्पत्ति है।''

''सीता की '' राजीव का मुंह खुला का खुला रह गया।

''हां।'' प्रकाश बोला, ''सीता के पिता धर्मदास इन सारी ही सम्पत्तियों के मालिक थे, जिनका मैं प्राइवेट सेक्रेटरी था। कर्मचन्द उनके मुनीम थे जिन्होंने मेरे और अपनी बेटी के सम्बन्ध की सहायता से उस विश्वास का पूरा-पूरा लाभ उठाया जो सेठ धर्मदास को मुझ पर था। कर्मचन्द ने मुझे धोखा देते हुए उन सारे कागजात पर मेरे ही द्वारा सेठ धर्मदास के हस्ताक्षर करा लिए जो कुछ भी उसने इन सारी सम्पत्तियों को हड़प कर लेने के लिए आवश्यक समझे थे। उन दिनों सीता का कुछ गुण्डों ने अपहरण कर लिया था। इसलिए सेठ धर्मदास ने पूरे विश्वास के साथ अपना सारा भार मेरे ही कंधों पर डाल रखा था। शायद इसीलिए कर्मचन्द को अपनी योजना पर सफलता पाने में और भी आसानी हुई थी। यह तो हमारा भाग्य है जो सीता को परिस्थितियों ने मुझ तक पहुंचा दिया और मुझमें अपने अपमान का बदला लेने के साथ सीता की लूटी हुई सम्पत्ति लौटाने की भावना भी जागकर दृढ़ हो गई। वर्ना जाने क्या बीतती उस बेचारी पर।''

''लेकिन...।'' राजीव एक विचित्र उलझन में फंस गया।

''सीता, रानी नहीं सीता है।'' प्रकाश ने उसकी चिन्ता दूर की, ''एक सती सावित्री-सी नारी है। कीचड़ में रहने के पश्चात् भी उसके कमल से शरीर पर कीचड़ का एक भी छींटा अब तक नहीं पड़ा है। सच-सच बताओ राजीव, तुम्हें अपनी गीता की सौगंध, क्या वास्तव में सीता के भोलेपन, कमसिनी तथा नादानी से तुम जरा भी प्रभावित नहीं हो? क्या वह तुम्हें कभी याद नहीं आती? गीता उसके लिए कभी नहीं सोचती?''

''प्रकाश!''—राजीव तड़प उठा।

राजीव की अवस्था प्रतीत करके दरबानों ने अपनी बंदूकों की नली नीचे झुका ली।

''राजीव!''—प्रकाश ने आगे बढ़कर झट राजीव का हाथ पकड़ लिया, ''संसार ने उस अबला पर इतना जुल्म किया है कि यदि उससे मेरी भेंट नहीं होती तो निश्चय ही वह आत्महत्या कर लेती। सीता तुम्हें पहली ही दृष्टि में बहुत पवित्र मन से चाहने लगी है। तुम यह क्यों भूल गए कि तुम्हीं ने उसे सहारा देकर यह सुंदर सपना दिखाया था? उसके मन की गहराई में अब भी केवल तुम्हारी ही छवि है। मेरा विश्वास करो राजीव, एक नारी जिस किसी को भी पहली बार, दिल की गहराई से चाह लेती है तो फिर जीवन भर उसी के विचारों के अधीन ही रहती है।''

प्रकाश की आंखें छलक आयीं। जानता था कि सीता के मन में यद्यपि अब राजीव का विचार नहीं रहा, वह राजीव के बजाय उससे प्यार करने लगी है, क्योंकि उसके एहसान उस पर लदे हैं और इन एहसानों ने उसके दिल को बहुत अधिक प्रभावित कर रखा है। इतना कि वह उसके बजाय किसी और के बारे में अब सोच भी नहीं सकती, परन्तु फिर भी उसका अपना क्या कर्तव्य है? उसका अंधकारमय भविष्य? प्रकाश ने इसी में सीता की भलाई समझी कि उसे राजीव को सौंप दे। नारी एक बार जिसके पल्ले बांध दी जाए तो फिर सदा उसी की हो रहती है। अपने मन पर हजारों मन सब्र का पत्थर रखकर वह कहता ही गया, ''सीता को अपना लो राजीव वह देवी है। तुम्हारे इस न्याय से उसका स्वर्ग लौट आएगा। उसको अपना अधिकार मिल जायेगा। वह एक महान देवी है। सती-सावित्री है। चाहो तो उसकी अग्नि परीक्षा ले लो। परन्तु जहां तक मेरी राय का प्रश्न है, मैं कहूंगा किसी भी नारी की परीक्षा लेने से उसके दिल को ठेस पहुंचती है, उसके विश्वास का अपमान होता है, उसके प्यार की वे जड़ें हिल जाती हैं जिसे बहुत विश्वास के साथ वह अपने पति के दिल की गहराई में बनाए रखने का प्रयत्न करती रहती है। प्यार की नींव ही विश्वास के सहारे डाली जाती है। जब विश्वास ही टूट जाए तो नींव कैसी और प्यार कैसा? क्या तुम समझते हो कि भगवान रामचन्द्र जी ने एक धोबी का दिल रखने के लिए सीता जी की अग्निपरीक्षा लेकर न्याय किया था? क्या इसके पीछे उनमें अपने राज्य अपनी निजी मान-मर्यादा का कोई भी स्वार्थ नहीं था? मैं पूछता हूं आखिर क्यों नहीं उन्होंने सीता जी के पक्ष में आवाज उठाकर समाज से मुकाबला किया? सत्यता जानकर भी वह क्यों एक धोबी की बातों में आ गए? क्या इससे सीता जी के विश्वास को ठेस नहीं पहुंची होगी? मैं पूछता हूं कि यदि एक निर्बल नारी परिस्थितियों का शिकार हो भी जाए तो क्या उसको क्षमा नहीं करना चाहिए? आखिर इसमें उस नारी का क्या दोष? दोष तो सरासर पुरुष का होता है जिसकी रक्षा में होने के पश्चात् भी रावण जैसे राक्षस उसे अपहरण कर ले जाते हैं। नारी तो भगवान की बनाई हुई सबसे सुंदर कला है। नारी तो एक फूल है। फूल के समान कोमल है जो हाथ लगते ही छुई-मुई बन जाती है। इसकी रक्षा करना हम पुरुषों का ही काम है। इसका दुरुपयोग करना भगवान का एक बड़ा अपमान है।

''मुझे एक बात बताओ राजीव, मान लो सीता के बजाय तुम्हारी गीता ही किसी के हाथ लग जाती, फिर अपने यौवन में आने पर अपना सब-कुछ खोने के बाद एक दिन तुम्हारे पास रोती हुई आती और तुमसे क्षमा मांगती तो क्या अंदर से तुम्हारा दिल नहीं धड़क उठता? क्या तुम उसे गले नहीं लगा लेते? संसार में कोई भी ऐसा पाप नहीं है जिसको भगवान क्षमा नहीं करता। फिर हम तो मनुष्य हैं। भला क्यों अपनी झूठी शान व शौकत को स्थिर रखने के लिए एक ऐसी सत्यता का गला घोंट दे जिसके पीछे एक नन्ही-सी जान अटकी हुई है? यदि तुम्हारे दिल में सीता के प्रति जरा भी प्यार है, थोड़ी-सी भी सहानुभूति है तो उसे उसका सारा अधिकार लौटा दो। कर्मचन्द की सारी नाजायज़ दौलत के अब तुम ही जायज़ अधिकारी हो।

चाहो तो सीता को अपना कर यह सारी सम्पत्ति उसे वापस कर सकते हो। तुम्हें एक सती-सावित्री पत्नी मिल जायेगी और गीता को गंगाजल समान मां।'' प्रकाश की आंखें छलक आयीं। आंसू गालों पर बहने लगे तो उसने प्रतीत किया इनमें अंगारों-सी जलन है।

कुछ पल के लिए राजीव को मानो सर्प सूंघ गया। सीता—एक सती-सावित्री-सी नारी—एक पतिव्रता पत्नी, गीता की मां, उसकी आंखों से भी आंसुओं की मोटी-मोटी बूंदें गालों पर ढुलक आयीं। प्रकाश ने देखा, गौर से देखा, वास्तव में इनकी गहराई के अंदर सीता की छवि दिखाई पड़ रही थी। राजीव शायद रो पड़ना चाहता था।

''सीता कहां है?'' बड़ी कठिनाई से उसने भर्राई आवाज में पूछा—मानो किसी दर्द के कारण उसकी छाती फटी जा रही थी मानो अपने किए ज़ुल्म का पश्चाताप करना चाहता था।

''इस समय वह पशुपतिनाथ जी के चरणों में पूर्णतया सुरक्षित है।'' प्रकाश ने एक संतोष की सांस ली और फिर आंसू पोंछता हुआ बोला—''तुम पहले सत्यभवन पहुंचो। वहां पुलिस तुम्हारी प्रतीक्षा कर रही है। वैसे यदि कुछ समय दे सको तो तुम इस तिजोरी को खोल दो। शायद कोई काम की वस्तु निकल आए।''

राजीव ने एक पल को माथे पर जोर दिया। फिर आगे बढ़ता हुआ बोला—''इसे खोलने की तरकीब उन्हीं को मालूम है, मगर खैर...।'' फिर उसने दोनों में से एक दरबान को बुलाया। उसकी बन्दूक स्वयं लेकर उसने इसकी नाल लॉक पर रखी फिर एक धमाका हुआ, बहुत तेज कि हवेली तथा आस-पास के लोग जाग गए। दूर-दराज कुत्ते भौंकने लगे। दूसरे कमरे में जाकर गीता की भी रोने की आवाज सुनाई पड़ने लगी। एक दरबान गीता को लेने चला गया।

तिजोरी का ताला टूटकर खुल चुका था। राजीव ने दूसरे दरबान को बंदूक थमाते हुए तिजोरी खोली। अनगिनत रुपये सोने-चांदी के जेवरात, हीरे और जवाहरात। राजीव की आंखें खुली-की-खुली रह गयीं। उसे कहीं पर भी कोई कागज नहीं दिखाई दिया। परन्तु प्रकाश ने उसको सांस लेने से पहले ही किनारे करते हुए झट तिजोरी में हाथ डाला। जेवरों को एक ओर सरकाकर उसने दोनों किनारों पर लगे बटन दबाये। लोहे की एक चादर ढीली पड़ गई। उसने इस चादर को जेवरात समेत बाहर खींच लिया। कागजों का एक दस्ता इसके नीचे इस प्रकार दबा हुआ था कि यदि कर्मचन्द के बाद प्रकाश यह भेद नहीं खोलता तो राजीव तिजोरी पूरी खाली करने के बाद भी जीवनभर इन्हें नहीं देख पाता। उसने प्रकाश को बहुत गौर से देखा, बहुत आश्चर्य से।

प्रकाश ने उसकी बेचैनी प्रतीत की तो स्वयं ही बोला—''सेठ धर्मदास मुझ पर इतना विश्वास करते थे कि उन्होंने सब-कुछ मुझे बता दिया था। इसी विश्वास का लाभ उठाकर कर्मचन्द अपनी चालबाजी में सफल हो गया।'' फिर उसने एक-एक कागज पलटना प्रारम्भ किया। परन्तु उसके मुखड़े पर निराशा की रेखाएं दौड़ती ही गयीं। कर्मचन्द का हर कार्य पक्का

था। किसी भी कागज से यह नहीं सिद्ध होता था कि उसने जालसाजी द्वारा इतनी बड़ी सम्पत्ति प्राप्त की है। उसके इन कागजों की कापी कोर्ट में भी जमा थी।

''तुम इतने चिन्तित क्यों हो?'' सहसा राजीव ने घड़ी देखते हुए पूछा—''मैं तुमसे वादा करता हूं कि कर्मचन्द की सारी सम्पत्ति पर अपना जायज़ अधिकार पाते ही मैं सब-कुछ सीता को लौटा दूंगा, चाहे वह मुझे स्वीकार नहीं भी करे, तब भी ऐसा करूंगा।''

''ओह राजीव...राजीव...।'' प्रकाश ने फाईल फेंककर उसको अपनी छाती से लगा लिया, तुम कितने अच्छे हो, परन्तु सीता भी ऐसी नहीं, वह तुम्हें देखते ही तुम्हारे चरणों में गिर जायेगी। तुम जैसा देवता पाकर तो उसके पिछले सारे ही दुःख सपने बन जायेंगे। भगवान तुम्हें इस वास्तविकता को ग्रहण करने का फल अवश्य देगा राजीव अवश्य देगा।''

''यह तो मैं अपनी पत्नी के पिता के पापों का प्रायश्चित कर रहा हूं।'' राजीव कुछ खोकर बोला—''जिसका जो अधिकार है उसे लौटा रहा हूं। मैं बहुत लज्जित हूं कि मेरी भूल के कारण एक अबला पर अब तक इतना बड़ा अत्याचार होता रहा। मगर खैर मैं इसका पूरा-पूरा प्रायश्चित करूंगा।''

सहसा एक दरबान गीता को गोद में उठाए कमरे में दाखिल हुआ तो प्रकाश राजीव से अलग हो गया। राजीव ने गीता को गोद में ले लिया और प्यार करता हुआ बोला—''मेरे पास स्वयं एक बच्ची है। कर्मचन्द के पापों का प्रायश्चित करके मैं इस नन्हीं-सी जान पर बुराई की एक आंच भी नहीं आने दूंगा। मैं नहीं चाहता जिस प्रकार कर्मचन्द ने अपनी इकलौती बेटी खो दी थी उसी प्रकार मैं भी इसको भरी आयु में खोने का गम बर्दाश्त करूं, वह दृश्य...'' राजीव ने एक आह भरी—''वह दृश्य मैं आज तक नहीं भूल सका जब गीता की मां तड़प-तड़पकर अपना दम तोड़ रही थी। अंतिम सांसों में उसने कहा था कि अवश्य ही यह किसी दुखिया की आह है जिसके साथ उसके घर वालों में से किसी ने बहुत बड़ा अत्याचार किया है। बेचारी किस कदर फूट-फूटकर रोते हुए जल्द-से-जल्द अपना प्राण त्याग कर शारीरिक कष्ट से मुक्त हो जाना चाहती थी। उसके मुंह से निकले हुए शब्दों को सुनकर कर्मचन्द कांप उठे थे। हमें अकेला छोड़कर भाग गये थे, अब इसका कारण स्पष्ट दिखाई पड़ रहा है।''

सहसा कुछेक विदेशी लिफाफे फर्श पर बिखरे देखकर प्रकाश की आंखें चमक उठीं। लिखाई का ढंग जाना-पहचाना था। उसने झुककर इन्हें उठा लिया। फिर सभी को खोल-खोलकर पढ़ना आरम्भ किया। सभी पत्रा आस्ट्रिया से आए थे। सभी पर सेठ धर्मदास का नाम और पता था। हर पत्रा में ही उन्होंने कर्मचन्द को उसके छल-कपट पर तिरस्कार था। उसे लिखा था कि भगवान उसके कर्मों का दण्ड उसे अवश्य देगा।''

सेठ धर्मदास ने यह भी लिखा था कि यदि कभी भूले-भटके वह इंसानियत का जज्बा प्रतीत करे, इस बात का आभास कर सके कि उसने एक ऐसे आदमी को धोखा दिया जो उसे

खाने को रोटी, पहनने को कपड़ा तथा रहने को मकान देता था, तो अवश्य उन्हें लिखे। वह अब भी उसे क्षमा कर देंगे। सम्पत्ति वापस स्वीकार करके उसके पश्चाताप पर उसे इतना रुपया दे देंगे कि वह अपना एक व्यापार करके सारा जीवन इज्जत से बिता सकेगा।

एक पल के लिए राजीव और प्रकाश सेठ धर्मदास की महानता पर सोचते ही रह गए। वास्तव में वह देवता ही हैं। प्रकाश की प्रसन्नता का ठिकाना नहीं रहा। सेठ धर्मदास का पता मिल गया—''आज वह खुशी से चीख पड़ना चाहता था। राजीव को उसने फिर गले लगा लिया। परन्तु जाने क्यों उसकी आंखों में आंसू अब और तेजी से बहने लगे थे। वह यह न जान सका कि यह आंसू खुशी के हैं या गम के। सेठ धर्मदास को वापस लाकर अपने विश्वास को दुबारा पाने के हैं या सीता को राजीव के सुपुर्द करके सदा-सदा के लिए बिछुड़ जाने के लिए हैं। दिल में खुशियों का सागर था तो सागर की गहराई में एक कांटा भी था जो एक लंगर के समान धरती की सतह को जकड़कर कचोटता रहता है।

* *

रात अपने यौवन की अंतिम घड़ी तय कर रही थी। बम्बई शहर की आबादी से दूर, सत्यभवन के समीप, पशुपतिनाथ जी के मंदिर के आस-पास, शायद एक भी आवाज नहीं थी। सुनसान—बिल्कुल सुनसान, मानो सारा संसार आंखें बंद किए गहरी निद्रा में डूबा हुआ था।

और सीता मंदिर के तहखाने के एक कमरे में सुरक्षित दरी पर एक ओर करवट लिए लेटी अपने एक हाथ को कोहनी से मोड़ कर तकिये के ऊपर तथा सिर के नीचे रखे, बहुत निश्चिन्त-सी सो रही थी मानो अब भगवान के घर, भगवान के चरणों में आकर उसे किसी का भय भी नहीं रहा हो। उसकी गहरी काली तथा लम्बी पलकें बंद थीं और सांसों के साथ उसके नथुने ऊपर-नीचे को फूलते-घटते जा रहे थे। लालटेन के मद्धिम प्रकाश में उसका मुखड़ा सफेद फूल-सा खिला था। उसकी आंखों के बंद पपोटे क्रमशः कांप जाते थे। ऐसा प्रकट होता था मानो वह कोई सपना देख रही है, एक सुंदर-सा सपना, जो उसके आने वाले कल से सम्बन्धित था। प्रकाश—उसके भद्दे रूप के पीछे दर्पण के समान एक स्वच्छ तथा स्पष्ट हृदय, उसकी बुराइयों के पीछे एक देवतुल्य-सा ध्येय, कौन कहता है प्रकाश एक देवता नहीं है?'' वह तो भगवान है, उसका अपना भगवान, उसने प्रतीत किया वह प्रकाश की बांहों में है, प्रकाश उसे अपने छाती से लगाये चूम रहा है, प्यार कर रहा है, उसकी नर्म तथा गुदाज गर्दन पर अपनी अंगुलियां फेर रहा है। सहसा वह चौंक पड़ी। उसकी आंखें खुल गयीं। मगर तभी उसकी चीख भी निकल गई। उसने देखा यह एक सपना नहीं था, वास्तविकता थी। परन्तु इस समय वह प्रकाश की बांहों में नहीं, मंदिर के पुजारी की बांहों में जकड़ी हुई है।

''चिल्लाने से कोई लाभ नहीं।'' अपनी फूलती हुई सांसों के साथ वह उसके मुखड़े पर झुका कह रहा था—''इस तहखाने से तुम्हारी चीख कहीं नहीं पहुंच सकती। यहां दूर-दूर तक कोई नहीं रहता। तुम्हें कोई बचाने वाला नहीं है।''

सीता ने प्रतीत किया वह एक ऐसी जगह फंस चुकी है जहां किसी की पहुंच नहीं। वह अपने में ही तड़पकर रह गई। यह पुजारी, जिसके मुखड़े से पहले भगवान की भक्ति टपकती थी, इस समय संसार के उन सभी शैतानों से अधिक भयानक प्रकट हो रहा था जो उसने अपनी छोटी-सी आयु के कठिनाइयों में देखा था। वह यहां कहां आकर फंस गई? यह तो भगवान का घर है, मंदिर है। इसमें शैतान को किसने रहने की आज्ञा दी? बहुत ही असहाय दृष्टि से उसने समीप ही रखी भगवान की मूर्ति को निहारा, बहुत ही बेबस नजरों से, मानो पलकों की झोली फैलाए दया की भीख मांग रही हो। यह अंतिम रात, यह अंतिम पहर कितना घना, कितना कठिन है, मानो नाव एक बड़े तूफान से बचकर अब किनारे डूब रही है।

वह सिसक पड़ी, रो पड़ी, उसकी हिचकियों से तहखाने का एक-एक चप्पा आंसुओं में डूब गया, परन्तु वह मूर्ति, वह भगवान की मूर्ति, जिसे मनुष्य ने अपने हाथों सुंदरता प्रदान करके बहुत सम्मान के साथ मंदिर की शरण दी है ताकि वह असहाय नर-नारियों को उन पर होने वाले अत्याचार से बचा सके, अपने स्थान से टस-से-मस न हुई। सीता के होंठ कांपते ही रह गये। सिसकते ही रह गए।

परन्तु वह पुजारी, धर्म का ठेकेदार तथा भगवान का दूत, सीता की सिसकियां नहीं सुन सका। उसके आंसुओं का मूल्य नहीं लगा सका। अपनी फूलती हुई सांसों के साथ अपने मोटापे का बोझ डाले वह सीता पर झुकता ही चला गया। ''तुमसे पहले भी सेठ कर्मचन्द के चंगुल से भागकर कितनी ही लड़कियों ने यहां भगवान के चरणों में आकर शरण ली है। चार लड़कियां तो रामू स्वयं ही मेरे पास अब तक छोड़ चुका है। तुम पांचवीं हो, परन्तु हो तुम सबसे सुंदर। ऐसा यौवन तो मैंने कभी देखा ही नहीं था। घबराओ नहीं, यहां कोई कुछ कहने वाला नहीं है, किसी को नहीं मालूम पड़ता कि भगवान के एक भक्त ने तुम्हें जीवन का सबसे महत्त्वपूर्ण गौरव प्रदान किया है।'' पुजारी की जवान कुत्ते के समान बाहर लटक आई।

सीता तड़पकर रह गई, कसमसाकर अपने आपको स्वतंत्र करने का प्रयत्न करने लगी। पल-पल भगवान ने उसकी रक्षा की है, उसे ऐसे समय में बचाया है तब वह स्वयं हारकर अपने-आपको शैतान के सुपुर्द कर चुकी थी, फिर यह तो भगवान का एक मंदिर है, घर है, भला किसी की क्या मजाल जो उसका कोई एक बाल भी बिगाड़ सके? परन्तु अनथक प्रयत्न करने के पश्चात् भी उसे कोई आशा नहीं दिखाई पड़ी। रात के अंतिम पहर में अंधकार और घना होता जा रहा था। इस घने अंधकार ने आगे बढ़कर उसकी आशाओं का गला घोंट दिया। उसके अरमानों पर पानी फेर दिया। उसकी सांस घुटने लगी। उसके दिल की धड़कने बंद होने लगीं। उसके नथुनों द्वारा पुजारी के मुंह से निकली चरस और अफीम की गंध दिल के अंदर

तक प्रवेश कर गई। उसके हाथ-पैर बांधकर मानो किसी ने उसकी छाती के अंदर सुलगते अंगारे भर दिए थे। उसने अपना मुखड़ा भगवान की मूर्ति की ओर फेर लिया। अपने प्रयत्न से हारकर, थककर वह भगवान को देखने लगी जो उसी को देख रहा था। एक अबला, एक असहाय नारी उसके चरणों में आकर उसी के भक्त की वासना की भेंट चढ़ रही थी, उसी की इच्छाओं पर बलि हो रही थी। परन्तु इस अन्याय पर यह धरती नहीं फटी, मंदिर की दीवारें नहीं डग मगायीं—वातावरण में कोई भूकम्प भी नहीं आया। वह कुछ भी नहीं हुआ जिसकी सीता को आशा थी। और वह सब उसके सिर पर से पानी के समान बीत गया जिसकी उसे जरा भी आशा नहीं थी।

और शैतान दूर खड़ा मुस्करा रहा था, परन्तु समीप बैठा भगवान लज्जित था शायद इसलिए कि उसने मनुष्य पर भरोसा करते हुए उसे संसार का अधिकार देकर एक बहुत बड़ी भूल की है। आज का मानव इसी स्वतंत्रता का लाभ उठाकर अपने तथा संसार के नाश की ओर पग बढ़ा रहा है।

काफी देर बाद सीता के कोमल पपोटों पर अंधकार में एक छोटी-सी, नन्हीं-सी, हल्की-सी किरण ने आकर धीमे-से चुम्बन दिया, उसकी पलकें कांप गयीं। बहुत धीमे-से उसने आंखें खोलीं। तहखाने के एक छोटे से रोशनदान द्वारा पूर्व दिशा की ओर से एक बड़ा-सा प्रातःकालीन तारा उसको बहुत खामोशी से झांक रहा था। उसकी चमक में एक विचित्र ही खिंचाव था, मुस्कान में एक विचित्र ही संदेश था। वह कैसे उसके ऊपर होते अत्याचार को सहन न कर सकने के कारण अब क्षितिज पर आकर उसे जीवन का नया प्रकाश प्रदान करना चाहता था। और सीता उसी प्रकार चुपचाप उसे देखती ही रह गई। उसकी जलती आंखों में इस तारे ने झांककर एक असीमित ठण्डक भर दी थी। फिर सीता उसे देखते-ही-देखते जाने कहां खो गई, जाने किन विचारों के अथाह सागर में डूब गई, यहां तक कि वह तारा उसकी दृष्टि से हटकर रोशनदान के बाहर हो गया। उसकी आंखों के दायरे से हटकर लुप्त हो गया। उसके दृष्टिकोण से अलग हो गया। परन्तु फिर भी वह उसी प्रकार पड़ी रही, बिल्कुल अचेत, जैसे शरीर में अब कोई जान ही नहीं शेष थी, दौड़ती हुई रंगों में कोई गर्मी नहीं बची थी।

कुछ पल बाद पौ फटी। सूर्य की पहली चमकदार किरण ने इसी रोशनदान द्वारा तहखाने में प्रवेश किया तो अंधकार में जैसे प्रकाश उजागर होने लगा। किरण जब सीता के मुखड़े पर पड़ी तो वहां तनाव उत्पन्न हो गया। मस्तक पर बल पड़ गये और पलकें अर्ध बन्द-सी होकर कांपने लगीं। उसने अपने होश संभाले तो महसूस किया कि उसकी छाती के अंदर अत्यधिक दर्द है। शरीर टूट रहा है। ऐसा लग रहा था मानो एक-एक हड्डियां चूर हो गई हों। उसने गर्दन घुमाकर दूसरी ओर देखा, भगवान का निवास स्थान अटल था, उसकी इच्छाओं के समान अडिग। उस की उपस्थिति को उसका जला हुआ मन अधिक महत्त्व नहीं दे सका। अपने पैरों को समेटती हुई वह उठ बैठी। साड़ी घुटनों के ऊपर तक चढ़ आई थी। उसने उसे सरकाकर

नीचे किया। ब्लाउज के बटन ठीक किये। बिखरी हुई लटों पर हाथ फेरा तो एक भी चूड़ी नहीं खनकी। उसने देखा चूड़ियों के टुकड़े फूलों की मुर्झाई पत्तियों समान इधर-उधर बिखरे पड़े थे। वह उठी, खड़े होते हुए उसने महसूस किया उसका सारा शरीर पैरों पर बोझ है वह लड़खड़ाई मगर फिर संभलकर अपनी दम फूलती सांसों पर काबू पा लिया। चुपचाप आगे बढ़कर वह ऊपर की सीढ़ियां चढ़ने लगी। ऊपर के कमरे में आई, एक कमरा पार किया, दूसरा कमरा पार किया, फिर तीसरा भी। फिर वह हाल में दाखिल हुई। पुजारी जी भगवान की बड़ी मूर्ति के चरणों में पूजा-पाठ में तल्लीन थे। रात का भेड़िया अपनी खाल उतारकर भगवान का भक्त बन चुका था। सीता ने अपनी दृष्टि बहुत तिरस्कृत भाव में फेर ली, भगवान से भी—तथा उनके भक्त से भी। यह मंदिर, जिसे शांति का झरना स्वीकार करना चाहिए, आज दहकते हुए अंगारों से भी बदतर नर्क था। वह आगे बढ़ गई, इसी प्रकार लड़खड़ाती हुई मानो शरीर पर अब भी बेहोशी छाई हुई है।

''कहां जा रही हो बेटी?''

एक आवाज, एक ऐसी आवाज जिसकी देवतुल्य कम्पन के पीछे किसी शैतान की पुकार छिपी हुई थी, जब उसने सुनी तो उसके पग ठिठक गए। आंखों में रक्त उबल आया। वह पलटी तो पुजारी जी उसके सामने आकर खड़े हो चुके थे। आंखों में असीम करुणा, होंठों पर एक देवतुल्य मुस्कान, मस्तक पर चन्दन का मोटा लेप, मुखड़ा इस प्रकार उत्तेजित था मानो दिल की गहराई से भगवान की भक्ति टपक रही हो। सीता उसे घूरती ही रह गई ऐसी दृष्टि से कि यदि उसके बस में होता तो ऐसे बहरूपिया को वहीं जलाकर राख कर देती। वह तड़पकर रह गई। बिना किसी बात का उत्तर दिए ही वह आगे बढ़ गई। दरवाजे से बाहर निकली तो ठंडी-ठंडी हवाओं ने उसका यूं स्वागत किया जैसे उसके तपते शरीर पर यह सहानुभूति से मरहम रख रही हो।

बाहर का वातावरण सूर्य की किरणों का सहारा लेकर काफी सीमा तक उज्ज्वल था। उसने पलटकर देखा, मंदिर के द्वार समीप दीवार पर संगमरमर की एक बड़ी प्लेट चुनी हुई थी। उसने पढ़ा तो उसके होंठों पर एक जहरीली मुस्कान उभर आई, ऐसी जहर भरी मुस्कान, मानो वह भगवान पर मानव जाति के विश्वास का मजाक उड़ा रही है। यह भगवान, यह भगवान जिसका अस्तित्व मनुष्य के विश्वास पर ही ठहरा है, जिसे मनुष्य ने अपनी मूर्खता के कारण पत्थर की चारदीवारी के अंदर शरण दे रखी है, और उसी भगवान ने अपने मनुष्य का बेटी की, मनुष्य की मां और बहन को अपनी आंखों के सामने अपने ही घर में लुट जाने दिया। कितना फरामोश है यह भगवान।

उसकी आंखें छलक आयीं। मस्तिष्क को एक झटका लगा तो वह सिसक पड़ी। वह आगे बढ़कर उभरती सूर्य की किरणों में खो गई। मंदिर के घण्टों का स्वर दूर तक एक गर्द के गुबार के समान उसके कान का पीछा किए रहा और वह दुःखी मन से सोच रही थी। इसमें इस

स्वर का क्या दोष? यह तो बजाने वालों पर निर्भर है। घण्टा जोर से पीटेगा तो तेज आवाज उत्पन्न होगी, धीमे पीटेगा तो स्वर धीमा उत्पन्न होगा। बेतरतीबी से बजाएगा तो इसकी आवाज से कान फटने लगेंगे। इसमें भगवान का क्या दोष? धर्म-कर्म तो पुजारी पर निर्भर है। जैसा रूप वह वर्णित करेगा, वैसा ही रूप भगवान का स्वीकार भी किया जाएगा। आज पुजारी ने अपनी वास्तविकता प्रकट करके भगवान का जो रूप उसके समक्ष रखा है, यदि उससे निराश होकर वह भगवान से घृणा करने लगी है तो उसका क्या दोष।

कुछ ही दूर चलकर वह थक गई। जी चाहा कहीं बैठ जाए, सूर्य की किरणें अभी पूर्ण उजागर भी नहीं हुई थीं फिर भी उसका शरीर पसीने में तर हो गया। वह एक वृक्ष की जड़ के सहारे खड़ी हो गई। सोचने लगी कि उसे क्या करना चाहिए? क्या? अब तो उसका सब कुछ ही लुट गया। जीवित रहने के लिए बचा भी क्या? माता-पिता के दर्शन की आशा? नदी किनारे आकर भी वह प्यारी मर गई। किस अधिकार को लेकर वह अपने अपवित्र शरीर को माता-पिता के चरणों में डाल सकेगी, प्रकाश? नहीं। वह भी उसे क्षमा नहीं करेगा। पुरुष कितना बड़ा देवता क्यों न हो, परन्तु नारी का यह पाप वह कभी क्षमा नहीं कर सकता, क्योंकि नारी एक फूल है, एक सफेद कोमल फूल, जिसकी पत्तियों पर रात की शबनम भी गिरे तो दाग बन जाता है। उसने एक इरादा किया, पक्का इरादा, वह आत्महत्या कर लेगी। संसार के सामने जीवित रहने के लिए उसके पास मुंह ही क्या है?

परन्तु तभी किसी ने पीछे से आकर उसकी बांह पकड़ ली।

सीता का अधमरा शरीर चौंका नहीं। उसने कुछ कहा भी नहीं। केवल अपनी गर्दन घुमाकर पलकें ऊपर उठा दीं—भारी और बोझल पलकें, मानो काले बादलों का एक झुरमुट वहां बोझ बनकर एकत्रित है। प्रकाश! उसने झट अपनी दृष्टि फेर ली। सिर नीचे झुका लिया।

''अरे।'' प्रकाश ने उसके अनोखे व्यवहार को देखा तो चौंक पड़ा, ''यह क्या?''

सीता के दिल में इतना तीव्र दर्द उठा कि होंठ कांप गए। आंखें डबडबा आयीं, फिर आंसुओं के रूप में बहकर उसके कपोलों से होती हुई धरती की खाक पर गिरने लगी। उसका मन चाहा वह प्रकाश की छाती से लग जाए। उसके चरणों में गिरकर वह अपना प्राण त्याग दे। प्रकाश का विचार था कि सीता उसे देखते ही खिल उठेगी। उसकी बांहों में सिमट जाने के लिए मचल उठेगी, परन्तु अब वह ऐसा नहीं होने देगा। अब सीता राजीव की अमानत है। अब सीता का भविष्य देखते हुए उसे उसको पूरा-पूरा सम्मान देना पड़ेगा। उसके दिल को चोट न पहुंचाते हुए बहुत सब्र के साथ उसके दिल में राजीव का वही स्थान बना देगा जो पहली ही दृष्टि में एक बार अपने आप ही उसके दिल की गहराई में स्थापित हो गया था। परन्तु जब सीता स्वयं उसकी छाती से लगते-लगते संकुचाकर अलग खड़ी होने का प्रयत्न करने लगी तो उसे सख्त आश्चर्य हुआ। सीता को उसने अपने समीप घसीट लिया। परन्तु सीता सिर नीचा किए अपने पैर के अंगूठे द्वारा जमीन कुरेदती रही।

''मैं राजीव के पास गया था...'' प्रकाश बोला—''अब सब-कुछ ठीक हो चुका है। तेरे माता-पिता का भी पता चल गया। हमने आज तड़के सुबह ही उनको केवल भी भेज दिया है।''

माता पिता! सीता की आंखें चमक उठीं परन्तु फिर अपने आप ही मद्धिम पड़ गयीं। अब क्या वह अपना अपवित्र शरीर लेकर उनका स्वागत करेगी? माता-पिता के शेष जीवन पर क्या दाग नहीं लग जायेगा? उसके दिल में बरछियां चल गयीं। आज जब उसे सब कुछ मिल रहा है तो उसके पास कुछ भी नहीं बचा। जब सब कुछ था तो उसे किसी ने कुछ भी नहीं दिया। अपनी भारी पलकों को वह नहीं उठा सकी।

''रामू काका राजीव के साथ थाने गए हैं।'' प्रकाश ने फिर कहा—''उसे कोठी के चारों ओर चक्कर लगाते समय पुलिस ने पकड़ लिया था। वह तो अच्छा हुआ जो राजीव वहां पहुंच गया और उसे बचा लिया वर्ना संदेह की बिना पर पुलिस उससे जाने क्या दुर्व्यवहार करती। मैं तो छुपकर बाद में आया हूं। जब मंदिर पहुंचा तो पुजारी जी ने कहा कि तुम सुबह तड़के ही मंदिर से चली गयीं। कहां गई थी? मेरी प्रतीक्षा क्यों नहीं की, देखो तो भला तुम्हें ढूंढ़ते-ढूंढ़ते मेरी हालत क्या हो गई।

सीता ने अपनी दृष्टि ऊपर उठाई। प्रकाश की आंखों में झांका, वास्तव में प्रकाश को उसे ढूंढ़ने में बहुत परेशानी उठानी पड़ी होगी। उसकी मंजिल ढूंढ़ते-ढूंढ़ते वह स्वयं भटक गया था। उसके भद्दे तथा खुरदरे गाल की कुरूपता के पीछे उसने ऐसा देवतुल्य तेज देखा जो वह कभी सोच भी नहीं सकती थी। उसका दिल तड़प उठा, दिल चाहा उसके चरणों की धूल उठाकर अपनी मांग भर ले। परन्तु अब क्या हो सकता है? अब क्या होगा? अब तो उसके शरीर में घुन लग चुका है। उसके होंठों की कंपन बढ़ गयी। सिसकियां उभर आयीं तो वह फूट-फूटकर रोने लगी।

प्रकाश ने अपने दिल के अंदर एक असहनीय दर्द का आभास किया तो बेकाबू होकर उसे झट अपनी छाती पर खींच लिया। उसका मुखड़ा अपने समक्ष करके उसने इसे अपनी हथेली में थामा बहुत प्यार से उसकी आंखों में झांका। परन्तु तभी आश्चर्य से चौंक पड़ा, सीता का मुखड़ा ही नहीं पूरा शरीर भी आग के समान तमतमा रहा था। आंखें सुर्ख थीं और इसके चारों ओर पिछली रात के समान, अंधकार छाया हुआ था। उसके कपोलों तथा अधरों तथा गर्दन के आस-पास हल्के तथा गहरे धब्बे थे मानो किसी कीड़े ने काट खाया हो। होंठों पर पपड़ियां भी जमी हुई थीं। लटें इस प्रकार उलझी हुई थीं मानो महीनों से उसने उन्हें छूआ तक नहीं हो। प्रकाश फटी-फटी आंखों से उसे देखता ही रह गया। और इससे पहले कि दिल की पीड़ा बर्दाश्त करते-करते वह चीख पड़े, सीता का पूरा शरीर थरथराने लगा। आंसू वर्षा के

समान आंखों की घटा से फूट पड़े। पूरे मुखड़े पर एक भयानक दर्द की कहानी उभर आई—पिछली रात की कहानी।

''सीता? क्या बात है सीता?'' उसने घबराकर पूछा—''यह सब क्या हो गया? इतनी जल्दी! सीता।'' यह चीख पड़ा, सीता को उसने बांहों से थामकर जोर से झिंझोड़ दिया। और तभी उसने देखा, सीता के हाथ में एक भी चूड़ी नहीं है। कलाई पर चूड़ियों के टूटने से घाव उभर आए थे। रक्त जमा हुआ था।

सीता कुछ भी न कह सकी, होंठ कांपते-कांपते स्थिर हो गए, आंखें फट-सी गयीं। उसके पैर लड़खड़ाए, वह एक कटी हुई शाख के समान उसकी छाती पर गिरने लगी तो उसने उसे अपनी बांहों में संभाल लिया। हताश होकर वह सीता को देखने लगा, उसके होश जाते रहे।

''नहीं-नहीं।'' उसका दिल तड़पकर चीख उठा। उसे अपनी बांहों में उठाए, उसकी गर्दन के गढ़े में वह अपना मुखड़ा धंसाता हुआ फूट-फूटकर रो पड़ा, ''ऐसा नहीं हो सकता—ऐसा नहीं हो सकता, सीता, मेरी आत्मा।'' उसकी आंखों में आंसुओं का सोता फूट निकला।

सीता की आंखों से आंसुओं की धार अब तक जारी थी। वह बूंदों में परिवर्तित होकर उसकी गर्दन के नीचे बिखरी हुई काली लटों पर मोतियों के समान अटक गई। आस-पास घास, पौधों तथा वृक्षों के पत्तों पर जमी ओस सुबह की पहली किरण पाकर भी इन बूंदों के सामने मद्धिम पड़ गई थी।

प्रकाश का दिल फट गया। ऐसा प्रतीत होता था मानो वह पागल हो उठेगा। अचानक ही इतनी बड़ी प्रसन्नता पाने के बाद इतना बड़ा घात। वह सहन नहीं कर सका, अपना मुख उठाते हुए उसने सीता को देखा। एक प्यारा-सा मुखड़ा भोला-भाला, जीवन से वंचित, अर्ध खिले फूल के समान गम की तस्वीर था। जिसे बेवक्त की आंधी ने शाख से अलग करके राख पर फेंक दिया हो।

''सीता!'' उसने अपने दांत पीसे, ''मैं उस शैतान को कभी क्षमा नहीं करूंगा जिसने तुम्हारे साथ इतना बड़ा अत्याचार किया है। उसके शरीर के टुकड़े-टुकड़े करके मैं उसे कुत्ते के आगे फेंक दूंगा। मुझे अपने प्यार की सौगंध।''

वह आगे बढ़ा। होंठों पर सिसकियां थीं और आंखों में आंसू; पग लड़खड़ा रहे थे, परन्तु गम और गुस्से की आग में तपता वह इस प्रकार आगे बढ़ता चला गया मानो उसने एक इरादा कर रखा हो बस, उसे केवल उस शैतान का नाम भर ही मालूम हो जाए जिसने उसके सारे प्रयत्नों पर पानी फेरकर सीता को कहीं का भी नहीं रखा। वह सड़क पर पहुंचा। दोनों ही ओर उसने दूर तक नजर दौड़ाई। एक टैक्सी उसकी मंजिल के उपरांत चली आ रही थी। टैक्सी के अंदर सवारियां गेहूं के बोरों के समान ठस थीं। जब वह समीप से गुजरी तो प्रकाश ने ड्राइवर को बहुत निराश दृष्टि से देखा। इस समय, इतनी सुबह-सुबह, बम्बई की आबादी से दूर, ऐसे

स्थान पर टैक्सी मिलना आसान नहीं। और यह टैक्सी तो उधर से ही आ रही है जिधर उसे जाना है। अब?

सहसा वह टैक्सी कुछ आगे बढ़कर रुक गई। पहिए मानो अचानक ही ब्रेक पाकर चीख पड़े थे। फिर टैक्सी बैक हो करके उसके पास आई। ड्राइवर ने उसकी बांहों में एक लाश को देखा तो इंजन बंद करके झट बाहर निकल आया। सीता का मुखड़ा टहनी से टूटकर अटके हुए फूल के समान शायद अंतिम सांस ले रहा था। ड्राइवर ने सीता पर से दृष्टि हटाकर प्रकाश को देखा।

''तुम!'' उसने आश्चर्य से पूछा।

प्रकाश ने उसे गौर से देखा। परन्तु पहचान नहीं सका।

''मैं मंगल हूं—मंगल सिंह, टैक्सी ड्राइवर।'' उसकी प्रश्नीय दृष्टि का उत्तर देते हुए वह बोला।

''कौन मंगल?'' प्रकाश ने तेवर बदले।

''तुम नहीं जानते।'' मंगल बोला, ''परन्तु मैं तुम्हें अच्छी तरह जानता हूं। सीता को भी अच्छी तरह जानता हूं। क्या हो गया है मेरी बच्ची को?''

''बच्ची! मेरी बच्ची!'' प्रकाश के तेवर ढीले पड़ गए। अपने आपसे लज्जित होकर बोला वह, ''हमारे समाज के अत्याचार का एक उदाहरण बन गई है। बेहोश है।''

''ओह!'' मंगल के दिल को चोट पहुंची। उसने सीता को बहुत प्यार से देखा, इस प्रकार मानो सीता वास्तव में ही उसकी अपनी बच्ची है।

''इसे तुरंत ही बान्द्रा पहुंचाना है।'' उसे खामोश पाकर प्रकाश ने आशा की एक ज्योति देखी।

''बांद्रा?''

''हां।''

''वहां किसके यहां?''

''विवेकानन्द रोड, रामनिवास।''

''राम निवास!'' मंगल को मानो झटका लगा, ''सेठ कर्मचन्द के यहां?''

''नहीं राजीव के यहां।'' प्रकाश बोला, ''कर्मचन्द तो मर चुका है।''

''क्या?'' मंगल को विश्वास ही नहीं हुआ।

''बाकी बातें बाद में बता सकता हूं।'' प्रकाश उकताकर बोला, ''पहले यह बताओ, तुम मेरी सहायता कर सकते हो या नहीं?''

मंगल ने एक बार सीता को देखा, फिर दुबारा प्रकाश को फिर झट उसने टैक्सी के सारे गेट खोल दिए।

''आप लोगों को बाहर निकलने को मांगता है।'' अपने ढंग में कहते हुए उसने यात्रियों को आदेश दिया, ''यह टैक्सी अब बिल्कुल भी आगे को नहीं जाने को मांगता।''

''लेकिन...'' यात्रियों में बैठी एक जवान छोकरी ने तेवर दिखाए।

''गेट आउट।'' मंगल को पारा चढ़ गया, ''जल्दी करो वर्ना टैक्सी ट्रक से लड़कर चूर हो जाएगी। ड्राइवर बच जाएगा और तुम सब...''

उसकी बात पूरी होने से पहले ही सारे यात्री भेड़ के समान बाहर निकल आए। कुछ बड़बड़ाए, कुछ ने रिपोर्ट लिखाने की धमकी भी दी। परन्तु मंगल ने कोई चिन्ता नहीं की, अगला एक दरवाजा बंद करते हुए उसने प्रकाश को पीछे बैठने का इशारा किया। प्रकाश को इसी की प्रतीक्षा थी। सीता को उसने झट अंदर लिटा दिया। स्वयं एक किनारे बैठ गया और उसका सिर अपनी गोद में रख लिया। मंगल ने दरवाजे बंद किए और स्टेयरिंग संभाल ली। गाड़ी को एक चक्कर देते हुए उसने मोड़ बदला और वापसी पर शहर की ओर चल पड़ा, और पूरी गति के साथ।

खामोशी, बिल्कुल खामोशी। और इस खामोशी को स्थिर रखने में ही शायद दोनों अपनी भलाई प्रतीत कर रहे थे। प्रकाश सोच रहा था, मंगल एक सीधा-सादा व्यक्ति है। शायद सीता उससे मिली होगी। तब उसने शायद सीता की सहायता भी की होगी। मंगल उसे भी जानता है। बम्बई के अधिकांश टैक्सी वाले उसे पहचानते हैं। इसलिए यह कोई बड़ी बात नहीं हुई, परन्तु मंगल शायद यह नहीं जानता कि वह पिछले दिनों जेल में बंद था और कल ही फरार होकर आया है वर्ना अवश्य ही पूछताछ करता। परन्तु मंगल जानता था कि प्रकाश एक फरार अपराधी है, परन्तु इस फरारी का भी कोई विशेष ही कारण होगा। वह अधिक पूछताछ करके उसे लज्जित भी नहीं करना चाहता था। संभव है फिर उसे भी अपने बारे में सब कुछ बताना पड़े। सीता के साथ उसने क्या अत्याचार, क्या अन्याय नहीं किया? प्रकाश के चरित्र से वह पूरी तरह परिचित था। यह भी जानता था कि अपनी ईमानदारी के कारण ही सेठ कर्मचन्द से धोखा खाने के बाद उसने उसकी लड़की से विवाह करने से इंकार कर दिया था अपना सम्मान पाने के लिए वह क्या नहीं करता रहा है। सीता उसके हाथों में निश्चित रूप से सुरक्षित है। वह जो भी करेगा, सीता की भलाई के लिए ही करेगा। आरम्भ में जब वह सेठ कर्मचन्द का एक आवश्यक कार्यकर्ता था तो प्रकाश के अच्छे कामों के कारण उससे जलता था, घृणा करता था। परन्तु अब उसे प्रतीत हो रहा था कि प्रकाश एक देवता है, इंसान है। वह किसी की भी भलाई के लिए अपना सब कुछ त्याग देता है।

''तुमने बताया नहीं तुम कौन हो?'' सहसा प्रकाश ने कुछ सोचकर पूछा।

''एक पापी हूं।'' मंगल ने उसकी ओर बिना देखे ही उत्तर दिया, ''बस इतना ही मेरा परिचय बहुत समझो।''

''सीता पूछेगी कि किस देवता ने ऐसे समय पर मेरी सहायता की है तो क्या उत्तर दूंगा?''

''नहीं-नहीं, मुझे देवता मत कहो, मैं देवता नहीं हूं।'' मंगल मानो तड़पकर बोला—''मैं एक पापी हूं। बहुत बड़ा पापी। यदि ऐसे ही दो-चार पुण्य करने का सौभाग्य प्राप्त हो जाए तो शायद मेरे पापों का कुछ प्रायश्चित हो सकेगा। मंगल की आंखें भीग गयीं। परन्तु उसने कुछ प्रकट नहीं किया। सामने देखते हुए टैक्सी की गति स्थिर रखी और बोला—''कह देना कि...कि...कुछ भी मत कहना। यह काम तो कोई भी कर सकता है।''

प्रकाश ने उसे गौर से देखा। चाहा कि गर्दन आगे करके उसके चेहरे पर गम की लकीरें पढ़ सके, परन्तु मंगल ने उसकी उत्सुकता महसूस कर ली थी। उसने अपना मुखड़ा और छिपा लिया। प्रकाश से यह बात छिपी न रह सकी, मंगल कौन हो सकता है? सीता से इसका क्या सम्बन्ध है?

सहसा सामने से अचानक ही दो पुलिस जीपें गुजरीं तो प्रकाश ने अपना मुंह छिपा लिया। उसकी उत्सुकता टूट गई, गाड़ी शहर में दाखिल हो चुकी थी। उसने सोचा मंगल का पूरा परिचय वह बाद में प्राप्त कर लेगा। पहले सीता को संभाले।

टैक्सी बांद्रा पहुंची, फिर विवेकानन्द मार्ग, और फिर रामनिवास के पोर्टिको के नीचे जाकर खड़ी हो गई।

मंगल ने लपककर दरवाजा खोला। तभी नौकर-चाकर भी वहां दौड़ आए। प्रकाश को पिछली रात उन्होंने पहचान लिया था, आते ही सलाम किया और अपनी सेवाएं अर्पण कीं। प्रकाश ने सीता को बांहों में संभाला और बाहर निकल आया। वह सीधा राजीव के कमरे में पहुंचा। गीता खिलौने से खेल रही थी, उसे देखते ही वह ठिठककर डर गई। परन्तु सीता पर दृष्टि पड़ते ही जैसे उसके मुर्झाए मुखड़े पर तुरंत बहार आ गई। लपककर वह उसके पास चली आई।

प्रकाश ने सीता को पलंग पर डाला, बहुत हल्के-से, कोमलता के साथ, मानो टहनी पर से टूटकर अर्धखिले फूल को फिर से सीधा करके टांग रहा हो। फिर वह तुरंत टेलीफोन की ओर बढ़ा। डाक्टर को 'डायल' मिलाया ही था कि तभी उसने सुना बाहर पोर्टिको में टैक्सी स्टार्ट हो रही थी। मंगल? उसे तो वह शीघ्रता से बुलाना ही भूल गया। टैक्सी जाने लगी तो उसने फोन रखकर उसे रोकना चाहा, परन्तु तभी उसके कानों में आवाज आई—''हैलो?''

और वह बातों में उलझ गया।

जब वह बाहर आया तो टैक्सी जा चुकी थी। मंगल? उसने नाम दुहराया। मंगल—कौन था वह, शायद कोई देवता था जो उसकी सहायता को ऐन समय पर आ पहुंचा था। वह सीता की ओर पलटा, गीता उसके सिरहाने थी। बहुत खामोश दृष्टि से बहुत आश्चर्य से वह सीता को देखते हुए आंसू बहा रही थी। एक युग के बाद शायद उसकी मां लौट आई थी।

* *

शाम सात बज रहे थे। सीता को होश आया तो वह एक सपने के समान डूब गई, छत पर एक बड़ा-सा झालर—उसकी चमक से सीता की आंखें चकाचौंध हो गयीं, नर्म बिस्तर, एक बड़ा पलंग। आश्चर्य से उसने अपनी गर्दन घुमाई। समीप डाक्टर खड़ा मुस्करा रहा था, बगल में राजीव, गीता, दूसरे नौकर-चाकर उसके दिल के अंदर एक भय समा गया। ऐसा न हो कि राजीव उसे पहले के समान फिर निकाल दे। जाने के लिए उसने उठकर बैठने का प्रयत्न किया तो राजीव ने लपककर उसके कंधे पर हाथ रख दिया।

''नहीं सीता।'' वह उसे लेटने पर विवश करता हुआ बोला, ''उठने की कोई आवश्यकता नहीं। तुम्हें अभी आराम की आवश्यकता है, मुझे सब कुछ मालूम हो चुका है। प्रकाश ने मुझे...'' सहसा कहते-कहते वह रुक गया। उसने डाक्टर को देखा। जैसे उसे सीता के साथ एकांत की आवश्यकता है। डाक्टर उसका अर्थ समझते ही दूसरे कमरे में चला गया। सारे नौकर-चाकर भी चले गये। परन्तु गीता पलंग पर चढ़कर सीता के समीप बैठ गई। उसने उसके गले में अपना हाथ डालकर लपेट लिया।

''सीता!'' राजीव ने अपनी बात जारी रखते हुए कहा, ''प्रकाश ने मुझे सब कुछ बता दिया है—एक-एक बात। परन्तु इसमें तुम्हारा कोई दोष नहीं। सारा दोष तो मेरा ही है जो मैंने एक बहुमूल्य हीरे को पत्थर समझकर रास्ते की ठोकर खाने के लिए फेंक दिया। क्या यह संभव नहीं कि तुम मुझे क्षमा कर सको?''

सीता के तपते मन पर मानो किसी ने ठंडे छींटे डाल दिये। उसने संतोष की एक गहरी सांस ली। अपने मुखड़े पर हाथ फेरना चाहा तो राजीव ने झट उसकी कलाई पकड़ ली।

''नहीं सीता।'' वह बोला, ''तुम्हारे मुखड़े पर अभी दवा लगा हुई है, इसे ऐसे ही रहने दो ताकि आसानी से यह दाग मिट जाये।''

''दाग?'' सीता ने गहराई से सोचा।

''हां सीता!'' राजीव ने उसके समीप ही पलंग पर बैठते हुए कहा, ''संसार में कोई कार्य ऐसा नहीं जो पूरा न हो सके। केवल करने वाले का दिल चाहिए। अपना दाग तो क्या मनुष्य चाहे तो नेक कामों द्वारा अपने पूर्वजों के भी माथे से कलंक मिटा सकता है। एक छोटा-सा अच्छा काम हजारों बुराइयों को पनपने से पहले ही जड़ से मिटा देता है।''

सीता कुछ न बोली। अपनी आंखें नीची किये जाने किन विचारों में डूबी रही।

''तुम मुझे क्षमा कर दोगी तो मेरे सिर से पाप का एक बहुत बड़ा बोझ उतर जायेगा।'' राजीव उसके हाथ को अपने हाथ में लिए बहुत प्यार से कलाई पर चूड़ियों के घाव को देखता हुआ बोला जहां डाक्टर ने दवा लगा रखी थी, ''मैं तुम्हें अभी भी प्यार करता हूं सीता, अब भी चाहता हूं, पहले से कहीं अधिक। तुम नहीं मिलतीं तो मैं सदा-सदा के लिये भारत छोड़कर चला जाता।'' सीता के दिल में टीस उठी। उसने कोई उत्तर नहीं दिया। राजीव को इस समय

वह अपनी बातों द्वारा चोट नहीं पहुंचाना चाहती थी, कैसे कहे कि वह प्रकाश को चाहती है, उसे प्यार करती है। वह उसका देवता है, भगवान है।

''आंटी-आंटी।'' गीता बीच में बोली, ''प्रकाश अंकल कह रहे थे तुम मेरी मम्मी हो। हो ना?'' गीता उसकी छाती पर सिर रखकर मचल उठी।

सीता की आंखें छलक आयीं, आंसू कान की ओर ढुलक गए तो राजीव के मुखड़े पर अत्यधिक दर्द की छाया आकर स्थिर हो गई। निराश होकर उसने सीता का हाथ छोड़ दिया और खड़ा हो गया। सीता के दिल में सख्त चोट पहुंची। परन्तु वह करती भी क्या? तड़पकर रह गयी, निश्चय ही उसने पहली ही दृष्टि में अपना सब कुछ राजीव के विचारों में खो दिया था, परन्तु यह तो उसकी एक भूल थी, सत्यता तो यह थी कि वह प्रकाश को चाहती है, केवल प्रकाश को, अपने दिल की गहराई से, परन्तु मांस का एक नन्हा-सा टुकड़ा जब भी अकेलेपन का आभास करता है तो एक बार अवश्य ही, न चाहते हुए भी जाने क्यों राजीव के लिए धड़क उठता है। क्रमशः उसने एकांत में प्रतीत किया है कि कभी देखे हुए सपने की एक याद छोटी-सी चिंगारी बनकर उसके दिल की राख के नीचे अवश्य ही कहीं दबी हुई हैं, जिसे उसने प्रकाश के प्यार का सहारा लेकर बुझाते हुए यह संतोष कर लिया था कि अब यह कभी न भड़क सकेगी। अपने आपको, अपने दिल को धोखा देकर वह निश्चित हो गई थी कि उसे किसी भी वस्तु की आवश्यकता नहीं, प्रकाश के अतिरिक्त वह कुछ भी नहीं चाहती है।

प्रकाश के निःस्वार्थ प्यार से उसे इतना ही प्रभावित कर रखा था कि वह उसके अतिरिक्त किसी के बारे में सोचना भी नहीं चाहती थी, परन्तु नारी, और नारी का मन? जिसे एक बार प्यार कर ले तो शायद कभी नहीं भूल सकती, भूलने से दिल के अंदर एक घाव बन जाता है जिसे परिस्थितियों के दबाव में पड़ कर वही मुस्कान की राख बिखेरे छिपा लेने पर विवश है। परन्तु उस समय उस समय, उस समय यह चिंगारी भड़ककर शोला बनती हुई सारे शरीर को जलाकर भस्म कर देती है जब भूली हुई याद एक वास्तविकता के रूप में सामने आ खड़ी होती है। आज, इस समय जब भूली हुई याद एक वास्तविकता बनकर राजीव के रूप में उसके सामने आ खड़ी हुई थी तो वह भी अपने को नहीं संभाल सकी। दिल के अंदर सैकड़ों बरछियां चल गयीं। ऐसा लगा मानो उसका दम निकल जायेगा, अपने आपको उसने बहुत कठिनाई के बाद संभाला, फिर सच्चे मन से प्रण किया कि प्रकाश को कभी धोखा नहीं देगी। वह भगवान है, देवता है, यदि वह उसको ऐसी अवस्था पर पहुंचने के बाद भी ग्रहण कर लेगा तो वह उसके लिए अपना सब कुछ त्याग देगी, मां-बाप, वह सारी सम्पत्ति जो उसके अधिकार में आने की आशा है। उसे कुछ भी नहीं चाहिए–उसे तो प्रकाश चाहिए–केवल प्रकाश–उसका देवता।

राजीव ने उसे विचारों में लीन पाया तो और भी दुःख महसूस किया। उसके मन के अंदर हजारों तूफान उठे, हजारों तूफान परन्तु इन तूफानों के शोर का वह एक भी अर्थ नहीं समझ सका। परंतु फिर अचानक ही उसने गीता को उठा लिया।

''सीता देवी।'' सीता अब उसके लिए अपरिचित नारी थी। उसने उसको 'देवी- से सम्मानित किया, परन्तु उसका गला भर आया था। आंखें भी गीली हो चुकी थीं, ''मैं आप से कुछ नहीं मांगूंगा, कुछ भी नहीं। गीता के अतिरिक्त मुझे चाहिए भी क्या? मुझे दुःख है कि जो कुछ आपने गीता के लिए किया वह मैं आपके लिए नहीं कर सका था। हो सके तो मुझे क्षमा कर दीजिएगा। यदि आप मुझे मिल जाती तो शायद मेरे पापों का प्रायश्चित का कोई न कोई रास्ता अवश्य निकल आता। मगर खैर...''

राजीव ने गीता को अपनी छाती से लगा लिया। एक गहरी सांस ली मानो निराश होकर आह भर रहा हो, दिल में उठते दर्द को छिपाने का प्रयत्न कर रहा हो। उसने बात जारी रखी, ''यह हवेली, रामनिवास, आपकी है सीता देवी। वह सत्यभवन, वह सारी सम्पत्ति, धनदौलत, जो कुछ भी अब मेरे अधिकार में है वह सब आपका है, आप ही का था और आप ही का रहेगा। अब तक इस संपत्ति पर जहरीला सर्प कुंडली मारकर बैठा हुआ था, परन्तु अंत में सच्चाई ने उसका गला घोंट ही दिया। आप स्वतंत्र हैं, जैसा चाहें इसका उपयोग करें।'' राजीव की आंखें छलक आयीं। अपना मुखड़ा छिपाते हुए उसने उसकी ओर अपनी पीठ कर ली। एक पल सांस रोके खड़ा रहा, फिर गीता को छाती से चिपटाता हुआ बाहर निकल गया।

सीता सब कुछ सहन करने के बाद भी सिसक पड़ी। दिल की चुभन और तीव्र हो गई। एक कांटा...एक जहरीला कांटा जिसने उसके दिल के अंदर नासूर उत्पन्न कर दिया था, अब पीप बनकर सारे शरीर में रिसता जा रहा था, वह चुप रही। अपने होंठों को सी लिया। परन्तु आंसू थे कि मोटी-मोटी बूंदों में गाल पर बह कर नीचे गिरते ही गए...टप...टप...टप।

सहसा कुछ देर बाद प्रकाश ने तूफान के एक झोंके समान कमरे में प्रवेश किया। उसके पीछे-पीछे रामू भी लपक रहा था, राजीव था और गीता भी थी। सीता चौंक पड़ी, सीता को राजीव ने देखा, गीता ने भी उसे बहुत प्यार से, बहुत आशा से देखा। परन्तु सीता ने अपनी दृष्टि फेरकर प्रकाश पर जमा दी।

प्रकाश ने उसे देखा, परन्तु अधिक महत्त्व नहीं दिया। सीता का दिल धड़क उठा। प्रकाश सीधा फोन के समीप पहुंचा। रामू ने लपककर उसे रोकना चाहा, उसके मुखड़े पर बदहवासी छाई हुई थी, एक विचित्र ही घबराहट थी, परन्तु प्रकाश रिसीवर उठाकर डायल मिला चुका था। सीता घबराकर पलंग से उतरकर खड़ी हो गई। प्रकाश ने तब भी उस पर दृष्टि नहीं की, सीता विस्मित-सी उसे निहारने लगी। प्रकाश के मुखड़े पर एक विचित्र ही खिंचाव था, होंठों पर एक सख्ती तथा माथे पर तीव्र तनाव था। उसकी आंखें सुर्ख थीं, मुखड़ा तमतमा रहा था। मुट्ठियां भिंची हुई और सिर के बाल उलझे थे। उसकी कमीज पैंट जगह-जगह से फट गयी थी।

मानो किसी से वह झगड़ा करके आ रहा हो, सीता बुरी तरह कांपने लगी, चाहा कि उससे कुछ पूछे परन्तु तभी प्रकाश का ध्यान रिसीवर में बंट चुका था।

''...'' शायद दूसरी ओर से हैलो का स्वर आया था।

''हैलो, पुलिस स्टेशन?'' प्रकाश ने पूछा।

''...''

''मैं प्रकाश बोल रहा हूं, आपका फरार अपराधी, रामनिवास विवेकानन्द मार्ग बांद्रा। प्रकाश ने तुरंत ही कहा, ''इस युग में मैंने एक ओर अपराध किया है, कर्मचन्द की दूसरी कोठी, सत्य भवन के समीप पशुपतिनाथ जी के मंदिर के पुजारी का मैंने खून कर दिया है, शायद आपको रिपोर्ट मिल गई होगी। मैं कातिल हूं। आप चाहें तो मुझे यहां आकर गिरफ्तार कर सकते हैं।''

''नहीं।'' सीता एकदम से चीखकर दौड़ती हुई प्रकाश की छाती से लिपट गई, ''नहीं प्रकाश, नहीं, ऐसा मत करो, ऐसा नहीं...''

परन्तु तब तक प्रकाश फोन रख चुका था। सीता को संभाल कर उसने चाहा कि उसे राजीव के सुपुर्द कर दे, परन्तु उसने प्रकाश का दामन नहीं छोड़ा। वह फूट-फूटकर रोती हुई बोली, ''मैं तुम्हें हरगिज नहीं जाने दूंगी, नहीं जाने दूंगी। मैं मर जाऊंगी तुम्हारे बिना, मुझे मत छोड़ो प्रकाश, मुझे मत छोड़ो। मुझ पर रहम करो, मैं तुम्हारे हाथ जोड़ती हूं, पैर पड़ती हूं, पैर पड़ती...।''

''सीता''—प्रकाश का दिल छलनी हुआ जा रहा था। सांसें गले में आकर अटकने लगी थीं। उसने दिल पर पत्थर रखकर अपनी स्थिति संभाली। ''सीता''—वह जोर से चीखा, इतनी जोर से कि कमरे की दीवारें कांप गयीं। उसकी चीख में ऐसी तड़प थी मानो जंगल में किसी रीछ को घायल करके मरने के लिए छोड़ दिया गया हो।

सीता सहम गई। उसकी आवाज बंद हो गई। होंठ कांपने लगे। होंठ ही नहीं सारा मुखड़ा, सारा शरीर थरथरा गया। उसकी सांसें सिसकियों के समान निकलने लगीं। आंखों की पलकों में आंसू जहां-तहां जमकर ठहर गए। प्रकाश की दर्द भरी चीख से घबराकर उसका शरीर एक बेजान मूरत बनकर मानो भूकम्प के जोर पर कांपने लगा। प्रकाश की यह चीख जिसमें डांट भी थी और प्यार भी, उसके दिल को प्रभावित किए बिना नहीं रह सकी कि वह उसकी भलाई के लिए ही अपनी यह इच्छा पूरी कर रहा है।

* *

प्रकाश ने सीता की स्थिति को महसूस किया तो उसके दिल पर अंगारे लोट गए। वह तड़पकर रह गया। परन्तु फिर हर बात का परिणाम निकालकर उसने राजीव को देखा। आंखें छलक आयीं तो वह सीता को लिए उसके समीप आया। ''राजीव...'' वह सीता की पीठ पर

प्यार से हाथ रखकर बोला, ''लो, सीता तुम्हारी अमानत है—और रामनिवास इसका स्थान, इसे संभालकर रखना। राजीव, यह एक फूल है, बहुत ही कोमल फूल, जिसकी पंखुड़ियां भी पूर्णतया नहीं खिली हैं। मेरी सीता फूलों की रानी है, इस पर शबनम की बूंद का भी बोझ न आए। तुम एक महान व्यक्ति हो। शक्तिशाली हो और सीता एक निर्बल अबला है। एक अच्छे माली बनकर इसकी रक्षा करना। इसके दिल को कभी चोट न पहुंचे।'' प्रकाश ने एक गहरी सांस ली। उसके होंठों से एक आह टपकी। सीता को राजीव के हाथ में थमाकर उसने उसके सिर पर हाथ फेरा, बहुत प्यार से, बहुत दुलार से, मानो उसे आशीर्वाद दे रहा हो।

उसका दिल फट रहा था, परन्तु उसने बात जारी रखी, ''जिस काम के लिए मैं जीवित था वह पूरा हो चुका है। जिस मकसद को लेकर मैं जेल से भागा था वह पूरा हो गया। यदि कर्मचन्द अपनी मौत नहीं मरता तो उसे मैं अपने हाथों से मार डालता। मुझे खेद है कि तुमसे जीप लेते समय मैं अपने मकसद को नहीं बता सका। बता देता तो तुम मुझे जाने नहीं देते और मुझे जाना आवश्यक था क्योंकि मैंने सौगंध खाई थी कि मैं उसे जीवित नहीं छोडूंगा जिस किसी ने भी मेरी सीता पर कलंक लगाया है। आखिर मैंने उस चंडाल का पता लगा ही लिया।

वह पंडित, वह पुजारी जिसकी शरण में हमने सीता को सोंपा था, एक जोगी के भेष में वही रावण निकला। जिसे भीख देने के लिए एक दिन सीताजी भी बहुत विश्वास के साथ लक्ष्मण रेखा से बाहर चली आई थी। कितनी कठिनाइयों से मैं इस संसार का मुकाबला कर रहा था परन्तु उसने हमारे विश्वास का सहारा लेकर मेरे तमाम प्रयत्नों पर पानी फेर दिया। मेरी जिंदगी की आस तोड़ दी। और इसीलिए मैंने उसे जान से मार डाला, उसके पेट में छुरी डालकर मैंने उसकी आंतें बाहर खींच लीं। उसकी आंखें फोड़ दीं। उसके होंठों को काट-काटकर छलनी कर दिया जिसके द्वारा उसने सीता के कोमल कपोलों को नष्ट करने का प्रयत्न किया था...ताकि भगवान की आड़ लेकर इंसान को धोखा देने वालों की आंखें खुल जाएं। मुझे संतोष है मैं अपने इरादों में सफल उतरा। मुझे कोई रोक नहीं सका। लोगों ने मुझे पकड़ा भी तो मैं छुड़ाकर भाग आया।''

सहसा पुलिस साइरन ने हवा में तैरते हुए रामनिवास में प्रवेश किया। सीता का दिल बैठने लगा। बहुत ही विचित्र दृष्टि से उसने प्रकाश को देखा—उसकी दृष्टि में दर्द भी था, आंसू भी थे, वह प्रकाश की इतनी अधिक कृतज्ञ थी जैसे उसके लिए कुछ भी करने को तैयार है, उसकी छाती पर सिर रखकर रो पड़ना चाहती है, उसके चरणों में अपनी जान दे देना चाहती है। परन्तु प्रकाश ने उसे कोई अवसर नहीं दिया। उसकी दृष्टि सहन नहीं कर सका तो अपनी आंखें फेरकर उसने राजीव पर गड़ा दीं। समीप खड़े राजीव की आंखें डबडबा आयीं। प्रकाश की सुर्ख आंखों में अब एक झील-सा वातावरण उमड़ आया था। उसने रामू को देखा, बाकी लोगों

को भी। सभी उसके लिए सिसक रहे थे, तड़प रहे थे। वह बहुत ही बोझिल पगों से चलकर राजीव के समीप आया। गीता को अपनी गोद में उठाकर चूमा तो वह अपना कोमल गाल उसके खुरदरे तथा फफोलोंदार गाल पर रखकर रोने लगी। गले में हाथ डालकर प्यार करने लगी।

''मत जाओ अंकल, मत जाओ''—वह कह रही थी—''मेरे डैडी कह रहे थे तुम देवता हो। फिर तुम क्यों जा रहे हो? पुलिस तुम्हें क्यों पकड़ने आ रही है?''

प्रकाश का दिल छलनी हो गया, कलेजा मुंह को आने लगा, फिर भी स्वयं को संभालकर बोला—''देवता सदा भगवान के पास रहते हैं बेटी, इसलिए मैं जा रहा हूं। भगवान ने मुझे इसीलिए भेजा था ताकि तुम्हारी आंटी को तुम्हारी मम्मी बना दूं।'' उसने सीता को देखा और एक पल देखता ही रह गया।

सीता का दिल फट गया। उसने दिल को गहराई से प्रार्थना की कि यह धरती फट जाए, आकाश टूट पड़े और वह सदा-सदा के लिए लुप्त हो जाए। उसकी आंखों से आंसुओं की धार और तीव्र हो गई।

प्रकाश गीता को लिए उसके समीप आया। गीता को उसने उसकी गोद में डालते हुए कहना चाहा, परन्तु दिल आज्ञा नहीं दे सका। होंठ केवल कांपकर ही रह गए। सीता एक पल भी उसकी दृष्टि से अपनी आंखें नहीं फेर सकी।

सहसा पुलिस साइरन तीव्रता के साथ अचानक ही रुक गया, पुलिस पहुंच चुकी थी। प्रकाश स्वयं उसके स्वागत में बाहर निकल आया। बरामदे में पहुंचा तो पुलिस का समूह उस तक लपक आया। उसने अपने दोनों हाथ आगे बढ़ा दिए और पलटकर सीता को देखा। सभी उसके पीछे-पीछे बाहर चले आए थे। सीता राजीव के शरीर पर भार दिए अपनी इच्छाओं की लाश बनी सिसक रही थी। राजीव ने उसे कमर से पकड़कर सहारा दे रखा था।

पुलिस ने उसकी कलाइयों में हथकड़ियां डाल दीं तो उसने आगे बढ़ जाना चाहा। उसके दिल का दर्द बढ़ता ही जा रहा था अब वह अपने आंसुओं को नहीं रोक सका तो यह पलकों का बांध तोड़ने के प्रयत्न में किनारों पर आकर ठहर गये थे। उसने पग उठाया ही था कि सीता, राजीव और गीता को छोड़कर उसकी ओर दौड़ी।

''प्रकाश!'' वह कांपती तथा भर्राई आवाज में बोली।

प्रकाश के पग वहीं जाम हो गए।

''प्रकाश''—वह उसके सामने आई। आकर उसकी हथकड़ियों समेत कलाई को पकड़ लिया। आंखों में डूबकर बहुत दर्द भरी आवाज में बोली—''मेरे देवता, जीवन भर तुमने मेरे

आंसुओं का मूल्य चुकाकर इन्हें अपनाया है, आज अपने इन आंसुओं को मुझे अपने दिल की गहराई में छिपा लेने का सौभाग्य प्रदान कर दो।''

प्रकाश उसे देखता ही रहा गया। और इससे पहले कि उसके कांपते होंठों से कोई स्वर आह समान टपके, सीता ने बहुत कोमलता के साथ अपनी पतली-पतली अंगुलियों द्वारा उसकी आंखों के आंसू चुन लिए। यह आंसू, यह बूंदें आंसुओं की मानो उसके लिए ऐसे बहुमूल्य मोती थे जिनको सारा संसार बेचकर भी नहीं खरीदा जा सकता था। सीता ने इन बूंदों को अपनी पलकों में बसा लिया और सिसक पड़ी।

प्रकाश ने अपने आपको संभाला और पोर्टिको के नीचे उतरकर लान की ओर बढ़ गया। सीता वहीं खड़ी रोती रह गई। राजीव ने आगे बढ़कर उसे संभाल लिया। गीता उसके घुटनों से लिपट गई।

शाम धुंधला रही थी और सूर्य दूसरे दिन की प्रतीक्षा में जल्द-से-जल्द डूब जाना चाहता था। बादलों पर सुर्खी थी और चन्द पक्षी उड़कर जल्द-से-जल्द आकाश की ऊंचाई में छिप जाना चाहते थे।

सहसा फुलवारियों के समीप चलते हुए प्रकाश के पग अपने आप ही रुक गए। उसने फूलों के समूह को देखा, रंगबिरंगे फूलों को जिनके होंठों पर शाम की लालिमा दम तोड़ रही थी। क्यारी को पार करके वह फुलवारी में आया। झुककर उसने कांटों के मध्य एक फूल को तोड़ा, एक गुलाब का फूल, सुर्ख, जो अभी पूर्णतया खिला भी नहीं था। इसे तोड़कर खड़े होते हुए उसने अपने नथनों के समीप किया, एक गहरी सांस ली तो मानो दिल की गहराई से एक आवाज आह बनकर निकली—फूलों की रानी।

और फिर वह पीछे देखे बिना ही आगे बढ़ गया।

लान के एक ओर, अहाते के अंदर मंदिर के घंटे बज रहे थे। शंख की मिली-जुली आवाज से वातावरण स्वर्गमय हो गया। प्रकाश को यह स्वर अंत तक एक नए जीवन की आशा देते रहे, एक ऐसा जीवन, जहां छल है न कपट, दुःख न मुसीबत, तिरस्कार न घृणा, जहां केवल सुख है, शांति है, और प्यार है—प्यार ही प्यार। इस धरती पर ठोकरें खाते-खाते वह थक गया था, उसे शायद अब ऐसे ही जीवन की तलाश थी और वह उसकी ओर पग बढ़ाता चला गया। और वह स्वर, वह मधुर स्वर दूर तक उसका साथ देते रहे।

दूर, जब सड़क के एक मोड़ पर पुलिस जीप की पिछली सुर्ख बत्ती गुम हो गई तो सीता की हिचकियां बंध गयीं। निढाल होकर वह गिरने लगी तो राजीव ने उसे कमर से संभाल लिया। अपनी आंखों से आंसू पोंछकर अपना मुखड़ा उसने सीता के होंठों के समीप किया और भीगी आवाज में बोला, ''आओ चलो, अंदर चलो—अपने घर।''

और सीता एक लाश के समान उसका सहारा बनी हवेली के अंदर चली गई।

फिर शाम पूर्णतया ढल गई। अंधकार ने अपनी घनी-घनेर लटें बिखराकर सारी हवेली, सारे शहर, सारे संसार को ही अपने लपेट में लेकर निगल लिया था। और जब सुबह हुई तो शबनम के आंसू एक-एक फूल पर, फूलों की एक-एक पंखुड़ियों पर एकत्र थे। टहनी-टहनी भीगी हुई थी और पत्तियां शबनम के बोझ से झुकी-झुकी-सी थीं। शायद रात रो रही थी। शायद रात के साथ मिलकर सारा संसार आंसू बहा रहा था, शायद इसलिए कि फुलवारी में से एक फूलों की रानी बिछुड़ गई थी।

* * *

www.ingramcontent.com/pod-product-compliance
Ingram Content Group UK Ltd.
Pitfield, Milton Keynes, MK11 3LW, UK
UKHW041822200726
13854UKWH00002BA/503

9 789352 780280